선비의 편지

엮은이 소개

여강(驪江) 구자청(具滋淸)

경기도 여주 출신으로 중앙부처인 총무처에 근무하였으며, 국무총리산하 한국행정연구원의 행정실장을 지냈고, 국무총리표창을 수상하였다.
30년의 공직생활을 마치고 지금은 '한학자이자 전통문화연구가'로 활동하고 있다.
저서로 『청백리재상 구치관 전기』, 『상소문을 읽으면 조선이 보인다』, 『천년의 울림 여강의 노래』가 있고, 번역서로 『가사습유(家史拾遺)』가 있으며, 연구논문으로 「왕조시대의 묘호에 관한 연구」 등이 있다.

선비의 편지

초판1쇄 발행 2015년 2월 27일

엮 은 이 구자청
펴 낸 이 최종숙

진 행 이태곤
책임편집 오정대
편 집 문선희 권분옥 이소희 박선주
디 자 인 안혜진 이홍주
마 케 팅 박태훈 안현진
관 리 [illegible]

펴 낸 곳 글누림출판사 / 서울시 서초구 반포4동 577-25 문창빌딩 2층
전 화 02-3409-2055 FAX 02-3409-2059
이 메 일 nurim3888@hanmail.net
홈페이지 http://www.geulnurim.co.kr
등 록 2005년 10월 5일 제303-2005-000038호

ISBN 978-89-6327-278-8 03810

정가 14,000원

* 이 도서의 국립중앙도서관 출판시도서목록(CIP)은 서지정보유통지원시스템 홈페이지(http://seoji.nl.go.kr)와 국가자료공동목록시스템(http://www.nl.go.kr/kolisnet)에서 이용하실 수 있습니다.(CIP제어번호: CIP2015005200)

선비의 편지

오래된 미래와의 대화

구자청 엮음

글누림

책머리에

선비란 어떤 사람인가?

유학에 정통하고 시·서·화에 능한 행동하는 지식인으로 국가의 안위와 백성들의 삶을 걱정하는 사람들이라 하겠다. 그래서 태평시대에는 은인자중하며 자기 수양과 학문적 성취를 통하여 인재양성에 힘쓰고, 국가에 위기가 닥치면 서슴없이 목숨을 바치는 사람들, 그들을 진정한 선비라고 한다면 근사할지 모르겠다. 조선시대에 선비가 되는 길은 대과에 합격하여 관료가 되거나, 소과에 합격하여 생원과 진사가 되는 것이다. 중기 이후가 되면 선비의 범위가 더욱 넓어져 서울 사학(四學)의 학생, 지방 향교의 교생, 그리고 서원의 원생까지도 선비로 인정하였다. 하지만 이 정도의 설명으로 선비들의 진면목을 파악하기에는 여전히 미진한 감이 있을 것이다. 이에 선비의 모습을 뚜렷이 드러낸 대표적 명사들을 소개함으로써 독자들이 선비를 이해하는데 도움을 드리고자 한다.

유학에서 말하는 이상적 정치시스템인 <왕도정치>의 실현을 위해 현실 정치에 참여하여 각종 제도개혁을 추진했던 삼봉 정도전, 정암 조광조, 율곡 이이. 고향에서 은인자중하며 학문에 매진하는 한편 수많은 제자를 길러냄으로써 학파(學派)를 형성한 퇴계 이황, 남명 조식, 성호 이익. 국난을 당하여 목숨을 초개처럼 여김으로써 그 기개와 절조를 드러낸 중봉 조헌, 청음 김상헌, 면암 최익현. 불우한 시대를 만나 그들의 포부를 펼쳐보지도 못한 채 고난의 아픔을 극복하고 학문과 예술의 성취를 이룬 매월당 김시습, 다산 정약용, 추사 김정희 등, 이들이 살아온 행적을 더듬어 볼 수 있다면 선비들의 모습이 선연히 그려질 것이다. 조선 후기로 넘어오면서는 문예사조(文藝思潮)의 흐름에 따라 학문과 예술이 결합하는 문인(文人)으로의 변화 현상을 보여, 서권기 문자향(書卷氣文字香)·문인화(文人畵)·가곡(歌曲) 등 고상한 취향과 품격을 필수적 소양으로 갖춰야 했다.

이러한 선비들이 배움과 실천이 하나가 되는 '행동하는 지식인'의 모습을 보였다. 그들은 인의도덕과 예의염치를 숭상하고 명분과 의리를 중시하였으며, 이익을 취함에 있어서는 떳떳함을 살피고, 일상생활에서는 화려함보다 차라리 소박함을 선호하였다. 그러면서도 부당한 권력에 맞서 저항하고 백성들의 아픔을 함께하는 공동체 의식을 함양하였고, 조선시대에는 이러한 선비들이 나라를 경영하고 국가의 공론을 형성하는 역할을 수행하였다. 그러나 명분과 의리에 치우쳐 성리학 유일사상을 고수함으로써 선진문명과 개화사상을 부정하고, 실질(實質)을 경시하는 풍토가 조성됨으로써 국가의 환란을 초래하여 백성들의 고통이 가중되는 우를 범하기도 하였다.

편지는 소통의 길이다

편지는 인류 문명이 발생한 이래 수천 년 동안 중요한 소통의 매개체 역할을 해왔다. 반세기 전만 하더라도 전화의 보급이 일반화되지 않았던 시절에는 우리의 소통은 편지에 의존할 수밖에 없었다. 지금은 정보통신의 혁명적 진전에 따라 누구나 인터넷과 스마트폰으로 지구촌 구석구석까지 즉석에서 소통을 할 수 있다. 이러한 시대를 살고 있는 현대인들에게 편지란 진부한 것쯤으로 보여질 것이다. 그러나 손으로 정성껏 써내려간 편지는 받는 사람에게 감동을 주는 것은 물론이요, 정제된 편지글이 문장실력의 향상에도 이바지 한다는 점을 간과해서는 안 된다. 특히 고인들이 남겨준 편지에는 고전적 가치와 역사적 진실이 적혀 있을 뿐만 아니라, 당시 선비들의 일상생활 모습이 고스란히 담겨있기 때문에 우리에게는 아주 중요한 문화콘텐츠라고 해도 지나친 말은 아니다. 우리 조상들은 유난히도 기록에 대한 애착이 있었다. 그러기에 진정한 선비라면 벼슬은 못해도 자신의 문집 한 권 남기는 것을 영예롭게 여겼다.

이 책에서는 신라와 고려를 거쳐 조선에 이르는 선비들의 편지를 골라서 7부작으로 편집하였다. 제1부 「편지로 보는 정치사회」는 정치사회적 관심사에 대한 선비들의 견해와 주장이 담긴 편지로 당시에 선비들이 어떠한 역할을 하고 있었는지 알 수 있으며, 제2부 「사림의 갈등과 붕당」에서는 조선중기 사림정치시대에 선비들의 갈등으로 인하여 사림이 동인과 서인으로 갈리는 원인과 과정, 그리고 서인이 노론과 소론으로 나뉘는 현상을 심층적으로 들여다 볼 수 있는 기회가 주어진다. 제3부 「이런 스승 저런 제자」에서는 학문과 덕망으로 한껏 존경과 흠모의 대상이 되는 스승과 제자가 있는 반면, 스승의 행실에 대하여 비판과 쓴소리를 가감 없이 보내는 제자의 모습 등을 만나볼 수 있으며, 제4부 「선비들의 우정」에서는 이익·명성·권세를 버린 뒤에야 진정한 벗이 될 수 있음을 제시하고, 시문과 예술이 어우러지는 수준 높은 문인들의 우정을 느껴볼 수 있을 것이다. 제5부 「가족에 대한 사랑」에서 자식에 대한 사랑과 교육에 대한 열망, 가정사에서 발생하는 기쁨과 슬픔이 교차되는 현실 등 선비들의 일상적인 사생활을 엿보게 될 것이며, 제6부 「국경을 초월한 우정」에서는 북학파의 거두인 홍대용과 이역만리 청나라 선비들과의 우정이 죽어서도 이어지는 모습에서 우리는 깊은 감명을 받게 될 것이다. 제7부 「또 다른 편지 『간찰』」은 간결하고 짤막한 형식의 깔끔한 글을 읽는 즐거움을 맛 볼 수 있다.

그리고 편지마다 독자들의 이해를 돕기 위한 「보태는 글」을 두어 편지와 관련되는 내용들을 기술하였다. 선비들의 편지는 주제와 형식이 다양하여 선별하는데 많은 어려움이 있었는데, 그중에서 명사들의 학술 논쟁과 철학적인 질문·답변 등 무거운 주제는 일반 독자들이 읽기에는 다소 부담스럽다는 판단 아래 이 책에서는 다루지 않았다. 선비들의 편지를 대하면서 아쉬운 것은 여성에게 보낸 편지가 흔치 않다는 점이다. 인간이 사랑하는 여인에게 보낸 연시(戀詩)는 있으나, 청춘남녀들의 사랑하는 연애편지를 볼 수가 없어 안타까웠다. 다만 허균(許筠)이 매창(梅窓)에게 보낸 연서(戀書)를 읽으면서 아쉬움을 달랜다. 그리고 이남규(李南珪) 선생이 아들에게 보낸 편지에서 했던 다음 말을 오래도록 기억하고 싶다.

'편지란 마주 앉아서 이야기 하는 것처럼 쓰는 것이다.'

끝으로 이 책에 수록된 편지는 대부분 한국고전번역원의 <한국고전종합DB>와 『동문선』에서 가져온 것으로, 내용의 일부를 현대인의 감각에 맞도록 수정과 윤문작업을 가했다. 이번 기회에 고전번역을 위해 진력하고 계신 분들께 깊이 감사드린다. 그리고 이 책이 나오기까지 물심양면으로 애써주신 글누림출판사의 최종숙 대표님, 이태곤 편집장님, 오정대 책임편집자께 고마움을 전한다.

2015년 2월 용인의 상선재에서

여강 구자청 쓰다.

차례

제1부 편지로 보는 정치사회

제2부 사림의 갈등과 붕당

제3부 이런 스승 저런 제자

제4부 선비들의 우정

제5부 가족에 대한 사랑

제1부

편지로 보는 정치사회

마음의 병을 고쳐드리겠습니다

*녹진이 각간 김충공에게 보낸 편지

제가 듣자오니, 상대등께서 정사당에 앉아 관리들의 인사 관련문제를 논의하다가 물러 나와서 병이 들어 의사를 불러 진맥하니, 의사가 말하기를 '병이 심장에 있으므로 모름지기 용치탕(龍齒湯)을 드셔야 하겠습니다.' 하므로, 드디어 21일의 휴가를 얻어 문을 닫고 손님을 만나지 않으신다고 하기에, 제가 가서 뵙고자 하였으나 문지기가 막았습니다. 상공께서 병을 얻어 손님을 사절하시는 것을 모르는 바는 아니오나, 반드시 한 말씀을 좌우에 드려서 답답한 마음의 걱정거리를 열어드리고자 합니다. 제가 엎드려 듣자오니 상공의 귀한 몸이 편안하지 못한 것은, 아마도 일찍 조회에 들고 늦게 파하시어 바람과 이슬을 맞아서 혈기의 조화를 해치고 팔다리의 평안을 잃은 것이 아니겠습니까? 그렇다면 상공의 병은 약으로 될 일이 아니고 침을 놓아서 나을 것도 아닙니다. 지극한 말과 고상한 담론으로 한 번에 고칠 수 있는 병입니다. 상공께서는 한번 들어보시겠습니까?

* 녹진(祿眞)은 신라 헌덕왕 때 사람이다. 헌덕왕 14년(822)에 상대등 김충공(金忠恭)이 정무에 시달려 병이 들었을 때 녹진이 이 글을 올려 김충공의 마음의 병을 치유하였다.

저 목수가 집을 지을 때, 큰 재목은 들보와 기둥으로 삼고 작은 것은 서까래와 추녀를 만들어 눕히고 세움이 각기 제자리에 안정된 다음에야 큰 집이 이루어지는 것입니다. 옛날 어진 재상이 정치를 하는 것 또한 이와 무엇이 달랐겠습니까? 재주가 큰 사람은 높은 지위에 두고 작은 재주를 가진 사람에게는 가벼운 임무를 주어서, 안으로 6부의 장관과 모든 벼슬아치들로부터 밖으로 제후, 태수, 군수, 현령에 이르기까지 조정에 비어있는 자리가 없고, 자리마다 적임자가 아닌 경우가 없어, 위아래가 정해지고 어진 사람과 어질지 못한 사람이 나뉜 다음에야 정치가 이루어졌던 것입니다. 그러나 오늘날은 그렇지 못하여 사사로움을 쫓아 공명정대함을 버리고 사람을 위해 관직을 가려서, 아끼는 사람이면 비록 재목감이 아니라 해도 보살펴서 높은 자리에 올리고, 미워하는 사람이면 비록 유능한 사람이라도 구렁텅이에 빠뜨리고자 합니다. 취하고 버리는데 있어 그 마음이 혼란스럽고, 옳고 그름에 있어 그 뜻이 어지러우니, 다만 나라의 일이 혼탁해질 뿐만 아니라 그 일을 맡아보는 사람들 또한 수고로워 병이 들 것입니다. 만약 관직을 맡아 청렴하고 일에 임해서는 삼가고 공순하게 하며, 뇌물이 들어오지 못하게 하고 청탁의 폐단을 멀리하며, 승진과 강등을 오로지 능력에 따라 시행하고 주고 빼앗는 것을 사사로운 애증에 따라 하지 않는다면, 마치 저울이 가볍고 무거움을 왜곡할 수 없고, 먹줄이 굽고 곧은 것을 속일 수 없는 것처럼 바르게 될 것입니다. 이렇게 한다면 형벌과 정치가 옳고 바르게 될 것이고 나라는 화평해져서 비록 공손홍(公孫弘)처럼 문을 열어두고 조참(曹參)처럼 술자리를 베풀어 오랜 친구들과 함께 담소하며 즐겨도 좋을 것이니,* 어찌 반드시 구차하게 약을 드시는 데만 골몰하여 헛되이 여러 날을 허비하고

* 공손홍과 조참은 모두 중국 한(漢)나라 때 승상을 지낸 인물로 정치를 잘하여 칭송을 받았다.

정사를 버려두실 일이겠습니까?

보태는 글

김충공은 의원을 물리쳐 보내고 수레를 준비하게 하여 대궐에 들어갔다. 왕이 말하기를 '나는 경이 기일을 정해 약을 복용하리라 생각했는데, 무슨 일로 입조하였는가?'라고 물었다. 김충공이 대답하기를 '제가 녹진의 말을 들으니 약이나 침과 같은지라 어찌 용치탕을 마시는데 그칠 뿐이겠습니까.' 하고는 곧바로 녹진의 말을 낱낱이 왕에게 아뢰었다. 왕은 '내가 임금으로 있고 경이 재상으로 있는 터에 이와 같이 곧은 말을 하는 사람이 있으니 얼마나 기쁜 일인가! 태자에게 알리지 않을 수 없으니 마땅히 월지궁으로 갈 일이다.'라고 하였다. 태자가 그 말을 듣고 왕에게 들어와 축하하기를 '일찍이 듣자옵건대 임금이 밝으면 신하가 정직하다 했으니, 이번 일 역시 나라의 아름다운 일입니다.'라고 하였다. 그 후 웅천주도독 김헌창(金憲昌)이 반란을 일으키자 왕이 군사를 일으켜 토벌했는데, 녹진이 그 토벌군에 종군하여 공로가 있었다. 왕이 녹진에게 대아찬의 벼슬을 내렸으나 사양하고 받지 않았다.

어진 선비를 추천합니다

* 임춘이 이부낭중 이순우에게 올리는 글

아무 달 아무 날에 아무 등은 꽃다운 난초탕으로 목욕하고 머리를 조아리며 백 번 절하고 이부낭중의 문전에 글월을 올립니다. 무릇 부유한 장사치가 제 점포에 있어 희귀한 보물을 간직하고 이를 구하는 사람이 저절로 올 것을 기다리면, 그 값을 물을 때 5만금으로 추켜올리는 수가 있더라도 역시 팔리는 수가 있거니와, 만약에 그 보물을 가지고 이집 저집 찾아다니며 한길에서 스스로 외치기를 '내가 이 보물을 팔겠노라' 하면, 비록 5만금의 값어치라도 반드시 얼마쯤은 오르내리게 되는 동시에 그 값이 더욱 낮아지며, 그래도 역시 팔리지 아니하는 것은 저쪽에서 나에게 요구하지 않는데 내가 스스로 팔리기를 구하기 때문이니, 선비의 처세도 그러합니다. 비록 특별한 포부를 가진 선비라도 진실로 그 재능을 짊어진 채 자중하지 못하고, 당세에 팔리기를 구하고자 한다면 바라는 것은 더욱 낮아도 역시 팔리지 아니하나니, 그 형세가 그렇기 때문입니다. 지금 5만금의 값어치로써 장차 스스로 외치며 각하의 문에 가서 팔리기를 구한다면, 혹시 그 값만 낮아지고 팔리지는 아니할 우려가 있지 않을까 염려되므로, 감히 이런 말을 앞세워서 구구한 사정을 좌우에 아뢰는 것이니, 오직 각하는 양찰하여 받아드리도록 하소서.

저희 친구 가운데 어진 선비 서해(徐諧)가 있는데 사람됨이 깊고 넓어 국량이 있으니, 이른바 '사람이 그것이 보배인 줄 알아도 그 그릇을 어떻게 이름 지을 수는 없다.'라는 것입니다. 그러나 그 대략을 말한다면, 황종과 대려라는 악기가 두들기는 대로 따라 울리는 것과 같음은 그 학문에 정통하고 응대에 민첩한 것이요, 외로운 봉우리나 동떨어진 기슭에 천 길의 벽이 세워진 것과 같음은 그 문장이 풍부하여 저술이 수려한 것이요, 세 줄기 강과 일곱 개의 연못이 순한 기세로 내려오는 것과 같음은 그 의논이 크고 넓어서 막힘이 없는 것이요, 가을 서리와 뜨거운 태양이 늠름하여 두려운 것과 같음은 그 기개와 절조가 호방하여 함부로 친히 할 수 없는 것입니다. 대개 천하의 선비가 여기에 장점이 있으면 저기에 단점이 있고, 저기에 가림이 있으면 여기에 나타난 것이 있는데, 그것을 겸비한 사람은 오직 서해가 있을 뿐이니, 이를테면 한림학사들이 거처하는 곳에서 임금의 명령을 기다린다면 반드시 당(唐)나라의 소정(蘇頲)처럼 임금의 말씀을 아름답게 꾸밀 수 있으며, 봉래산에서 붓대를 잡는다면, 반드시 한(漢)나라의 반고(班固)처럼 나라의 역사를 지어낼 수 있으며, 비록 잘 다스려지는 세상에 많은 선비가 수풀과 같을지라도 설령 국가에 대서특필할 일이 있다면, 아마도 노(魯)나라의 선비는 이 한 사람일 것입니다.

선배 학자들이 말하기를 '선비로서 심지가 이미 통하는데도 명예가 드러나지 않는 것은 친구의 허물이요, 명예가 이미 드러나 있어도 유사가 천거하지 않는 것은 유사의 허물이다.'라고 하였으니, 지금 여기에 선비가 있는데도 역시 드러나지 않는다면 어찌 감히 그 죄를 면할 수 있겠습니까. 오직 각하는 바른 문장과 바른 도로써 임금과 지우를 맺고 인사부서에 발탁되어 인재를 감정하는 처지가 되고부터, 유식한 선비들이 귀를 기울이고 들으며 고개를 쳐들고 바라보며 각하에게 등용되기를 기대하지 않는 사람이 없으니, 정히 먼 데서도 취택하여 천하다고 버리지 않고 가까운 데서도 취택하여 친하다고 기피하지 않음으로써 그 소망을 채워서 세상의 높은 언론을 가진 선비를 즐겁게 하고, 천하의 의로움을 사모하는 사람을 불러들여야 할 것입니다. 어떤 사람은 이르기를 '사람을 밝게 아는 것은 비록 성인으로도 어렵게 여겼거늘 녹녹하기 저와 같은 무리들이 어떻게 사람을 알아서 천거하겠느냐.' 할지 모르지만 밝게 살피려고 한다면 비록 성인이라도 확신하지 못할 때가 있고 도리로써 규정한다면 보통 사람으로도 놓치지 않을 수도 있는 것입니다. 저희가 서해에 대해서도 역시 경험한 것으로써 알 따름이요, 그 모른 점에 대하여는 각하의 밝으심을 기대하옵니다.

오직 바라건대 각하는 사람이 하찮다고 말까지 버리지는 마시고 장서각이나 예문관의 자리에 혹시 하나의 결원이 있다면 서해를 등용하여 사무를 맡겨 서서히 그 효과를 관찰하되, 만약 말과 같지 않다면 내쫓고 다시 저희에게 광망하고 은폐한 죄를 가하여 요행을 바라는 선비들로 하여금 감히 어떤 자리를 엿볼 수 없게 하는 것도 또한 조정에서 선비를 취택하는 대체에 욕되지 않을 것입니다. 하물며 서해의 몸가짐은 그 사람이 아니면 사귀지 아니하므로 조정에 친인척의 친구가 없으니, 각하를 위하여 말하는 사람이 반드시 적을 것입니다. 저희가 이와 같이 간곡히 한 번 아뢰고자 하는 것은 결코 요즘 세상에 붕당을 만들어 서로 도우며, 자기네들이 좋아하는 것으로 어진 사람을 만드는 것과는 같지 않으며, 다만 공론에 따르고 또 각하가 그 사람의 실상을 알지 못하여 혹시 빠져 버릴까 염려해서 이러는 것인 동시에, 그 얼마쯤 올리고 낮추는 값에서는 저울의 솜씨에 따라 정해지게 하고, 특이한 보물로 하여금 이집 저집 찾아다니면서 5만금의 값에 팔리려는 꼴을 보지 않게 하자는 따름입니다. 오직 각하는 양찰하소서. 존엄을 모독하여 지극히 죄송하옵니다. 두 번 절하옵니다.

보태는 글

이 편지의 핵심내용은 선비로서 자격을 갖춘 사람이 세상에 명성을 드러내지 못하는 것은 친구들의 허물이고, 명성이 이미 드러난 선비를 천거하지 않는 것은 이부낭중의 잘못이라는 것이다. 그러므로 자신은 유능한 벗을 이 세상에 드러내어 친구로서의 도리를 다하고, 이부낭중은 훌륭한 인재를 발탁하여 나라에 도움이 되게 하라는 것이다. 과연 임춘이 천거한 서해가 등용이 되었는지 어떠한 업적이 있었는지 알 수는 없다. 그러나 이 편지 글은 문체가 흐르는 물처럼 막힘이 없고 설득력 있는 비유법을 구사한 것으로 임춘의 문장력이 유감없이 발휘되었다. 임춘은 고려 의종때 사람이다. 이인로가 주도하는 죽림고회(竹林高會)의 일원으로 이인로, 오세재, 조통, 황보항, 함순, 이담지 등과 함께 해좌칠현(海佐七賢)의 한 사람이다. 또한 그가 지은 가전체 소설 국순전(麴醇傳)과 공방전(孔方傳)은 신하가 취해야 할 도리를 분명하게 드러낸 작품이며, 당시의 비리를 비유적으로 비판한 의인체 소설로 오늘날에도 많은 사람들의 사랑을 받고 있다. 여기서 동문선(東文選)에 수록된 임춘의 시 한 수를 감상해보자.

暮春聞鶯　늦은 봄에 꾀꼬리 소리를 듣다.

田家葚熟麥將稠　농가의 오디와 보리 익어 가는데
緣樹初聞黃栗留　푸른 나무에서 꾀꼬리소리 들리네.
似識洛陽花下客　낙양의 꽃놀이 하는 손님인줄 알았더니
慇懃百囀未能休　은근히 온갖 소리로 울어 그치지 않네.

저의 벼슬길을 활짝 열어주십시오

* 이규보가 이부낭중 조충에게 보내는 글

모월 모일 저는 듣건대, 살결이 풍만하고 매끄러워 한번 웃으면 갖가지 교태가 생기는 사람은 천하의 미녀인데, 이런 사람은 비록 천만 사람을 중매로 세워 맞으려 하여도 오히려 가벼이 허락하려 들지 않고, 설령 높은 벼슬아치나 귀인에게 총애를 받게 되더라도 그다지 기뻐하지 않는 것은 어찌 그 자색의 아름다움을 믿기 때문이 아니겠습니까? 불거진 이마에다 언청이에 절름발이에 곱사인 사람은 천하의 추악한 여자로, 그가 시집갈 곳이란 천한 사람이나 장사치인데, 아름답게 생긴 장부가 잘못 한번 사랑하게 되면 그 여자는 스스로 기쁨을 이기지 못하여 다시 분을 더 바르고 더욱 비녀와 귀걸이로 꾸미고 늘 남에게 자랑하게 되는데, 장부가 그 말을 듣고서 부끄러움을 견디지 못하여 다시 만났을 때는 이맛살을 찌푸리고 침을 뱉으며 한번 돌아다보려고 하지도 않고 가버리면, 그 여자는 제가 추하게 생긴 줄도 모르고 밤낮으로 울부짖어 소리가 이웃까지 들려 사람들이 모여들어 위로해 주게 됩니다. 장부는 또 그럴까 두려워 다시 후하게 대접하여 금이나 비단 등 재산을 주고, 결국 집을 마련하여 살게 하면 천하의 얼굴이 고운 창부들이 모두 그가 신의 있음을 칭찬하며 제각기 꾀하기를 '그 장부는 한 명의 추한 여자를 사랑하여 오히려 차마 버리지 못하는데, 더구나 우리 같은 사람들이겠는가?' 하며, 이에 비단옷을 잘잘 끌고 향내를 풍기면서 앞다투어 오히려 뒤쳐질까 염려하니, 두어 해가 못가서 오와, 송염 같은 미인들이 모두 그의 집에 모이게 됩니다.

지금 저의 평범하고 고루함은 불거진 이마에 언청이인 추물과 같을 뿐만이 아니라, 지난날 명공께서 저를 보잘 것 없다고 여기지 아니하여 젊을 때부터 어울려 놀기를 매우 정성스럽게 하고, 심중을 토로하며 형제가 되기를 언약하게까지 되었으므로 제가 그윽이 천하고 고루함을 헤아리지 않고 말과 모양을 더 꾸미며 뜻을 받들어 비위를 맞추고, 교분이 이미 굳건하다고 여겨 수다스럽게 재잘거리며, 항상 남들에게 자랑하기를 '선비들을 명공께서 알아줌이 나만한 사람이 없다.'라고 하였습니다. 이 때문에 행동할 적마다 항상 붙잡아 줄 분이 있다고 여겨 제가 명공을 자부함이 이러한데, 알 수 없습니다마는 과연 부끄럽게 여기어 이맛살을 찌푸리고 침을 뱉으시렵니까? 아니면 그만두지 않을 것을 염려하여 마침내 같이 좋게 지내시렵니까?

만일 끝내 부끄럽게 여기고 돌아보지 않으신다면 저의 울며불며 원망하는 소리가 날로 매우 심해져서 선비를 좋아한다는 명공의 명성이 조금 감소되지 않을 수 없을 것이나, 만약 차마 친구를 버리지 못하여 허물을 숨겨주어 추녀를 단장하듯 한마디 논평해주어 벼슬길을 활짝 열어 줌으로써 저로 하여금 금문을 지나 옥당에 올라가 옥소반에 기름진 음식을 받게 해주신다면, 그 장부가 추한 여자에게 방을 마련하고 금과 비단 같은 재화를 후하게 준 것이야 어찌 족히 말할 것이 있겠습니까? 대저 그런 다음에는 천하의 선비가 모두 명공의 의리를 높이 여기며 서로 말하기를 '아무 명공께서는 일개 재주 없는 아무개 같은 사람을 만나서도 오히려 차마 버리지 못하고 이끌어 권장함이 이러한데 더구나 우리 같은 사람들이겠는가.'라고 하여, 그제야 아름다운 글재주와 덕성과 신의를 가진 무리들이 별이 흐르듯 그림자가 따르듯 다투어 올 것이니, 어찌 안연, 민손, 증삼, 사어(모두 공자의 뛰어난 제자이다) 같은 사람들이 명공의 문하에서 나오게 되지 않겠습니까? 명공의 사람을 접대하고 선비에게 자기 몸을 낮춘다는 명성도 역사에 열거되어 만세토록 소멸되지 않을 것입니다.

삼가 바라건대 명공께서 저의 이런 말을 살며시 상국(재상)께 들려드린다면 어떻게 생각하실지……. 만에 하나라도 웃으시며 수긍하게 된다면 저의 다행이옵니다. 오직 명공께서 재량하소서. 교분만 믿고 말이 번거로워졌습니다. 다 말하지 못하오며, 황송하옵니다.

보태는 글

벼슬길에 스스로 자신을 추천하는 일에 대하여 현대인은 이해하기 어려울 것이다. 중국에서는 당(唐)나라 때까지만 해도 이는 종종 있는 일이었다. 실제로 시선으로 일컫는 이백(李白)도 「여한형주서(與韓荊州書)」라는 편지에서 자신을 등용해 달라고 청탁한 글을 썼는데, 이 글이 『고문진보』에 수록되어 있다. 그러나 송(宋)나라 이후 성리학이 정착되면서 명분과 의리를 최고의 가치로 삼고 있던 선비들은 벼슬길에 스스로 자신을 추천하는 편지를 쓸 수 없었다. 아마도 고려 중기 이전에는 당나라의 영향을 받아 이와 같은 편지를 썼던 것으로 보인다. 고려 전기에 쓰인 이와 같은 자천서(自薦書)는 여러 문헌에서 흔히 볼 수 있다.

이규보(李奎報 1168~1241)는 고려 중기의 정치가이며, 최고의 문장가이다. 1189

(명종 19) 사마시에 합격하고, 이듬해 문과에 급제하여 벼슬은 우정언, 좌사간, 예부낭중, 한림시강학사, 비서성판사, 집현전대학사, 정당문학, 참지정사, 태자소부, 문하시랑평장사, 감수국사, 태자태보 등을 역임하였다. 호탕하고 활달한 그의 시풍은 당대를 풍미하였으며, 특히 벼슬에 임명될 때마다 그 감상을 읊은 즉흥시는 유명하다. 몽골군의 침입을 진정표(陳情表)를 지어서 물리친 명문장가였다. 시와 술, 거문고를 즐겨 스스로 삼혹호선생이라 하였으며, 만년에 불교에 귀의하기도 했다. 주요 저서로는 『동국이상국집』, 『백운소설』, 『국선생전』 등이 있다. 그의 시 「동명왕편」이 널리 회자되고 있다.

군자의 덕은 바람과 같습니다

* 정도전이 정몽주에게 올린 편지

이단(불교를 지칭)이 날로 성하고 우리의 도(유교를 지칭)는 날로 쇠잔해져서 백성들을 짐승과 같은 지경에 몰아넣고 또 도탄에 빠뜨렸습니다. 온 세상이 그 풍조에 휘말려 끝이 없으니, 아! 통탄할 일입니다. 그 누가 이를 바로잡을 것입니까? 반드시 학술이 바르게 닦이고 덕과 지위가 뛰어나서 사람들이 믿고 복종할 만한 사람만이 이를 바로잡을 수 있을 것입니다. 또 백성들은 어둡고 어리석어서 취할 것과 버릴 것을 모르고 있습니다. 만약 한 시대의 뛰어난 사람이 있어서 이단을 물리치면 이단을 버리고, 이단을 제창하면 이단을 신봉하게 됩니다. 이는 대개 백성들은 뛰어난 사람을 믿고 복종할 줄만 알았지 도(道)의 옳고 그름은 모르기 때문입니다.

옛날 맹자는 비록 궁하여 평민의 자리에 있었지만, 마침내 양주, 묵적*을 물리치고 공자를 높였는데, 온 세상이 그를 따를 수 있었던 것은 대체로 덕이 뛰어나 그 덕이 족히 천하를 믿고 복종하게 했기 때문이며, 양(梁)나라 무제는 비

* 양주(楊朱)와 묵적(墨翟)은 춘추전국시대 제자백가의 일원으로, 양주는 자애설을 주장하였으며, 묵적은 겸애설을 제창하였다. 당시 맹자가 양주의 자애설과 묵적의 겸애설을 유가의 입장에서 통렬하게 비판하였다.

록 어둡고 아는 것이 없었지만 마침내 불교를 일으켜 풍속을 바꿨는데 천하가 그를 따르게 된 것은, 대개 지위가 높았기 때문에 그 지위가 족히 천하를 믿고 복종하게 했던 것입니다. 그래서 공자가 '군자의 덕은 바람이요, 소인의 덕은 풀이니 바람이 풀 위에 불면 풀이 반드시 쓰러진다.'라고 한 것은 이를 두고서 한 말입니다. 그 뒤로 위에는 어진 임금이 없고 아래는 참된 선비가 없어서 세상의 교화는 점점 쇠퇴하고 잘못된 설이 방자하게 돌고 있는데, 높은 지위에 있는 뛰어난 사람마저 그를 따라 제창하였으니, 아! 그 폐단은 이루 다 말할 수 없습니다.

그 후에 송(宋)나라가 융성하게 되어 참된 선비들이 번갈아 일어나서 전해 내려온 경서(經書)를 바탕으로 끊어진 도통(道統)을 계승하여 우리의 도를 붙들고 이단을 물리치는데 학자들이 거기에 쏠리어 따르게 되었으니, 이것 역시 덕이 뛰어나 사람들이 믿고 복종했기 때문입니다. 그런데 애석하게도 덕만 있고 지위가 없어서 도를 세상에 크게 펴서 잘못된 설의 뿌리를 뽑지 못했습니다. 그러나 중국의 학사들이 오히려 그 학설에 힘입어서 우리의 도를 붙들고 이단을 물리치는 것을 자기들의 책임으로 삼았으니, 비록 그 폐단이 깊숙이 파고들어서 바로 단절시키지 못했지만 그래도 우리의 도가 다시 진흥할 가능성을 갖게 된 것입니다. 우리나라는 그 폐단이 더욱 심하여 사람마다 이단을 돈독하게 믿어 근엄하게 받들고 있습니다. 그리하여 명색이 대유(큰 선비)라 불리는 사람까지 도리어 이단을 찬송하고 노래를 불러서 명성과 위세를 도와 격려하고 진동시키고 있습니다. 그러므로 뛰어난 사람의 좋아하는 것만을 따르는 저 어리석은 백성들이야 어떻겠습니까?

그래서 선왕의 학문은 쓸쓸하여 듣지 못하고, 눈과 귀에 보고 듣는 것은 이단이 아님이 없습니다. 강보에 싸인 어린아이가 처음 말을 배울 때에도 이단의 말을 외우며, 소꿉장난하는 시절에도 문득 그 의식을 베풀어줍니다. 그 습관이 성품으로 자라서 태연히 여기고 그 잘못을 깨닫지 못하니, 간사한 것이 마음에 배어 몹시 굳어져 깨뜨릴 수가 없습니다. 그러므로 비록 총명한 선비라 할지라도 모두 그 공허한 말에 현혹되며, 어긋난 사람들은 그 화복설(禍福說)을 기뻐하기도 하고 두려워하기도 해서 높여 받들고 따르지 않는 사람이 없습니다. 그래서 윤리와 기강은 헐리고 사람의 이치는 없어지고 풍속은 쇠퇴하여 가세가 기울어 파산되고, 부모와 자식이 이산가족이 되어 짐승과 같은 생활을 하게 되니 도탄에서 허덕이는 것에 이르지 않을 수 있겠습니까?

그러나 다행히 사람 본연의 성품은 하늘이 다할 때까지 없어지는 것이 아니기 때문에 비록 이렇게 어지러운 세파 속에서도 오히려 경륜을 밝히는 선비들이 있어서 이단의 피해를 깊이 깨닫고 가만히 의논하며 통탄하다가 이따금 사람들에게 명확하게 분석해 주기도 합니다. 그러면 그를 믿고서 깨우치는 사람도 간혹 있으니, 이는 의리의 마음이 사람마다 있기 때문입니다. 그러나 그런 사람은 지위가 높지 않으므로 백성들이 끝내 잘 따르지 않습니다. 그리고 부처를 위하는 사람과 시비를 따지게 되면, 그들도 역시 그러한 마음을 가졌기 때문에 스스로 그른 것을 알아서 자주 말이 궁해집니다. 그러나 굴복하는 것을 부끄럽게 여겨서 이기려고만 합니다. 그래서 공경대부들이 이단을 높여 받드는 말과 큰 선비들이 찬송하는 말을 이끌어다가 변론하는 사람의 말을 꺾으려 합니다. 그들은 '어찌 의롭지 못한 일을 그분께서 믿겠는가? 그분의 지위와 학덕으로도 받들고 찬송하는 것이 이와 같은데 그대는 도리어 불교를 그르게 여기니 그대가 그분보다 낫다는 말인가?'라고 말합니다. 변론하는 사람이 그에 대한 답변을 '지위는 공경대부가 되었어도 도는 배우지 못할 수 있고, 큰 선비라고 불리어도 학문이 바르지 못할 수 있다. 다만 본심에서 판단하여 사특하고 정직함을 분별할 따름이지, 어찌 그분의 연고 때문에 덮어놓고 그것이 옳다고 하겠느냐?'라고 한다면 그들의 말을 이길 수도 있으나, 이 말은 아랫사람으로서 윗사람을 비방한 죄에 해당할 뿐만 아니라 사람들이 도리어 믿지 않고 미쳤다고 비웃고 헐뜯어 용납할 곳이 없게 되므로 변론하는 사람이 듣고도 잠자코 말하지 않습니다. 그러면 저 부처를 위하는 사람들은 의기양양해서 '나의 말이 이겼다.'고 떠듭니다. 여기에서 이단의 사특한 점은 입으로는 다툴 수 없으며 백성들이 현혹된 것은 의리로써 깨우치지 못할 것임을 알았고, 오직 학술이 바르고 덕과 지위가 뛰어나서 사람들이 믿고 복종할 사람만이 그들을 바르게 할 수 있으리라는 것을 알았습니다.

나의 벗인 그대(정몽주)는 참으로 그 적격자라 하겠습니다. 그 이유는 그대가 비록 그만한 지위는 없더라도 그대의 학문을 학자들이 본래부터 그 바름에 감복하였고 그대의 덕을 학자들이 본디부터 그 뛰어남에 감복하였기 때문입니다. 나처럼 용렬한 사람도 세상의 비웃음을 아랑곳 하지 않고 결연히 이단을 물리치는데 뜻을 두게 된 것은 역시 그대를 의지하기 때문입니다. 하늘이 그대를 내신 것은 참으로 우리 도(유교)의 축복입니다. 그런데 요즘 오고가는 말을 들으니 '그대가 『능엄경』을 보니, 불교에 현혹된 것 같다.'라고 합니다. 그래서 나는 '그대가 능엄경을 보지 않으면 어찌 그 설의 사특함을 안 것인가? 그대가 능엄경을 보는 것은 그 속의 병통을 알아서 치료를 하자는 것이지 그 도를 좋아해서 정진하자는 것은 아니다.'라고 했습니다. 그러나 얼마 후 나는 혼잣말로 '나는 그대가 부처에게 아첨하지 않는다는 것을 보증할 수 있다. 그러나 옛날에 한유(당나라 문장가)가 태전이라는 중과 더불어 한 번 이야기 한 것이 뒷세상에 핑계거리가 되고 있는 것을 보면, 그대는 사람들의 믿음과 존경을 받고 있는 처지여서 그렇게 하는 것이 우리가 추구하는 도의 흥망을 가름하고 있으므로 자중하지 않을 수 없다.'라고 하였습니다. 그리고 백성들은 어둡고 어리석어서 의혹되기는 쉽고 알아듣도록 타이르기는 어렵사오니 그대는 한 번 생각해 주시기 바랍니다.

보태는 글

정몽주와 정도전은 목은 이색의 문하에서 동문수학한 세칭 고려 말의 신진사대부에 속한다. 그들은 성리학적 이념으로 무장하여 고려 말기의 피폐한 세상을 구제하려고 했다. 특히 타락한 불교를 배척하고 유교적 민본주의를 지향점으로 삼았다. 그러나 불교를 배척하는 입장에서 정몽주와 정도전은 차이를 보였다. 정몽주는 온건한 입장에 있었으므로 불교에 대하여 깊이 이해하려 했고, 정도전은 『불씨잡변(佛氏雜辨)』의 저술을 통해 불교를 배척하는데 강력한 입장을 보였다. 당시 두 사람의 위상과 명성에는 상당한 차이가 있었다. 정몽주는 학문과 덕망이 높은 저명인사의 반열에 올라 있었으나, 정도전은 이에 미치지 못했다. 이 때문에 정도전은 명성이 높은 정몽주가 나서서 불교를 배척하는데 앞장서 주기를 당부하고 있는 것이다. 또한 정치사상적 측면으로 보면, 정몽주는 온건개혁을 통해 고려를 유지하려고 한 반면에 정도전은 급진개혁을 통해 고려를 대신할 새로운 나라의 건국을 구상하고 있었다. 이러한 두 사람의 입장은 결국 서로 다른 길을 선택하는 운명의 갈림길이 되고 말았다.

중들은 세속으로 돌아오기를 망설이고 있습니다

* 윤회가 황희 정승에게 올린 편지

예문관 제학 윤회는 머리를 조아리며 이 글을 좌상대인께 받들어 올립니다.

화엄대사 선회(善懷)는 서산(書算)에 능통하고 행정실무에도 밝다고 합니다. 일찍이 종문(宗門)의 주무를 지내고 여러 절의 주지를 역임했는데, 모두 그 직책에 충실하였습니다. 어느 날 그가 저의 집으로 찾아와서 말하기를 '저는 본래 김 씨의 아들인데, 어린 나이에 무지하여 불교신자가 되었습니다. 이제 밝으신 임금께서 등극하시고 어진 재상이 서로 도와 문화정치를 널리 펴시고 이단(불교)을 물리치셨습니다. 제가 이 세상에 태어나서 도리어 아비 없고 임금이 없는 오랑캐의 가르침을 배웠고, 일을 하지도 않고 먹고 사는 완악한 백성이 되었으니 매우 부끄러운 일입니다. 그러나 하루는 갑자기 깨닫고 마음을 고쳐 후일에는 잘못이 없기를 바라며, 처음에 내가 입었던 의복을 다시 입고 이름을 고쳐서 회선(懷善)이라고 하였습니다. 힘써 거두어서 세금을 내고 태평한 평민이 된다면 이 또한 만족할 것입니다. 만일 어진 군자께서 저의 이 구구한 허물을 버리시고, 참된 곳으로 향하는 마음을 취하시어 속절없이 늙어가는 이 몸이 의지할 곳 없는 슬픔을 가련히 여기시어 낮은 관직에라도 임명되는 은혜를 입게 해주신다면 비록 이 몸이 비천하오나 감히 노년을 격앙시켜 털끝만큼의 공적이라도 이루지 못하겠습니까?'라고 하면서, 선생께서는 선비이시니 저를 위하여 먼저 조정의 고관대신 앞에 얼굴을 드러낼 수 있도록 해주시겠습니까? 저는 회포를 풀 방법이 없기 때문에 이곳에 나타나 선생께 한 말씀 올리는 것입니다. 그러나 감히 그렇게 되기를 바라는 것은 아닙니다.

저는 이 사람과 본래부터 한 번도 만나본 일이 없는 사람이었으나, 그의 말을 듣고 난 다음부터는 문득 마음이 슬퍼지고 깊이 느낀 바가 있었습니다. 이제 무릇 중들 중에 자신의 전생을 뉘우치고 속인으로 돌아오고자 하는 사람들이 진실로 적지 않을 것입니다. 다만 이 세속 밖의 사람이 귀하고 천한 사람을 가리지 않고 항상 사대부와 더불어 대등한 예(禮)로 대해 오다가 형상을 고치고 의복을 바꾸어 입고 환속을 하면 으레 백정이라는 천민이 되기 때문에 보잘것없는 낮은 선비와 벗하려 생각을 해도 여기에 낄 수 없습니다. 그러므로 중들은 속세로 돌아올 것을 망설이며 능히 스스로 결단하지 못하고 있는데 이는 인간이라면 누구나 가지고 있는 보통의 인정이요, 조금도 괴상한 것이 아니라 하겠습니다. 옛말에 '청하건대 곽외(郭隗)로부터 시작하라.*' 하였습니다. 임금께서 굽어 주변의 말들을 채취하시고 하나를 발취하여 천명(天命)에 권장을 하신다면 장차 머리를 깎고 승복을 입은 무리가 훤히 모양을 고치고 모두 머리를 길러서 이마에 갓을 쓰고, 그들의 참된 마음을 찾아 보려하는 것이 강하의 물이 바다로 흘러내리는 것과 같을 것입니다. 이는 진실로 도태(淘汰)를 기다리지 아니하고, 그 사람을 사람으로 여기는 요긴한 술법이라 생각되오니, 한번 나아가 행하시면 나라를 다스리는 길을 만회시킬 수가 있을 것입니다. 얼마나 세상

---

* 곽외는 중국 전국시대 연(燕)나라 사람이다. 연나라 소왕이 그에게 인재를 구하는 방법을 묻자, 대답하기를 '먼저 저부터 시작하십시오.'라고 했다는 고사가 있다.

에 많은 도움이 되겠습니까?

제가 드리는 이 말씀은 다만 김회선(金懷善) 한 사람만을 위하여 발언하는 것이 아닙니다. 재상께서는 여기에 뜻을 깊이 두시고 임금님께 알리신다면 유교의 도에 매우 다행한 일이라 하겠습니다. 황공하여 두 번 엎드려 절합니다.

보태는 글

조선왕조를 개국한 건국세력은 성리학을 국시로 삼고 불교를 억압하였다. 이른바 억불숭유(抑佛崇儒) 정책을 강력하게 시행한 것이다. 불교는 침체되고 전국의 사찰이 폐쇄되어 수많은 스님들이 갈 곳을 잃고 있었다. 조선은 성리학으로 무장한 사대부의 나라로 선비가 아니면 행세를 할 수 없는 사회이다. 고려에서는 스님들의 신분이 높아 사회의 지도층을 형성하였으나, 이제 조선으로 넘어와서는 스님들이 천대받는 상황이 되었다. 따라서 승복을 벗어던지고 환속(還俗)하는 수많은 스님들이 사회에 나와 떳떳한 삶을 유지할 수 없었다. 이러한 상황을 파악한 윤회(尹淮)가 예문관의 제학으로 있으면서 환속하는 스님들의 사정을 들어 능력자에게는 관리가 될 수 있는 길을 터달라고 황희 정승에게 편지로 건의하게 된 것이다. 아마도 나라가 바뀌거나 정치체제의 변화가 있으면 선의의 피해를 당하는 사람들이 생기는 것은 예나 제나 필연적 사회문제로 등장하는 것을 알 수 있다.

윤회(尹淮 1380~1436)는 조선개국에 공을 세운 윤소종(尹紹宗)의 아들이다. 1401년(태종 1) 증광문과에 급제하여 좌정언, 이조정랑, 예조정랑 등을 역임하였다. 이어서 지승문원사, 우부대언, 병조참의, 집현전부제학, 예문관제학, 병조판서,

예문관대제학 등을 지냈다. 정도전과 함께 『고려사』를 수교했으며, 세종의 명을 받아 『팔도지리지』를 편찬하였다. 집현전에 있을 때 왕명으로 『자치통감훈의』의 찬집을 맡기도 하였다. 그는 특히 술을 좋아했으며, 세종이 술을 석 잔 이상 마시지 못하게 하자 연회 때마다 큰 그릇으로 석 잔을 마셨다는 일화가 있다.

죄가 있으면 정벌하고 항복하면 놓아준다

* 신숙주가 대마도주 종정국에게 보내는 답장

주신 글을 받아서 기력이 무고하시다는 말을 들으니 기쁘고 큰 위로가 됩니다. 보내주신 예물은 삼가 받들어 올렸습니다. 이어서 보인 뜻도 살피고 아울러 사신의 말을 들으니 간혹 서로 믿지 못할 것이 있으므로 말하지 않을 수 없습니다. 우리와 일본, 양국의 교류는 연대가 매우 오래되었습니다. 우리 조정이 나라를 열면서부터 대마도의 시조 영감(靈鑑)이 비로소 우리에게 정성을 다하였습니다. 종정무(宗貞茂)가 세대를 이어서도 지성으로 대접함이 더욱 간곡하였으나 그 말년에 와서는 능히 화목을 유지하지 못했습니다. 섬사람들이 흩어져 우리의 남쪽 해변을 침입하여 약탈하였습니다. 이에 우리 선왕(세종)께서 크게 노하시어 군사를 보내 죄를 물으셨습니다. 이런 까닭으로 여러 해 동안 왕래가 끊어졌습니다. 종정성(宗貞盛)이 섬의 늙은 사람으로서 사신을 보내니 그가 와서 모든 죄를 뉘우치고 용서해 줄 것을 빌었던 것입니다. 또 바다에 있는 도둑의 무리가 일기와 구주(일본의 지명)의 사람들이요, 오직 대마도 사람들만이 아니라고 그 진상을 밝혔습니다. 이 말씀을 들은 우리 선왕께서는 '죄가 있으면 치고 항복하면 놓아 주는 것은 옛날과 지금의 통용된 의리이다. 이제 항복하였으니 지난 허물은 소급하여 책망할 필요가 없다.' 하시고, 마침내 옛날처럼 대우하라고 명령하셨습니다. 이로부터 해마다 사신들을 보내왔는데, 그때마다 오는 배들이 많을 수도 있고 혹은 적을 수도 있어 일정하지 않았습니다. 우리 선왕께서는 여러 고을 사신의 배를 일정한 숫자로 정하였으나, 오직 대마도는 일정한 숫자를 정하지 않으셨으니, 이는 혹시 폐단이 생길까 염려하셨기 때문입니다. 그리고 비로소 계해년(1443)에 와서 1년에 50척으로 정했던 것입니다. 마땅히 섬의 일을 맡고 있는 사람이 각각 그 해에 올 수 있는 배의 척수를 알 수 있을 것이며, 또 기록된 문서가 증명해 줄 것입니다. 그밖에 사신을 맞이하는 집과 대우하는 절차와 도로의 한계와 배의 크고 작음과 사람의 많고 적음은 이미 다 정해진 법규가 있어 각각 신의로써 조약을 엄수할 것이며, 감히 어기면 안 될 것입니다. 무릇 법이 오래되면 반드시 폐단이 생기게 마련입니다. 또 폐단이 있으면 고치는 것이 나라에 있어서는 떳떳한 일이라 하겠습니다.

삼포(三浦)로부터 서울까지 올라오는 데는 일정이 제한되어 있습니다. 그러나 곳곳에서 더디게 머물다가 때를 놓쳐 해를 넘기는 일까지 있었습니다. 대마도 사람들은 많은 물건을 받으려고 도모할 뿐만 아니라, 행인을 단속하는 통역사도 사사로이 개인의 이익을 도모하고 있습니다. 모든 일에 이러한 폐단이 있는 가운데, 또 근년에는 남쪽지방에 재해를 만나 올해의 곡식이 풍족치 못하여 대로변의 역관이 능히 감내할 수 없음을 호소해 왔습니다. 이에 옛 조약을 거듭 밝혀 너무 심한 것을 절제하고 그 폐단을 구제해 왔을 뿐입니다. 이것은 옛 조약을 고쳐 변화시킨 것이 아닙니다. 하물며 소소하게 법을 어긴 일도 오히려 넉넉히 용납하여 견주어 살피지 않았는데, 이제 그대의 편지에 기록되어 있는 것은 '대우함이 옛날과 다르게 어김이 있음은 실상 서로 알 수 없는 일이다.'라고 하였습니다. 또 사신이 말하는 것은 '쌀에 티끌과 더러운 것이 섞여있다.'고

하는데, 이는 바로 연변의 관리들이 잘못한 것입니다. 요즈음 흉년으로 인하여 조세의 수입이 넉넉하지 못하므로 묵은 곡식을 아니 쓸 수 없습니다. 그러나 티끌과 더러운 것이 섞여 있음은 어찌 국가의 뜻이겠습니까? 이제 다 이유를 갖추어서 우리 임금께 아뢰었습니다. 임금께서 명령하시기를 '이제 대마도주가 능히 일의 변통에 통하고 의리를 지켜 대국 섬기기를 정성으로써 한다면, 유시한 바에 의하여 명령을 듣고 곧 실행하게 하여 의심하지 않도록 하라. 또 스스로 막혀서 서로 통하지 않는 것이 있으면 모두 말하여 베풀었으니, 내가 매우 아름답게 여긴다. 예조에서는 사신이 서울에 올라오는 일정의 기한을 5일 늦추어 주고 우리 연변의 관리가 물건을 주는데 삼가지 아니한 허물을 다스리고 무릇 대마도 사람에게 후대를 힘써 더하라.'고 하시기 때문에 갖추어 써서 답장을 보내니, 오직 그대는 미루어 알기 바랍니다.

가만히 생각건대 나라 간에 교류를 할 때에는 힘써 간단하고 쉬운 것을 쫓아 굳게 신의로 약속을 지켜 피차간에 싫어하는 빛이 없는 뒤에야 두 나라는 오래도록 더욱 도타워질 것입니다. 만일 각각 오고가는 말만을 들어 조급하게 저와 나를 의심하면 그 뒤 뉘우침에 이르지 않는 일이 드물 것입니다. 무지한 인간이 저의 뜻과 같지 못하면 문득 편안치 못하므로 서로 윽박지르게 되는 것입니다. 이 사람이 진실로 편안치 못하면 저 사람이라고 어찌 홀로 편안함을 얻겠습니까? 이는 실로 생각하지 않는 것이 옳은 처사라 하겠습니까? 무릇 가는 데는 후하고 오는 것은 박하니, 한 해의 비용이 막대합니다. 아낄 줄 모르는 사람이라도 어찌 앉아서 쌓인 창고를 소비하고 있는 것을 보고 아낄 것을 모르겠습니까? 오직 우리 임금께서 저와 이 백성을 같게 보시고 같이 사랑하시기 때문입니다. 그대는 자세하게 처음과 끝을 생각하고 이로움과 해로움을 헤아려서 임금께서 두 가지를 모두 건지시기에 틈이 없는 뜻을 본받으시기 바랍니다. 간사한 소인들을 어루만져서 그치게 하고 법에 어긋난 일들을 금지해서 성실한 마음을 더욱 굳게 하며, 사이가 좋은 교류를 길게 하면 어찌 아름답지 않겠습니까?

요즈음 그대의 처사를 살펴보니 일들이 거의 이에 합치되어 능히 나타나고 밝고 믿음직하고 착하며 독실하여 숨기는 것이 없으니, 이는 참으로 더불어 할 만한 일이라 하겠습니다. 이와 같이 모임은 쉽지 않으니 감히 이에 극진한 회포를 다 펴는 것입니다. 그대는 몸소 살펴서 더욱 아름다운 명예를 베풀어 주시면 매우 다행이라 하겠습니다.

보태는 글

조선왕조의 외교정책의 기조는 사대교린(事大交隣)이었다. 큰 나라인 중국은 섬기고 왜(倭)나 여진(女眞) 등의 나라와는 평등한 지위에서 교류를 하였다. 그러나 조선정부는 왜국과 여진에 대해서 우월한 입장을 견지하고 있었다. 대마도는 국가라기보다는 종씨(宗氏)의 종족 집단으로 그 집단을 다스리는 사람을 '대마도주'라 한다. 대마도는 지정학적으로 조선과 일본을 연결하는 위치에 있었으나, 농지가 협소하여 매년 조선에 특산품을 조공으로 바치고 쌀 등의 곡물을 받아가는 형편이었다. 그러나 흉년이 들거나 조선으로부터 곡물의 조달이 잘 안 되는 경우에는 조선의 남해안 지역에 출몰하여 곡물을 강탈했는데, 이런 일이 많아지자 조선정부는 매년 일정한 양의 곡물을 지원하기로 약조하였다. 이때 대마도주인 '종정국'으로부터 곡물지원의 문제에 따른 항의 서한이 왔으므로, 신숙주가 외교를 담당하는 예조판서로서 대마도주에게 답장을 보낸 것이다. 신숙주는 조선 역사상 가장 유능한 외교가로 당시에 5개 국어를 자유자재로 구사했다고 한다. 또한 일본에 사신으로 다녀온 여행기를 자세하게 정리하여 『해동제국기』를 남겨 이후 조선의 대일본 정책에 지대한 공헌을 하였다.

국가의 안위와 존망이 눈앞에 급합니다

* 성혼이 좌의정 윤두수에게 보낸 편지

저는 두 번 절하고 말씀드립니다. 삼가 옛날 역사책을 보니 외방의 나라가 적에게 침략을 당하여 중국에서 군사를 파견하여 구원할 경우에는 반드시 본국의 군대를 그 나라의 왕이 스스로 통솔하여 중국의 군대와 함께 토벌하였고, 전적으로 외세의 원조에만 의지하여 본국은 군대가 없이 팔짱만 끼고 앉아서 구경한 적은 없었습니다. 일찍이 의주(義州)에 있을 때 정예병을 단결하여 위급함에 대비해야 한다고 병조에 말했더니, 의논하는 사람들이 말하기를 '소요를 일으키게 되므로 할 수 없고 군량이 없어 먹일 수 없으며 병사들이 궤멸되어 끝내 무익하다.'라고 하여, 이 세 가지 이유로 거절하고 따르지 않았습니다. 그리고 이번에 진주성이 포위를 당하자 황급한 나머지 이렇다 할 계책을 세우지 못하고, 마침내 힘써 싸워 군공이 일등인 사람들을 뽑아서 보내니, 이에 가게 된 사람들이 크게 원망하고 뽑힌 병사도 매우 적어서 적에게 달려가 대항할 수 없었습니다. 이미 시험해 본 데서 오는 우려이다 보니 매우 한심스럽습니다. 이번에 임금의 행차가 도성으로 돌아오시는데 남쪽 길을 차단하여 막는 것이 지극히 허술하니, 적군이 경내로 쳐들어올 경우 저들의 흉악한 계략을 예측하기 어렵습니다. 여러 장수들을 나누어 배치하여 각각 요해처를 지키게 하는 것이 지극히 시급한 일입니다.

삼가 바라건대 좌상께서는 서둘러 헤아려 가장 먼저 조처하여 믿을 수 있도록 함으로써 위험이 없게 하신다면 매우 다행이겠습니다. 장수 이일(李鎰)도 그 일을 걱정하고 있으니, 만일 한번 방문해 주신다면 반드시 시행할 만한 좋은 방책이 있을 것입니다. 오늘날 나라의 정치와 군사에 관한 일의 중대사는 오직 장수를 선발하고 군사들을 훈련시키며 병장기를 수리하고 군량을 비축하는 데에 달려 있을 뿐입니다. 이번 가을과 겨울에 적이 한 귀퉁이에 머물고 움직이지 않을 때 향병(민병)을 결집시키고 여러 장수들을 나누어 배치해서 열흘마다 시험하고 한 달마다 살펴보며 세 번 명령하고 다섯 번 반복하여 병사와 장수가 서로 얼굴을 알게 하여 순식간에 궤멸되는 화가 없게 해야 할 것입니다. 또 병장기를 수리하여 군사들이 믿는 바가 있어서 두려워하지 않게 하고, 이번 가을철에 여러 가지 방법으로 곡식을 마련하여 군량에 대비해야 할 것이니, 이러한 큰 계책은 하루가 시급합니다. 만일 이러한 시기를 그대로 지나쳐 버린다면 내년에는 가만히 앉아서 망하기를 기다리게 될 것이니, 어찌 애통하지 않겠습니까?

의병으로서 군공을 세운 사람과 곡식을 바친 사람들에게 상을 내리는 일이 일찍이 담당 관리에게 막혀서 시행되지 못한 것이 매우 많습니다. 이제 마땅히 서둘러 은혜를 미루어서 하나같이 정해진 규칙대로 해야 할 것이고 곡식을 모아 군량을 비축함에 온갖 방책을 모두 동원하여 제때에 조처해야지, 단 하루도 늦춰서는 안 될 것입니다. 또 무거운 세금과 과중한 부역이 곳곳마다 모두 똑같아서 백성들의 원망이 날로 깊어지니, 힘없이 무너질 형세가 전보다 더합니다. 오늘날 군대에 제공하는 것 말고 백성들에 대한 과세를 일체 정지하여 백성들이 힘을 펼 수 있게 해 주어야 합니다. 그런데 궁중과 조정에서 내려 보내는 명목의 세금이 대부분 물자를 넉넉하게 하기 위한 규정이니, 이는 마땅히 통렬하게 억제해야 옳을 것입니다. 금성철벽도 믿을 수 없고 견고한 갑옷과 예리한 병기도 사용할 곳이 없으니, 이는 좌상께서도 직접 보셨습니다. 그런데 어찌하여 아직도 앞의 실패를 따라 조금도 고치지 않는단 말입니까?

대체로 길에 떠도는 말은 '피난 시 조정에서 공공연히 뇌물이 행해져 기강이 날로 무너진다.'는 것으로 비방하는데, 수많은 사람들이 떠들어 이러한 소문이 널리 퍼지고 있습니다. 그리하여 일반 백성들이 복종하지 않고 지식인들이 분통을 터뜨리니, 이러한 말이 사실인지는 참으로 알 수 없으나 좌상께서 국정을 담당하고 계시니, 조정에 이러한 소문이 있게 해서는 안 될 것입니다. 또 적장은 흉악하고 교활하여 간첩을 잘 이용해서 기습에 능하며, 우리 백성들은 조정에 대한 원망이 깊어서 적진으로 도망하여 앞잡이가 될 것을 자청하는 사람이 잇따르고 있는 실정이니, 만약 적이 경무장한 기병으로 빠르게 달려 샛길로 추적해 온다면 큰일입니다. 임금의 행차가 계신 곳에는 반드시 대비가 있어야 할 것이니, 좌상께서는 거듭 이것을 우려하시지 않으면 안 될 것입니다. 우리나라가 패망하는 화는 오늘 당장에 이루어진 것은 아니지만, 지금 좌상께서 책임을 맡고 계시므로 나라의 안위와 존망이 눈앞에 급하다는 말씀을 드립니다. 지금 가장 시급한 것은 마음을 비우고 스스로에게 물어 보며, 한 번 밥을 먹을 때에도 열 번을 일어나 선비들을 만나서 의견을 모으고 충성스런 말과 유익한 의견을 널리 받아들여서 하나같이 제갈공명을 스승으로 삼아 본받는 일입니다. 그런데 너무 엄격하고 굳세어 소통할 수가 없으므로 아랫사람들의 심정이 답답하여 통하지 못하니, 삼가 매우 우려되는 바입니다.

한번 대감의 앞에 나아가 저의 어리석고 망령된 마음속에 품고 있는 생각을 다 말씀드리고 싶습니다. 하지만 저는 병들고 피곤하여 거의 죽을 지경이어서 평소의 마음을 펼 수가 없습니다. 이에 편지 한 통을 갖추어 간략히 대강을 말씀드리니, 좌상께서는 깊이 살펴주소서. 말하고 싶은 것은 이뿐만이 아닙니다. 오늘의 일은 거의 아이들 장난과 같으니, 일을 이루지 못할까 염려스럽습니다. 구구한 심정은 걱정스럽고 절박하여 마치 칼날 위에 올라선 듯합니다. 정은 넘치나 말이 위축되어 백 가지 중에 한 가지도 다 말씀드리지 못하니, 더욱 한스럽습니다. 삼가 글을 받들어 올리고 이만 줄입니다.

보태는 글

우계 성혼(1535~1598)은 조선 중기의 성리학자로 율곡 이이와 함께 서인의 정신적 지주였다. 숙종 때에 이르러 서인이 노론과 소론으로 분열할 때 율곡 이이의 학맥은 노론이 되고, 성혼의 학맥은 소론이 되었다. 나중에 율곡 이이와 함께 문묘에 배향됨으로써 동국 18인의 반열에 오르게 되었다.

임진왜란은 조선 역사상 가장 중요한 분기점이다. 역사학계에서는 임진왜란을 중심으로 조선의 전기와 후기로 나누기도 한다. 성혼이 이 편지를 쓸 때는 조선 정부가 행궁인 의주에서 한양으로 환도하던 시기로 1593년 10월경이다. 왜군이 남쪽으로 물러가고 전쟁은 소강상태에 있었다. 이때 좌의정 윤두수에게 편지를 보내 환도하는 정부가 안전하게 돌아올 수 있도록 경계를 철저히 할 것과 전쟁으로 흐트러진 민심을 수습하고 왜군이 다시 북상할 것에 대비하여 군대를 정비토록 건의하였다. 오음 윤두수(1533~1601)는 서인의 영수로 임진왜란을 사전에 대비하지 못하여 파직된 동인의 이산해 등이 실각함에 따라 좌의정에 임명되어 전시의 조선 정부에서 중요한 역할을 하였다. 특히 임금 일행이 개성에서 의주로 갈 것인지 함흥으로 갈 것인지 논의를 할 때에 의주로 갈 것을 주장하였다. 그리고 의주에서 압록강을 건너 요동으로 가야한다는 공론이 있었을 때 강력히 반대하여 관철시켰다.

* 동국 18현 : 공자의 사당인 문묘(文廟)에 배향된 우리나라의 유학자 18인
  - 신 라 : 설 총, 최치원
  - 고 려 : 안 향, 정몽주
  - 조 선 : 김굉필, 정여창, 조광조, 이언적, 이 황, 김인후, 이 이, 성 혼, 조 헌, 김장생, 김 집, 송시열, 송준길, 박세채

나의 의혹을 풀어주시면 매우 다행이겠습니다

* 김장생이 이항복에게 보낸 편지

최근에 송영구(宋英耈)의 조카가 성주(星州)에 와서 송영구의 말을 전하는 내용을 들어보니, 정여립 역모사건에 정철(鄭澈)이 수사 책임자가 되어 비밀리에 임금에게 보고하기를 '역적이 호서지방의 입구를 차단하여 호남지방으로 가는 길을 막고 영남으로부터 문경새재를 넘어 한강을 건너려고 하는데, 그의 뜻은 장차 선비들을 모조리 죽이려는 것입니다.'라고 하니, 임금께서 그 말의 출처를 묻자, 정철은 오성 이항복은 임금께서 중히 여기는 신하이므로 반드시 추궁하시 않을 것이라 믿고 이항복에게 들었다고 대답하였다. 임금께서 다시 정철에게 물으니, 정철은 궁색한 나머지 몸 둘 바를 모르다가 이발(李潑)의 사촌형인 이빈(李濱)의 세 아들에게 들었다고 둘러대었다. 임금께서 곧바로 그들을 잡아다가 국문하도록 명령하여 이빈의 아들 삼형제가 곤장을 맞고 죽었는데, 두 눈알이 모두 튀어나와 땅바닥에 떨어지도록 국문한 것은 원한에 의한 것이다. 이항복이 언제나 그 일을 말할 때면 반드시 정철을 '그놈' 이라고 욕하면서 배척하였다. 우리 가운데 이 일을 아는 사람은 서너 사람에 지나지 않아 김장생 또한 그 일을 모르고 있다. 내가 일찍이 그 일을 말하지 않았던 것은, 우리에게서 이러한 말이 새어 나가면 정철은 세상에 용납될 수 없기 때문이다. 너희가 정철의 마음씨를 알지 못하는 까닭에 마지못해 말한 것이니, 돌아가거든 너희 무리에게 말하여 다시는 정철을 위해 구명하지 말도록 하라는 말을 전해 듣고 깜짝 놀랐습니다.

옛날에 들으니, 이 씨 성을 가진 삼형제가 남쪽에 왕래하면서 역적인 정여립과 교분을 맺었고, 또 그 집이 서울에 있는데 남쪽의 무뢰배들이 그곳에 많이 머물렀으며, 그 사람됨과 행동거지가 황당하여 이웃 마을에서 그에 대해 말하는 사람들이 많았습니다. 정철이 이 때문에 비밀보고를 올려 신문하기를 청하자, 임금께서 그 말의 출처를 물으니 정철은 곧바로 대감(이항복)과 나의 작은아버지인 파주공과 이수준(李壽俊)을 불러서 의논하여 보고하려고 했는데, 파주공이 먼저 도착하자 정철이 '이 일을 어떻게 대답하겠습니까?'라고 물었고, 파주공이 '이 일을 어디에서 들었습니까?'라고 되묻자, 정철이 말하기를 '찾아와서 말한 사람들이 아주 많은데, 박충간, 이선경, 이수준만 기억하고 있을 뿐이며 율곡 이이(율곡은 이미 작고하였음) 또한 이를 들었습니다.'라고 하니, 파주공이 말하기를 '그렇다면 박충간은 원훈대신이며 율곡은 임금께서 신임하는 사람이니 다른 걱정은 없겠지만, 이수준은 미관말직이라 반드시 신문당하는 것을 피할 수 없을 것이니 지극히 염려됩니다.'라고 하였습니다. 파주공이 돌아오는 길에 대감과 이수준을 보고 이 말을 하였는데, 그 뒤에 결국 박충간과 대감으로 대답하였으며, 이 씨 삼형제는 한차례 곤장을 맞고서 바로 석방되었습니다. 그 후 십 년 뒤 파주공이 가산군수가 되었을 때, 대감이 명나라 사신을 맞이하는 접반사로서 지나는 길에 가산에 들러 파주공과 더불어 국문의 일을 언급하면서 대감이 말하기를 '공에게 유감이 있습니다.'라고 하자, 파주공이 말하기를 '무슨 일입니까?'라고 궁금해 하니, 대감이 말하기를 '그때 공이 정철에게 나를 들먹여 대답하라고 가르쳐 준 바람에 하마터면 죽을 뻔하여 지금까지도 마음이 움찔합니다.'라고 하면서 서로 한바탕 웃고 그만두었다고 합니다. 이로써 보면 정철이 이 씨 삼형제에 대해 본래 일을 날조한 것이 아니며, 대감은 정철에게 조금도 원망하는 말이 없었으니 '그놈'이라고 욕을 한 일이 없었음을 알 수 있습니다.

그 후에 허상(許鏛)이 심하게 정철을 욕하여 '이발과 이길의 옥사에 관한 조서를 만들고자 하여 그들의 무고한 먼 친척까지 끌어다가 국문하여 죽였다.'라고 했을 뿐이며 '선비들을 모조리 죽인다.'는 말은 하지 않았습니다. 오늘 처음으로 그 말을 듣고 보니, 그 당시 역적의 진술에 혹시 역적이 호남과 호서의 길을 마다하고 영남의 길을 따라 상경하려 했다고 말한 까닭에 정철이 올린 보고서에 이를 언급한 것인데, 이 때문에 '선비들을 모조리 죽인다.'라는 헛소문이 퍼지게 된 것이 아닌지요? 대체로 역모의 옥사를 처리하는 것은 지극히 어려운 일입니다. 재상 유성룡과 같은 사람으로서도 마음속으로는 이발, 이길의 노모와 어린 자식들의 무죄를 알면서도 그들을 죽였는데, 어떻게 이 씨 삼형제를 국문하여 처리한 잘못을 유독 정철에게만 탓할 수가 있겠습니까? 대개 남의 시비를 논할 때에는 자기와 친하고 두터운 사이라는 이유로써 사사로운 마음을 가져서는 안 되는 것이니, 만일 정철에게 잘못이 있다면 구차스럽게 비호해서는 안 될 것입니다. 혹시 저의 견해가 한 꺼풀 가리어서 그들 사이의 정상을 분명하게 보지 못한 것은 아닌지요? 이 일의 전말과 허실을 대감은 반드시 알고 있을 터이니, 사실대로 말하는데 인색하지 말고 저의 의혹을 없애 주면 매우 다행스럽겠습니다.

보태는 글

사계 김장생(1548~1631)은 율곡 이이의 제자로 조선 예학(禮學)의 태두이다. 이 편지는 기축옥사(정여립 역모사건)의 처리과정에 대해서 의심이 가는 부분을 당시 사건처리에 참여했던 이항복에게 질문하는 내용이다. 이 사건의 재판장을 맡았던 서인의 정철(鄭澈)이 사건을 처리하는 과정에서 가담자를 확대처리하면서 동인 측의 많은 선비들이 무고를 당하여 억울하게 피해를 입었다는 의혹이 있었다. 다만 이 편지에서 김장생이 제기한 문제는 동인의 영수였던 이발(李潑)의 사촌 형인 이빈(李濱)의 아들 삼형제가 정철에 의해 무고하게 곤장을 맞고 죽었다는 내용이다. 그러나 그들은 곤장을 한 차례 맞고 석방되었으며, 임진왜란이 끝난 뒤에도 살아 있었다고 하는 것으로 보아 사실이 아닌 것으로 보인다. 사실 기축옥사에 대해서는 지금까지도 여러 가지 설이 있어 정확한 설명이 어렵다.

기축옥사를 이해하기 위해서 우리는 정여립(1546 ~1589)이란 인물에 대해서 알아봐야 하겠다. 정여립은 전주출신으로 관향은 동래이며, 15세 때 익산군수인 아버지를 대신해서 일을 처리할 때 아전들이 군수보다도 더 어려워했다고 한다. 성장하면서 체격도 늠름한 장부가 되었으며 통솔력이 있고 두뇌가 명석하여 경사(經史)와 제자백가에 두루 통달하였다. 1567년에 진사가 되고, 1570년 식년문과에 을과로 급제한 뒤 이이와 성혼의 각별한 후원과 촉망을 받아 세상의 이목을 끌었다. 1583년 예조좌랑이 되고 이듬해 홍문관의 수찬이 되었다. 본래 서인이었으나 홍문관의 수찬이 된 뒤로 당시 집권세력인 동인 편에 붙어 이이를 배반하고 박순(朴淳)과 성혼을 비판하였다. 이에 임금이 불쾌하게 여기자 벼슬을 버리고 고향으로 돌아갔다. 그가 서인을 공격하는데 앞장서게 된 것은 아마도 그의 성격이 직선적이고 적극적이어서 동인의 영수인 이발과 잘 어울린 탓으로 보는 견해가 많다. 따라서 그는 서인들에게 집중적인 미움을 받았다. 그는 고향으로 돌아간 뒤 진안군 죽도에 서실을 지어놓고 대동계(大同契)를 조직하여 매달 활쏘기 모임을 갖는 등 세력을 규합해 나갔다. 나중에는 대동계의 조직이 전국적으로 확대되어 황해도까지 세력을 떨쳤다. 그러나 정여립이 주도하는 대동계 조직이 반역을 도모하고 있다는 제보가 있었고, 이에 조정에서는 관련자들을 모두 잡아들이고 정여립을 추적하자 아들과 함께 진안의 죽도에 들어가 자결하고 말았다. 그는 당시의 왕정을 부정하고 민의를 존중하는 정치를 꿈꿨던 혁명가로 평가되기도 한다.

저는 그들을 원망하지 않습니다

* 이항복이 김장생에게 보낸 답장

보내오신 편지에 언급한 일은 본래 다시 드러내어 말할 것이 아니지만, 이미 사람들의 말이 있으니 어찌 자세히 말하지 않을 수 있겠습니까? 그 당시 신잡(申磼)만이 이 사실을 알고 있었는데, 그 후 사람들에게 전해지면서 더욱 잘못된 것이니 가소로운 일입니다. 옥사가 일어났을 때에 이수준(李壽俊)이 찾아와서 말하기를 '진짜 역적은 오처동(五妻洞)에 있습니다.'라고 하기에, 제가 깜짝 놀라 말하기를 '어디에서 그런 헛된 말을 들었는가?'라고 하자, 이수준이 말하기를 '이빈(李濱)은 바로 이발(李潑)의 사촌형인데 그에게 세 명의 아들이 있습니다. 일찍이 역적을 위해 계책을 세우되 얼음이 꽁꽁 얼었을 때 영남의 입구를 막고 황해도의 길을 막고서 내륙을 따라 곧바로 한강을 건너면 일이 이루어질 것이다.'라고 하였습니다. 이에 제가 쓸데없는 말 하지 말라고 하였는데, 그 후 이발의 모친과 손자들이 옥에 갇히게 되었습니다. 어느 날 옥리(獄吏)가 찾아와서 재판장이 저를 부른다고 하기에 달려갔더니, 정철이 눈물을 흘리면서 말하기를 '이 씨 집안이 멸족을 당하게 생겼습니다. 어찌면 이처럼 슬픈 일이 있습니까. 듣자니 진짜 역적은 딴 곳에 있다고 하는데, 이발과 이길(李洁)은 한

때 가까이 지냈다는 이유로 이 지경에 이르게 되었습니다. 만일 진짜 역적을 잡아서 처벌한다면 그 모친과 손자가 죽음을 모면할 수 있을 것입니다.'라고 하였습니다. 제가 '어디에 진짜 역적이 있습니까?'라고 묻자, 정철이 말하기를 '듣자니 이빈 이라는 사람이 있는데, 이렇게 저렇게 일을 꾸몄다고 합니다.'라고 하였습니다. 제가 깜짝 놀라서 벌떡 일어났다가 다시 앉으면서 말하기를 '어디서 그런 말을 들었습니까?'라고 하니, 정철이 웃으면서 말하기를 '놀라지 마십시오. 나는 그대가 이미 그 말을 들었다는 사실을 알고 있습니다.'라고 하기에, 제가 말하기를 '재판장의 체통은 중대한 것인데 이처럼 허무맹랑한 말을 어떻게 서슴없이 말할 수 있습니까?'라고 말했습니다.

모든 옥사는 반드시 연결된 순서를 갖추고 있습니다. 귀로 전해들은 사람이 있고 눈으로 직접 본 사람이 있어 차례로 순서가 있어야만 옥사가 이루어지는 법입니다. 그런데 열흘 남짓 지나서 또 불러 놓고서 말하기를 '그 말은 의심할 것이 없습니다. 나는 보고를 올리려 합니다.'라고 하기에, 저는 또다시 그에 대해 불가함을 말했습니다. 그리고 열흘 남짓 지나서 또다시 불러놓고 한 편의 글을 내보이면서 '급합니다.'라고 했는데, 그것을 펼쳐보니 바로 그 일이었습니다. 이에 저는 지난날 여러 방면으로 이를 논란하였기 때문에 이제는 가부를 물을 필요 없이 곧바로 보고해야 한다고 생각했습니다. 그러나 말하지 않을 수 없기에 종이를 펼쳐놓고 천천히 훑어보고서 '이러한 비밀모의를 모두 보고한다면 끝을 맺기 어려울 듯합니다.'라고 말하니, 정철이 말하기를 '그렇다면 고치도록 하십시오.'라고 하여, 곧바로 대충 몇 마디 말을 고쳐서 보고하였습니다. 그래서 그날로 이빈과 그의 아들 삼형제를 체포하여 심문하였으나 굴복하지 않자, 곤장으로 다스리기를 요청하여 한 차례 곤장을 내렸고, 또다시 곤장을 요청하자 임금이 명령하기를 '그 말을 아는 사람은 반드시 역모의 실상을 자세히 알 것이다. 내가 그 사람을 알고자 하노라.' 하니, 정철이 국문을 끝내고 나와서 묻기를 '어떻게 대답해야 합니까?'라고 하기에, 저는 '옥사(獄辭)에는 반드시 서로 연결된 순서가 있습니다. 그렇지 않으면 결국에는 허무맹랑한 데로 돌아갈 것이니, 사유를 갖추어 보고하지 않을 수 없습니다.'라고 대답하였습니다. 이에 정철이 말하기를 '처음엔 찾아와서 말하는 사람들이 많았는데, 이제는 모두 잊어버렸고 박충간, 이수준, 이선경 등 세 사람만을 기억할 뿐입니다.' 하고는 이어서 저에게 붓을 잡고서 보고서 초안을 쓰도록 하였습니다. 제가 돌아오는 길에 이수준을 만나 그에게 말해 주었더니 이수준은 거의 기절할 듯하면서 말하기를 '죽게 되면 죽겠으나 그대와 함께 갇힌다면 내 마음이 놓일 것 같으니, 그대의 이름과 나란히 쓰기를 원합니다.'라고 하기에, 제가 그를 꾸짖어 말하기를 '나는 너에게 듣기만 했을 뿐 정철에게 한 번도 말하지 않았는데, 정철이 어째서 나를 들먹거리는가? 내가 설령 너와 함께 갇힌다 할지라도 너에게 무슨 도움이 되겠는가.'라고 하였습니다.

저는 의정부사인(舍人 정4품관)으로서 정철을 따라 대궐에 나아가 임시로 거처하게 만들어 놓은 천막에 있었는데, 승정원의 주서가 그 비밀보고서를 보여 주기에 보았더니, 이수준과 이선경의 이름은 삭제되고 박충간과 저의 이름이 올라 있어서 깜짝 놀랐습니다. 정철이 대궐을 나오면서 또다시 사람을 보내어 저를 불러 말하기를 '내가 그대의 이름을 말씀드렸습니다.'라고 하기에, 저는 '나포하라는 명령이 내려질 것이니 소인은 사실대로 진술하고 물러나올 것입니다.'라고 하였습니다. 의금부에서 곧바로 진술의 초고를 갖추어 동료 관원들에게 보여 주었는데, 신잡의 일은 때마침 발각되지 않았습니다. 저는 이에 이수준을 크게 꾸짖기를 '이놈이 하마터면 나를 죽일 뻔하였다. 네가 망언을 한 것을 나는 귀로 들었을 뿐 한 번도 입 밖에 내지 않았는데, 어떻게 감히 나를 팔아

끌어넣을 수 있는가.'라고 하니, 이수준이 고개를 숙이면서 말하기를 '내가 감히 그대를 끌어들이려 했던 것이 아니라 그때 정철이 김장생의 숙부인 파주공과 의논했는데, 박충간은 대신이고 율곡 이이는 임금께서 신임하는 신하이니 그들로 대답하면 될 것이다.'라고 하였습니다. 제가 또다시 발끈 성을 내면서 말하기를 '나는 정철에게 한 번도 말을 한 적이 없는데, 만일 나를 끌어넣는다면 나는 반드시 사실대로 진술할 것이다. 어떻게 이러한 계책을 꾸밀 수가 있는가.'라고 하였습니다.

임진왜란 후 가산에서 어르신의 숙부(파주공)를 만나서 이 사실을 물었더니, 숙부께서 말씀하시기를 '내가 그 당시에 그 일을 말했다.'라고 하셨습니다. 그 당시 정철의 일 처리를 살펴보면 지극히 경솔했으나, 그의 본심은 이 씨의 모친과 손자를 구하려다가 일이 난처해지자 저를 잘못 끌어넣어 말한 것이지 저를 모함하려고 한 것은 아니었습니다. 이수준이 정신없이 허겁지겁하여 이 지경에 이르렀을 뿐 또한 다른 마음은 없었습니다. 이 때문에 저는 그들을 원망하지 않았습니다. 문경새재로 올라간다는 말은 전혀 터무니없는 말이며, 이빈과 그의 아들 삼형제는 한차례 곤장을 맞은 뒤 곧바로 귀양을 떠났고, 임진왜란 후에도 오히려 살아 있었던 것으로 보아 곤장을 맞아 죽은 것이 아닙니다. 이빈의 한 아들의 이름은 이거인(李居仁)인데, 일찍이 신의경(申義慶)에게서 수학한 사람입니다. 처음 이를 발설한 사람이 누구였는지를 그 후에 들어보니, 이선경, 기효증(奇孝曾), 양천경(梁千頃)이라 합니다.

보태는 글

이 편지는 김장생의 질문에 대한 답장이다. 편지의 주요 내용은 이빈의 아들 삼형제를 처리하는 과정에 대한 설명으로 김장생이 들었다고 하는 말은 사실이 아니라고 답변을 한 것이다. 이 사건과 관련해서는 앞에서 기축옥사를 언급하였으므로 생략하기로 하고, 이항복이 어떤 인물이며 어떠한 역할을 했는지 알아보겠다. 이항복(1556~1618)은 경주이씨로 참찬을 지낸 이몽량의 아들이며 권율 장군의 사위이다. 한음 이덕형과는 어릴 때부터 죽마고우로 우정에 관하여 많은 일화를 남기고 있다. 동인과 서인의 정쟁이 심할 때에는 중립을 지키기에 힘썼으며 양측의 화합과 조정에 힘을 기울였으나 실효는 거두지 못하였다. 기축옥사 발생 시 그는 의정부의 사인으로 재임하고 있었다. 이때 서인의 정철이 정승으로 기축옥사를 처리하는 위관(委官 재판장)이 되자 부하관리인 이항복에게 실무를 맡기게 되어 기축옥사를 조사·처리하는 과정에 참여하게 된 것이다. 그리하여 그 공로로 평난공신 3등이 되었다. 3등 공신이 된 것으로 보면 그리 중요한 역할을 한 것으로는 보이지 않는다.

임진왜란을 당해서는 임금을 호종(扈從)하였고 명나라에 구원병을 청하였으며, 병조판서가 되어서는 전황을 살피기 위하여 전라·경상도를 순찰하였다. 이어서 이조판서와 양관대제학을 지냈으며, 여러 번에 걸쳐 정승을 역임하고 오성부원군에 봉군되었다. 광해군이 즉위하여 좌의정이 되었으나 탄핵을 받자, 사직상소를 올리고 은거했다. 1617년(광해군 9)에 인목대비를 폐출하려는 폐모론(廢母論)이 일어나자 이를 극력 반대하다가 모든 관작이 박탈되고 이듬해 북청으로 유배되어 그곳에서 죽었다.

* 평난공신 명단

– 1등 공신 : 박충간, 이 축, 한응인 (이상 3명)
– 2등 공신 : 민인백, 한 준, 이 수, 남 절, 김귀영, 유 전, 유 홍, 정 철, 이산해, 홍성민, 이 집, 조 구 (이상 12명)
– 3등 공신 : 이헌국, 최 황, 김명원, 이 증, 이항복, 강 신, 이정립 (이상 7명)

우암 선생을 모셔 와야 하겠습니다

* 김창협이 아버지 김수항에게 올린 편지

삼가 여쭈옵니다. 밤사이 건강은 어떠하신지요? 그리움이 사무칩니다. 저는 오늘밤 잠자리도 매우 편안하고 두통도 거의 사라져서 다행스럽습니다. 오늘 아침 조보(관보)를 보니 흰 무지개가 해를 꿰뚫은 변고로 인하여 내일 회의를 연다고 하였습니다. 하늘이 재앙을 내린 그 뜻이 무엇인지 알 수 없고 재앙을 소멸시킬 방법도 알기 어렵습니다. 오늘날 국정과 백성의 근심이 모두 그렇지만 그중에서도 가장 슬프고 통탄스러운 것은, 조정의 논의가 막히고 어지러워서 사람마다 각자 다른 의견을 내세우고 당파 속에 다시 당파가 형성되어 더 이상 서로 공경하고 화합하여 평안해질 가능성이 없다는 것입니다. 근본이 이와 같으니 비록 나라를 살릴 방법과 백성을 안정시킬 방도가 있다 하더라도 그것을 실행할 길이 없을 것입니다. 더군다나 점점 어그러지고 격발되어 사태가 한번 변하게 된다면 변장자(卞莊子)와 같은 무리가 나와서 이 기회를 이용할지도 모를 일입니다.* 말이 여기에 미치니 정말 한심스럽습니다.

* 변장자는 용맹하기로 이름난 춘추시대 노나라의 대부이다. 그가 호랑이 두 마리가 있는 것을 보고 사냥하려 하자, 어떤 사람이 일러주기를 '저 두 마리 호랑이가 지금 소를 잡아먹고 있으니, 배불리 먹은 뒤에는 반드시 싸울 것이고 싸우게 되면 큰놈은 상처를 입고 작은 놈은 죽을

만일 이 일의 첫머리를 바로잡지 못한다면 나랏일은 끝내 안정될 길이 없을 것입니다. 그러나 이 일을 바로잡을 묘책이 있는 것은 아닙니다. 중요한 것은 조정에서 오로지 널리 포용하는 도리를 견지하고 힘껏 조정하는 것인데 그것도 반드시 우암(송시열) 어른을 올라오게 해야 반이나마 바로잡을 수 있을 것입니다. 그 어른이 작년 벼슬길에 나왔을 때만 해도 장차 뭔가 큰일을 할 것 같더니 갑자기 결연하게 내려가 버리시고 그 어른이 건의한 군포(軍布)의 치수를 줄이자는 논의도 끝내 묻혀버리고 말았습니다. 그래서 지방의 여론 중에는 간혹 조정 대신들이 지성으로 함께 일하지 못한 것이 아닌가 의심하는 경우도 있습니다. 또 그 어른이 내려가신 뒤에는 임금께서 비록 자주 부르는 명령을 내리시지만 그 또한 반드시 불러들이겠다는 의지가 없으시기 때문에 선비들의 의논이 유감으로 여기고 있습니다. 오늘날의 시대 상황으로는 비록 그 어른에게 이 일을 맡긴다 해도 정말 어려울 것입니다. 그렇긴 해도 만일 그 어른을 올라오게 하고 또 박세채 등 여러 사람을 조정에 불러와서 조정의 모든 사람들이 마음을 합쳐 선비들의 공론을 통일시킬 수 있다면, 아마도 주자(朱子)가 말한 '침과 약으로 치료하지 못하고 죽어가는 환자에게 단전(丹田) 등의 급소에 뜸을 떠본다.'는 설을 실증해 볼 수 있을 것입니다.

내일 회의에서는 이런 의견을 힘써 개진하고 임금께 어찰을 내려서 애통하고 간절하며 다급히 도움을 구하는 뜻을 내려 올라오시도록 요청하고, 그날로 곧장 중신이나 승지를 파견하여 반드시 그 어른을 대동하고 돌아오게 해야 할 것입니다. 한 번 불러서 오지 않으면 다시 부르고 두 번 불러도 오지 않으면 또

것이다. 그때 상처 입은 놈을 때려잡으면 한 번에 호랑이 두 마리를 잡았다는 이름이 날 것이다.'라고 하였다. 과연 그가 일러준 대로 하여 호랑이 두 마리를 잡는 공을 세웠다. 여기서는 서로 반목하는 당파끼리 싸우느라 지친 틈을 타서 제삼자가 세력을 잡을 기회로 삼을 수 있음을 말한 것이다(사기의 장의 열전에 나온다).

다시 불러 열 번이라도 부르기를 그만두지 않고 기필코 불러오도록 하는 것이 오늘날의 급선무일 듯합니다. 어떻게 생각하시는지요? 그러나 조정의 분분한 의견과 당파의 갈등에 관한 일 따위는 임금 앞에서 거론할 만한 것이 아닙니다. 다만 나랏일이 끝없이 악화되고 하늘의 재변이 매우 참담한 이 위급한 상황은 반드시 송시열을 불러와야 구제할 수 있다는 뜻을 아뢰고, 아울러 송시열은 초야에 있는데 아버님 등이 외람되이 삼정승의 자리를 차지하고 있으니 이 또한 재앙을 불러들인 원인 중의 하나일 것이라고 말씀드린다면, 이는 재앙의 발생으로 인하여 임금이 삼정승에게 책서(策書)를 내려 면직시키는 의리에 합당할 것입니다. 어떻게 생각하시는지요?

호포(戶布)에 관한 논의는 이미 널리 물어서 처결하겠다는 명령이 있었으니, 그 기회에 도로 덮어 두는 것이 좋겠다고 극력 요청하는 것이 옳을 듯합니다. 그 논의는 시행될 수도 없는데 지금 이미 건의한 사람이 죄를 받는 지경에 이르고 말았으니, 만일 시일을 더 끈다면 또 얼마나 큰 소란이 발생할지 알 수 없습니다. 무엇보다도 이것이 가장 우려됩니다. 그리고 죄를 짓고 귀양 간 사람들 중에 반역죄에 연루되지 않은 사람은 정상을 참작하여 너그럽게 형을 경감해 줄 길이 없는지요? 비록 반역죄에 연루된 사람이라 하더라도 만약 범죄 사실이 심각하지 않은 경우도 계속 벌을 줄 대상으로 분류해 두어서는 안 될 것입니다. 어떻게 생각하시는지요? 병을 앓는 중에 우연히 생각나는 것이 있기에 간신히 여쭈오니 삼가 읽어 주시기를 기다립니다. 이만 줄이겠습니다.

보태는 글

김창협(1651~1708)은 청음 김상헌의 증손자로 영의정 김수항의 아들이며 역시 영의정을 지낸 김창집의 아우이다. 학문적으로는 송시열의 문인이다. 일찍이 과거에 급제하고 여러 관직을 거쳐 동부승지와 대사성을 지내고 청풍부사로 나갔다. 1689년(숙종 15) 기사환국이 일어나 아버지가 진도에 유배되고 이어서 사약을 받고 죽자 벼슬을 사퇴하고 포천에 은거하였다. 1694년(숙종 20)에 갑술환국이 일어나서 아버지 김수항이 복권됨에 따라 자신도 호조참의에 제수되었으나 사퇴하고 부임하지 않았다. 그 뒤에 대제학·예조판서·지돈영부사 등에 제수되었으나 역시 사퇴하고 일체 부임하지 않고 학문에 전념하였다. 문학과 성리학의 대가로 문장에 능하고 글씨도 잘 썼다. 학설에 있어서는 이황과 이이의 설을 절충하는 모습을 보였다.

이 편지를 쓸 때는 숙종 전반기로 여러 번 환국(換局)이 단행되어 정치적으로 매우 혼란스러운 시기라 하겠다. 편지에서는 이렇게 어려운 정치 상황을 타개하기 위해서는 현재 영의정인 아버지를 포함하여 삼정승이 사퇴하고, 산림의 종장으로 추앙을 받고 있는 우암 송시열을 불러 조정을 맡기는 것이 어떠하냐고 아버지에게 물어보면서 아울러 이와 같은 건의를 하고 있는 것이다. 물론 임금이 여러 번 송시열을 불렀으나 올라오지 않았으므로 김창협의 이러한 생각은 실현되지 않았다.

세상이 어지러우면 소인이 난초가 됩니다

* 윤휴가 송준길, 송시열, 이유태에게 보낸 편지

지금 임금께서 융숭한 예우로 훌륭한 인재를 불러 모으시니 여러 어진 사람들이 영광스럽게도 발탁이 되었습니다. 사방에서는 눈을 닦으며 기대에 차있고 조정은 물론 재야에서도 모두 경사로 여기고 있어 비록 궁벽한 곳에서 누추하게 지내는 이 사람도 그 기쁜 소식을 들었으나, 한편으로는 걱정도 되었습니다. 그러나 너무 기뻐만 하는 것이 걱정을 크게 하는 것만 못하다고 생각했기 때문에 감히 축하를 드리지 못했던 것입니다. 이어 이유태와 송시열의 상소문과 요즘의 대장(臺章)들을 읽어 보았는데, 이는 뜻밖에도 탐욕스러운 사람이 청렴해지고 나약한 사람이 뜻을 가다듬게 될 수 있는 글들로서 읽고 또 읽을수록 걱정과 기쁨이 점점 더해갔습니다. 그리하여 서로 아끼는 사이로서 평소 사모하고 존경하던 마음을 저버릴 수 없는 심정으로 저의 구구한 소견을 말씀드리지 않을 수 없었습니다.

삼가 생각건대 세상일이란 경중과 대소가 있게 마련인데, 오직 군자만이 어느 것은 먼저하고 어느 것은 뒤에 해야 하는지를 알아서 처리해 나가는 것이 아니겠습니까. 옛날에 맹자가 세 번이나 제(齊)나라 왕을 만나고서도 무슨 일부터 해야 한다고 일을 내세우지 않았던 것이, 왜 인재등용을 잘못한 일에 대하여 그리 허물할 것이 없고, 정치 잘못한 것에 대하여 탈잡을 것이 없다고 해서 그런 것이겠습니까? 중요한 것은 근본을 내버리고 말단부터 먼저 착수하고 보면 먼저하고 뒤에 할 것이 뒤바뀌어 끝에 가서는 아무런 도움이 없기 때문이 아니었겠습니까. 그리고 『주역』의 「태괘」에서도 성인이 경계하기를 발모여(拔茅茹)·포황(包荒)·용빙하(用憑河)·불하유(不遐遺)·붕망(朋亡)·득상우중행(得尙于中行)이라고 했는데, '발모여'는 먼저 해야 할 일부터 서둘러야 한다는 뜻이고, '포황'은 남을 포용하는 도량이 있고 남을 미워하는 마음이 없다는 뜻이며, '용빙하'는 해야 할 일이면 주저하지 말라는 뜻이고, '불하유'는 생각이 원대하다는 뜻이며, '붕망'은 친애하지도 편벽되지도 않는다는 말입니다. 그렇게 함으로써 임금과 신하의 도가 통하고 하늘과 땅이 합치되며 군자는 들어오고 소인은 물러가니 그리 걱정하지 않아도 복이 온다는 것이 아니겠습니까?

그런데 지금은 어떻습니까? 음(陰)이 풀릴 것 같으면서도 하늘의 뜻을 알 수가 없고, 악성종양은 수술해서 없앴지만 훌륭한 인재가 등용이 안 되고 있으며, 나라의 울타리가 튼튼하지 못하고 기밀을 염탐하는 사람들은 끊이지 않고 있어 하늘이 항상 경계의 뜻을 보이시고, 인심 또한 불안에 떨고 있는 상태가 아닙니까. 지금이야말로 임금의 마음부터 바로잡아야 한다는 맹자의 교훈을 되새기고, 중용의 도를 지켜야 한다는 『주역』의 경계대로 생각은 깊이 하고 대처는 여유 있게 하면서 일은 큰 것부터 처리하고 악은 심한 것부터 제거해야 합니다. 또한 시야를 훨씬 넓히고 냉철한 이성을 회복하며 나 자신의 정성을 축적하고 간언도 받아들이지 않을 수 없도록 자기부터 최선을 다 해야 합니다. 그리하여 먼저 내 정신부터 집중을 해서 모든 기상이 안정을 회복한 다음 하나씩 분위기를 조성하고 방향을 제시하면서 그 반응을 조용히 지켜보며 천천히 해

나가야합니다. 그렇지 않고 먼저 말부터 내세워 이쪽저쪽의 의심을 야기 시킨다거나 사방에서 원성과 비난이 일어 혹시라도 임금의 마음까지 변하게 만들어서는 안 될 것입니다.

남의 마음은 내 마음 같지 않은 것인데 처음에 염려했던 대로 사변이라도 나는 날이면 그때는 기회도 적당한 때도 모두 놓친 꼴이 되어 무슨 일이 닥칠지 누가 알겠습니까. 세상만사 중에 그 일이 제일 크다는 것은 과거의 역사가 다 증명해주고 있는 일 아닙니까? 만약 그 지경이 된다면 이는 우리 도(道)의 불행만이 아니라 종묘사직과 여러 생령들을 위해서도 걱정스러운 일입니다. 길흉(吉凶)이 달라지고 국가 운명의 짧고 길고가 모두 처음 하기에 달려있는 것이라면 이 모든 것은 오늘의 여러분이 당연히 책임져야 할 일들입니다. 여러분이 이미 그 자리에 있는 이상 비록 그 책임을 피하려 해도 될 일이 아닙니다. 또 나는 들었습니다. 세상이 어지러우면 소인이 난초가 되고 군자는 잡초가 되며 세상이 평온하면 소인이 어리석은 사람이 되고 군자는 철학자가 된다고 말입니다. 지금은 오직 새롭게 정책을 강화하고 인재 등용의 길을 넓혀, 되도록 남들과 함께 가고 자기 혼자서 군자가 되는 것을 부끄럽게 여겨야 할 때입니다. 더구나 자기와 의견을 달리한 사람이라 하여 그가 꼭 그르다거나 자기와 같은 의견을 가진 사람이라 하여 그가 꼭 옳다는 법도 없는 것이고, 나를 옳다고 하는 사람이 꼭 모두 군자일 수도 없고 나를 그르다고 하는 사람이 꼭 모두 소인일 수도 없는 것이며, 이론이 없다 하여 그것이 꼭 조정의 복도 아닌 것이고, 나를 미워하는 사람이라 하여 그가 나를 돕지 않는다는 법도 없는 것입니다. 그러므로 그러한 문제들에 대해 더욱 깊이 있게 두고두고 생각해보아야 하지 않을까 싶은데 여러분은 어떻게 생각하고 계십니까?

시골에 병들어 누워 산짐승과 무리지어 사는 사람이 다시 세상일에 관해 관심을 가질 필요는 없지만, 요즘 들려오는 소식들에 나도 모르게 내 마음이 감동하는 것이 있었습니다. 이는 나라를 걱정하고 임금을 사랑하는 구구한 마음 때문에 무슨 혐의를 피하기 위해 오늘을 그냥 외면해버릴 수가 없어 또 이렇게 외람되이 입을 열게 되었는데, 생각하면 두렵고 부끄러운 일입니다. 이유태의 상소문은 나도 보았지만 서로 마주앉아 찬양하면서 기쁨을 나누지 못하는 것이 한스럽고, 사성(思誠)의 상소문은 전해 듣기만 했으니 그 전편을 한번 보았으면 좋겠습니다. 그리고 송시열은 앞으로 진퇴를 어떻게 결정할 것인지……. 아마도 오직 의리에 맞도록 이미 갈 길을 정해 놓았겠지만 나오든지 물러가든지 간에 너무 과격하게 결정해서도 안 될 일이고 그렇다고 또 구차한 모양으로 있을 수도 없는 일 아니겠습니까? 명망이 높고 임금으로부터 남다른 예우를 받을수록 책임도 걱정도 그만큼 따르는 법이므로 그러한 경우가 바로 군자가 자신의 역량을 시험해보는 기회가 되는 것입니다. 옛날에는 임금과 신하 사이에 사양하는 것을 그리 숭상하지도 않았고 꼭 간쟁만이 능사가 아니었는데, 근래에 들어서는 벼슬길에 올랐다 하면 세월이 가는 줄도 모르게 입술이 닳도록 노심초사만 하다가 결국에는 효과 하나도 거두지 못하고 마는데, 이는 옛날 분들이 걷던 길과는 아주 다른 길입니다. 송준길은 아마 그 점을 생각하고 계시겠지요? 송준길로서는 아마도 보통의 경우와는 입장이 너무 다를 것입니다.

보태는 글

이 편지는 윤휴가 당시 쟁쟁한 명사들로 일컬어지던 송준길, 송시열, 이유태에게 보낸 것이다. 이 편지 글을 읽으면서 느끼는 것은 멋들어진 한 편의 산문 명작을 연상케 한다는 것이다. 그 뜻이 매우 높은데다가 글솜씨까지 품격이 넘쳐난다. 당시 윤휴는 보기 드물게 진보적 성향을 가진 학자로 남인 계열에 합류하여 허목(許穆)과 함께 청남(清南)의 계보를 형성하였다. 특이한 것은 이러한 진보적 입장을 가진 그가 북벌을 주장하는 상소(일명 '대의론' 이라고 한다)를 올린 점이다. 당시는 병자호란으로부터 30여 년이 지난 시점으로 효종이 추진하던 북벌정책이 사실상 폐지되었다. 그럼에도 불구하고 청나라에 다소간의 소요가 있는 틈을 노려 북벌을 감행함으로써 조선과 이미 망해버린 명나라의 원수를 갚아야 한다는 주장을 하였다. 원래 북벌정책은 송시열을 비롯한 서인들의 전유물처럼 인식이 되었기 때문이다. 그러면 윤휴가 어떠한 인물인지 알아보자.

윤휴는 어려서부터 독학으로 공부를 했음에도 학문에 출중하여 상당한 수준의 학문적 성취를 이루었다. 1635년(인조 13) 약관의 나이에 당시 사림의 실력자인 송시열과 성리학에 대한 담론을 벌인 뒤, 송시열로부터 '나의 30년 공부가 참으로 가소롭게 되었다.'라는 칭찬을 받았다. 윤휴는 또 종래 주자(朱子)의 경전에 대한 해석방법을 비판하고 독자적인 해석을 내렸는데, 그의 이러한 학문적 성향은 당시 송시열을 중심으로 주자학을 절대시 하던 학계에 큰 파문을 일으켰다. 이후 송시열과는 정치와 학문적으로 적대적인 관계가 형성되었고, 송시열에 의해 성리학을 어지럽히는 사문난적(斯文亂賊)으로 몰리게 되었다. 1659년(효종 10) 기해예송 때

서인의 우두머리인 송시열과 대립하다가 남인 세력이 몰락하였다. 1674년(현종 15) 갑인예송 때에는 남인이 승리하여 다시 정치의 전면에 나서 좌찬성(종1품관)이 되었다. 앞서 언급했지만 윤휴는 청나라를 쳐서 복수하자는 북벌론을 주장한 남인의 우두머리였으나, 1680년(숙종 6) 경신환국에 연루되어 유배를 가서 그곳에서 사약을 받고 죽었다.

강간 미수죄로 처벌해야 하겠습니다

* 박지원이 순찰사(巡察使)에게 보낸 답장

함양 사람 '장수원'이 '한조롱'이란 처녀를 죽게 한 사건에 있어 첫 번째 검안과 두 번째 검안이 모두 스스로 물에 빠진 것으로 원인을 삼았습니다. 그러나 조서를 반복하여 살펴보고 그 사정을 참작해 보면, 조롱이 수원에게 위협과 핍박을 받은 것이 한두 번이 아니었습니다. 그러나 처녀의 몸으로 남의 곁방살이를 하는 처지라서 비록 몹시 부끄럽고 분하지만 어디에다 하소연 할 곳도 없고 형편이 너무나 곤궁하여 어디 갈 곳조차 없었기 때문에 저 맑고 깨끗한 연못만이 그녀의 몸을 깨끗이 보존할 만한 곳이라 여겼던 것입니다. 비록 수원이 드잡이하여 밀어 넣은 것이 아니라 하더라도 순결을 지키는 처녀로 하여금 이렇게 물에 빠져 죽는 원한을 품게 만든 것이 그놈이 아니고 누구란 말입니까? 그 정상을 추궁해 가면 그놈이 어떻게 제 목숨을 내놓지 않을 수 있겠습니까? 그런데 전후 진술에서 그 말이 여러 번 바뀌었습니다. 이는 교활하고 완악한 습성이 그 강포한 자취를 은폐하려는데 불과한 것입니다.

그렇지만 정작 강간하려고 하지 않았다면 곁방의 처녀가 무엇 때문에 끌려갔겠습니까? 제 놈이 끌어가지 않았으면 조롱의 머리털이 어찌하여 뽑혔겠습니까? 지극히 분통한 일이 아니라면 뽑힌 머리털을 무엇 때문에 꼭 간직해 두었겠습니까? 이 한줌의 머리털을 남겨 어린 남동생에게 울며 부탁한 것은, 한편으로는 그날에 몸을 더럽히지 않았다는 증거로 삼자는 것이요, 다른 한편으로는 죽은 뒤에라도 원한을 씻을 자료로 삼으려는 것입니다. 이른바 '이를 잡다가 유혹하고, 길쌈을 하다 말고 유혹했다. 호미를 전해주러 왔다가 싸우고, 버선을 잃어버려 싸웠다.'라고 한 진술들은 이 사건에 그다지 관계가 없는 것들입니다. 수원이 강포한 짓을 한 증거물은 오직 이 머리털이요, 조롱이 죽도록 항거한 자취도 오직 이 머리털입니다. 몸은 비록 골백번 으깨지더라도 이 머리털이 남아 있는 이상 보잘 것 없는 이 머리카락 하나로도 사건의 전체를 단정할 수 있는 것입니다.

그런데 재심하는 자리에서 형적만을 가지고 따져서 죽게 된 책임을 본인에게 돌리고 상대에게는 그저 위협과 핍박을 한 죄를 적용하는데 그치고 말았습니다. 이로써 판결을 끝낸다면 어찌 죽은 사람의 울분을 조금이나마 풀어 줄 수 있겠습니까. 정상을 참작하고 행동을 헤아려 보면 위협과 핍박을 했다는 죄를 적용하는 것은 마침내 너무나도 가벼운 편이니, 무거운 편을 따라 논하여 강간 미수의 죄를 적용하여 처벌하는 것이 아마도 마땅할 것입니다.

보태는 글

아마도 이 편지는 박지원이 안의현감으로 있던 때로 보인다. 당시 안의현은 함양군의 속현이었다. 편지속의 사건은 함양에 사는 젊은 처녀의 죽음에 관한 내용이다. 이 사건을 조사하던 순찰사에게 자신의 견해를 전달하는 아주 간결한 글이다. 이 사건을 보는 박지원의 견해는 두 가지라 하겠다. 하나는 약자의 원한을 풀어주는 것이고, 또 하나는 확실한 증거주의를 중요시했다는 점이다. 아무도 도와줄 수 없는 환경에 살고 있는 처녀가 강압에 못 이겨 결국에는 죽음을 택할 수밖에 없는 사정을 설명하고, 그녀의 뽑힌 머리털이 이번 사건에 결정적 증거가 되는 것이므로, 가벼운 협박죄를 적용할 것이 아니라 강간 미수죄를 적용하여 무거운 처벌을 내려야 한다는 주장을 한 것이다. 모르긴 해도 이 사건은 박지원의 견해에 따라서 결말이 났을 것으로 본다.

인심은 반드시 돌아올 시기가 있습니다

* 최익현이 유길준에게 보내려던 답장

익현은 체포되어 서울에 이르렀으나 혼미하여 죄를 살피지 못하고 오직 날마다 조정의 처분을 기다리고 있습니다. 그대가 임금의 뜻으로 말미암지 않았고 또한 사법당국의 고문치죄에 말미암은 것도 아닌데, 홀연히 그대가 편지를 보내서 처음에는 타이르고 마침내는 꾸짖고서 마치 애석한 것처럼 하였으니 무슨 일입니까? 허와 실을 살피지 않고 풍문만 듣고서 경솔하게 체포한 일과 죄상을 논죄하지도 않고 의논에 맡기는 것은 모두 권력을 담당한 사람으로서 법령을 확립하고 시행하는 체통이 아닙니다. 이 사람은 의아하게 생각합니다. 보내온 글을 보니 서신에서 종횡으로 농락하고 변괴가 여러 가지로 나타난 것이 모두 사람의 마음에 공포를 일으켜 감히 똑바로 보지 못하게 합니다. 그러나 그 대강을 요약하면 오늘의 일이 되어가는 형세를 개혁하지 않을 수 없다는 것과, 다음은 위에서 이미 먼저 단발(斷髮)을 하였으니, 신하는 마땅히 임금의 명령에 따르는 것을 공경하는 태도라는 것입니다. 그대가 팔을 걷어붙이고 크게 담론하여 온 나라를 억제하는 것이 이미 이 점에 있고, 어리석은 내가 방황하면서도 여러 차례 미혹함을 깨뜨리기를 추구하였으나 끝내 그렇게 되지 못한 것도 이 점에 있는 것이니, 한번 변론하지 않을 수 없습니다.

법이 오래되면 폐단이 생기고 폐단이 생기면 바로잡아야 합니다. 이것은 나라를 보존하는 떳떳한 일로서 때에 따라 알맞게 만들어야 합니다. 국가의 이루어진 법은 비록 매우 주밀하고 좋더라도 개혁이니 변통이니 하는 말이 이미 중세의 어진 사람들로부터 나왔는데, 하물며 지금 말세가 되어 백성은 병들고 나라는 패하여 오랑캐가 번갈아 침범하는 때이겠습니까. 변경하는 것은 진실로 옳으며 고치는 것이 진실로 마땅합니다. 그러나 본말과 경중의 구분이 있습니다. 삼강오륜과 중화를 높이고 오랑캐를 물리치는 것과 같은 대경대법(大經大法)은 근본이고, 부국강병 하는 일과 기예(技藝)와 술수는 말단입니다. 근본을 중하게 여기고 말단을 가볍게 여겨야 한다는 것은 동서고금을 통하여 바꿀 수 없는 것입니다. 지금 폐단이 있는 법을 고치지 않을 수 없다는 것만 보았고, 강상을 떨어뜨릴 수 없으며 중화와 오랑캐의 구분을 문란하게 할 수 없다는 것은 알지 못하고 있습니다. 단지 부강해져야 열강과 나란히 할 수 있다는 것만 알 뿐이고, 강상이 이미 실추되고 중화와 오랑캐의 구분이 없어지는 것을 모르니, 상하의 질서가 없고 만사가 이루어지지 않습니다. 비록 부강하고 싶어도 그러기 전에 이미 패망할 날이 멀지 않아서 어떻게 할 기초가 없게 됩니다. 이제 지나간 일을 가지고 입증한다면 중국의 진(秦)나라가 예의(禮義)를 버리더니 2대에 망하였고, 당(唐)나라가 오랑캐의 칭호를 뒤섞어 쓰더니 마침내 오랑캐에게 망하였습니다. 항우와 수양제는 모두 임금을 시해하더니 자신이 멸망하였고, 후예, 왕망, 동탁, 조조, 후경, 진회 등의 무리들은 군부와 모후를 시해하거나 오랑캐와 결탁하여 임금을 위협하였는데 바로 제 몸이 주륙을 당했으니, 저들이 부강하지 못해서 그러하였습니까? 아닙니다. 다만 자신들이 강상을 범하고 중화를 오랑캐로 만들어서 죄를 벗어날 길이 없게 되니 천지신명이 다 함께 그들을 죽인 것입니다. 근본이 한번 문란해지면 말단이 비록 갖추어졌다 하더라도 오히려 이처럼 믿을 수 없는데, 하물며 말단도 구비하지 않고서 한갓 근본만 없애 버리는 일이겠습니까?

우리나라는 기자(箕子) 이래로 이미 오랑캐의 풍속을 변화시켰고 조선에 이르러서는 임금은 임금답고 신하는 신하답고, 아버지는 아버지답고 아들은 아들다워서 인의(仁義)의 가르침과 예악의 풍속이 하·은·주나라 때와 같습니다. 그러므로 소중화(小中華)라는 이름이 있는 것입니다. 명(明)나라가 멸망한 이후 우리나라는 또 『역경』에서 말하는 '석과불식의 상'*과 같습니다. 불행하게도 하늘이 재앙을 내려서 더러운 왜놈과 양놈들이 온 나라 안에서 괴이한 짓을 마음대로 저지르니, 얼굴은 사람이나 마음은 짐승과 같습니다. 종놈처럼 남에게 알랑거리는 비루한 무리들이 이들을 따라 조정에 가득 차 있으면서 적의 못된 귀신이 되어서 흉악한 행동을 마음대로 하고 있습니다. 위로는 우리 임금을 기만하여 가리고, 아래로는 충언을 막아서 여러 번 쌓이고 점점 침투되어 금년 8월에 국모를 시해하고 11월에는 단발령을 내리는 변고가 있기에 이르렀습니다. 드디어 온 나라의 신료와 백성을 모두 도둑의 무리로 죄과에 빠지게 하여 천하의 지구상에 미세한 양기(陽氣)도 붙일 곳이 없게 되었습니다. 아…… 더 이상 차마 말할 수 있겠습니까.

비록 그렇지만 천도가 영원히 가 버리는 이치는 없고, 인심은 반드시 돌아올 시기가 있습니다. 만약 하루아침에 천심이 바뀌어 선악과 화복이 각기 유파(類派)에 응하게 되면, 아마도 오늘날 의기양양하여 스스로 오래되어도 패하지 않

---

* 석과불식(碩果不食)은 과실나무에 큰 과일 하나가 따먹히지 않고 남아 있다는 것으로 물건이 명맥을 유지하고 있는 것을 의미하는데, 여기서는 조선이 오로지 중화문명을 유지하고 있다는 자부심을 표현 한 것이다.

는다고 하는 사람들은 모두 대낮의 도깨비처럼 용납할 곳이 없을 것입니다. 이것을 돌이켜 생각할 줄 모르고 감히 큰소리로 기탄없이 말하기를 '이것은 시대의 추이를 따르는 것이다.'라고 하면서 또 말하기를 '사람의 마음을 떨쳐 일어나게 하는 것이다.'라고 합니다. 심하게는 위로 공자를 속이며 어려워함도 없이 단언하여 말하기를 '공자가 오늘에 있었다면 역시 단발을 했을 것이다.'라고 합니다. 공자가 『춘추』를 저술하며 대의(大義)를 수십 가지 만들었으나 중화를 높이고 오랑캐를 물리치는 것을 가장 큰 대의로 하였으니, 공자가 어찌 단발을 하겠습니까? 그대는 또 단발하는 것을 우리 임금에게 돌려서 걸핏하면 바로 핑계를 대며 온 세상의 입을 봉쇄하는 계책으로 삼고 있습니다. 아, 비록 임금의 명령이라도 순종할 수 있는 것과 순종할 수 없는 것이 있으니, 모든 것은 의(義)에 합당한지 여부를 살필 뿐입니다. 그러므로 사람은 죽일 수 있으나 도(道)는 훼손할 수 없고 머리는 벨 수 있으나 뜻은 빼앗을 수 없습니다. 이와 같은 사람들이 어찌 죽음을 달갑게 여기고 화란을 즐겁게 여겨, 고의로 임금의 명령에 항거하겠습니까. 돌아보건대 또한 선대의 임금에게서 받은 바가 있어서 백세토록 성현의 집을 지키고, 한 시대의 풍속의 떨어짐과 높아지는 것을 주관하는 것입니다. 그 관계의 중대함이 어찌 아녀자와 같은 태도로 순종하는 것만을 바르다고 하는 사람과 비교할 수 있겠습니까? 그리고 하물며 오늘의 명령은 결코 우리 임금께서 한 것이 아닙니다. 그야말로 그대와 같은 사람들이 위협하고 제압하여 어쩔 수 없이 한 것뿐입니다. 그렇다면 구차하게 순종하는 것이 공경이 아니며, 순종하지 않는 것이 거역이 아니며 바로 공경을 다하는 방법입니다. 그렇다면 그대는 또 어떻게 이것을 옳다고 말할 수 있겠습니까?

서신의 말미에서 언급한 '변고가 겹쳐 일어나는데 말 한마디 없다.'라고 한 것은 내가 읽다가 이곳에 이르러 기(氣)가 산처럼 솟아오르지 않을 수 없었으며, 이어서 또 부끄러워 죽고 싶었습니다. 변고는 임금이나 부모를 죽이는 것보다 더 큰 것이 없고, 죄는 임금의 원수를 갚지 못하는 것보다 더 큰 것이 없습니다. 우리나라 땅에 살고 있는 모든 종류는 우리 임금이 함양한 것이 아니겠습니까. 그런데 갑신년(1884)부터 금년(1895) 8월까지는 역적들이 조정에서 마음대로 날뛰며 제멋대로 방자하게 행동하도록 내버려 두었으니, 만약 나라의 법을 가지고 논죄한다면 내가 마땅히 이 역적들보다 먼저 죄를 받아야 할 것입니다. 만약 그대가 스스로를 아는 것이 밝고 남을 꾸짖는 것이 지극히 어리석지 아니하면, 혹 이 말을 들을 수 없었을 것입니다. 그러나 나도 이로 인해 그대에게 의혹되는 것이 있습니다. 그대가 진실로 변괴를 항상 있는 일이라 하지 않았으니, 이는 하늘의 이치가 매우 현저하고 인심은 속일 수 없기 때문입니다. 그대는 다시 생각하기를 '내가 이 변괴를 일으킨 것은 무슨 까닭일까?' 하고, 또 반드시 손을 머리에 얹어서 그 까닭을 찾아 '지금의 내가 예전과 같은데 어째서 모습이 이와 같이 달라졌는가?' 한다면, 마땅히 슬프게 느껴 자신도 모르게 눈물이 저절로 흐를 것입니다. 그렇다면 그대의 죄는 이미 그대의 판단에서 저절로 정해져서 스스로 처신할 방법을 알지 못할 것입니다. 그대도 그렇다고 생각합니까?

나 같은 사람은 타고난 성품이 본래 세상 물정을 모르며 성글고 학문도 어둡고 정돈되지 않아서 옛 관습에 안주하고 있으니 신실로 그대가 말한 매우 늙고 어리석은 사람입니다. 돌아보건대 세상에 무슨 보탬이 되고 손상이 될 만한 것이 있겠습니까. 그러나 소년 시절부터 63세인 지금에 이르기까지 말한 것은 선대 임금의 말이고, 입은 것은 선대 임금의 의복이며, 뜻과 말을 크게 하여 아침부터 저녁까지 우러러 흠모한 것도 선대 임금의 덕행에 지나지 않았습니다. 맹세코 이 짧은 머리털에 옛 의복의 차림새로 돌아가 선대 임금을 지하에서 뵙고, 또 그것으로 우리 임금에게 보답하는 바탕으로 삼겠습니다. 가령 소진과 장의*를 시켜서 앞에 달려와 달래고 도끼와 같은 고문 도구가 뒤에서 위협할지라도 어찌 조금이라도 동요시킬 수 있겠습니까. 지금 그대는 강적을 등에 업고 세상의 권력을 쥐고 있으니, 그 위세의 불꽃이 닿는 곳이면 꺾어지지 않는 것이 없습니다. 그런데 어째서 이 두어 건의 일로써 어리석은 나의 죄를 결정하고 죽음을 집행하여 천하 사람들에게 도를 지키고 정의를 지키는 일은 해서는 안 되며, 국모를 시해하고 억지로 임금의 머리를 깎는 것이 당연한 도리라는 것을 분명히 알게 하지 않습니까? 도리어 문묘(공자를 모신 사당)에서 통곡한 작은 일로써 구구하게 구실을 삼아 여러 말을 길게 늘어놓아서 스스로 위중함을 손상시키고 있습니다.

나는 불행히 늙었는데도 죽지 않고 살아서 차마 이런 때를 보게 되었으니, 지금의 역적 무리들과 의리에 함께 같은 하늘을 이고 살 수는 없습니다. 이미 내가 역적을 죽이지 못했으니, 마땅히 역적의 손에 죽어야 할 것이 당연한 이치입니다. 다만 마땅히 입을 닫고 명령을 기다릴 뿐이고, 반드시 여러 말을 늘어놓을 필요는 없습니다. 그러나 보내온 서신이 답장을 더욱 급하게 독촉하므로 급히 답장을 써서 대략 가슴속에 있는 생각의 만분의 일이나마 털어놓는 것입니다. 저 고치는 것과 개혁의 득실 여부에 대하여는 논변할 만한 것이 없습니다.

양찰하기 바랍니다.

* 소진(蘇秦)과 장의(張儀)는 중국 전국시대의 종횡가(달변가)로 합종연횡(合從連衡)의 주인공임.

보태는 글

최익현의 이 편지는 유길준으로부터 받은 편지에 대한 답장으로 쓴 것인데 무슨 이유인지 보내지는 않았다. 최익현은 위정척사파를 대표하는 인물이고, 유길준은 개화파의 주요인사로 그 추구하는 바가 서로 상반되는 사이라 하겠다. 이 편지가 쓰인 시기는 1895년(고종 32)으로 명성황후가 시해를 당하고 단발령(斷髮令)이 내려져 온 나라가 뒤숭숭한 시절이었다. 최익현은 단발령에 강력히 반대하는 상소를 올렸으며, 이로 인해 체포되어 서울로 압송되었다. 당시 유길준이 내부대신으로 단발령을 시행하는 주무장관으로서 개혁의 당위성과 단발령의 불가피성을 주장하는 서신을 최익현에게 보낸 것으로 보이며, 이 편지는 이에 대한 답장으로 썼던 것이다. 유길준이 보낸 서신에서 '공자가 오늘에 살아 있었다면 역시 머리를 깎았을 것이고, 개화를 하는 것은 시대의 추세이다.'라는 주장을 편 것으로 보이는데, 최익현이 이에 대한 자신의 생각에 따라 조목조목 반박하는 내용을 쓴 것이다. 그러면 여기서 최익현과 유길준이 어떠한 인물인지 알아볼 필요가 있다.

최익현(1833~1906)은 경기도 포천에서 태어났다. 14세가 되던 해에 성리학의 거두인 이항로(李恒老)의 문하에 들어가 성리학을 배웠다. 1855년(철종 6) 명경과에 급제하여 승문원부정자로 관직생활을 시작했다. 이후 사헌부지평·사간원정언·사헌부장령 등을 두루 역임하고 1870년(고종 7)에 승정원동부승지에 올랐다. 1868년 경복궁 중건에 따른 대원군의 실정을 비판하였다. 1873년에는 신미양요를 승리로 이끈 대원군이 서원철폐를 단행하자 곧바로 대원군을 탄핵하는 상소를 올림으로써 대원군의 10년 집권이 무너지고 고종이 친정을 실시하는 계기가 되었다.

1876년에는 일본과 맺은 <병자수호조약>을 결사반대하는 상소를 올렸다가 흑산도에 유배되었다. 1895년 명성황후가 시해를 당하는 을미사변과 단발령의 단행을 계기로 항일척사운동에 앞장서게 되었다. 1905년에 을사늑약이 체결되자 을사오적의 처단과 조약의 무효를 주장하였다. 1906년 전라북도 태인에서 항일의병운동을 일으켜 일본군과 싸웠으나 패배하였다. 74세의 고령으로 의병을 일으켜 진충보국하고자 했으나 뜻을 이루지 못하고 대마도에 유배되어 그곳에서 순국하였다.

유길준(1856~1914)은 서울에서 태어났다. 어려서는 외할아버지에게 한학을 배웠다. 1870년(고종 7) 박규수(朴珪壽)의 문하에 들어가 김옥균, 박영효, 홍영식, 서광범 등 개화 청년들과 실학사상을 배우고, 1881년 박규수의 권유로 어윤중(魚允中)의 수행원으로 신사유람단에 참가하여 우리나라 최초의 일본 유학생이 되었다. 1884년 가을, 미국의 담머 아카데미에서 수학하여 우리나라 최초의 미국 유학생이 되었다. 같은 해 갑신정변이 실패했다는 소식을 듣고 학업을 중단하고 유럽 여러 나라를 여행한 뒤 이듬해에 귀국하였다. 그러나 갑신정변의 주모자들과 같은 개화파의 일당이라 하여 체포되었다. 1895년에는 『서유견문』을 출판하였다. 이 책에서 한국의 실정에 맞는 자주적인 개화, 즉 '실상개화'를 주장하였으며, 역사는 미개화·반개화·개화의 단계를 거쳐 진보한다는 문명진보사관(文明進步史觀)을 제시하였다. 그의 개화사상은 입헌군주제·상공업 및 무역의 진흥·근대적인 화폐 및 조세제도의 수립·근대적인 교육제도의 실시 등으로 갑오경장의 이론적 배경이 되었다. 같은 해 내부대신이 되어 단발령을 강행하여 유림과 국민들로부터 반감을 사기도 했다. 1896년 아관파천으로 친일내각이 붕괴되고 친러내각이 수립되자 일본으로 망명하였다. 1907년 고종이 폐위된 뒤 귀국하여 흥사단의 부단장과 한성부민회의 회장을 역임하였다. 그리고 일진회의 한일합방론에 정면으로 반대했으며, 국권상실 후 일제가 수여한 남작(男爵)의 작위를 거부하였다.

제 2 부

사림의 갈등과 붕당

사림이 동인과 서인으로 갈라지다

* 이이가 이발에게 보낸 답장

반년 동안 서로 바라보기만 하고 소식을 듣지 못하여 너무나 그리워서 때로는 괴로웠네. 6월 16일에 보낸 편지를 받게 되어 고맙기 비할 데 없으나, 세 번이나 반복해 읽고 나서 잇달아 실망하였네. 내가 일찍이 고명한 그대에게 버림을 받지 않고 서로 더불어 국가에 시급한 일을 강론한 것은 화평하게 하고 진정시키는데 있었네. 그러나 오늘날 시대의 공론이 점점 날카로워져서 다시 화평해질 희망이 없으니, 생각건대 이 의논은 반드시 그대의 뜻이 아닐 것으로 여겼네. 그러므로 나의 상소 가운데 이른바 깊이 염려하고 먼 장래를 위한 식견이 있는 사람이라고 한 것은 바로 그대들 두서너 사람을 가리킨 것이네. 그런데 이제 그대의 뜻도 과격한 의논과 서로 부합하니 다시 무슨 말을 하겠는가.

최근 사대부들이 논쟁하는 것으로 온 나라가 소란한 지경에 이르렀는데, 그 요점은 김효원(金孝元)이 낫고 심의겸(沈義謙)이 못하다는데 불과했을 뿐이네. 그대가 이를 한 번 생각해보게. 예로부터 지금에 이르기까지 어찌 한두 사람의 낫고 못한 것으로써 모든 사림이 참가하여 생사를 헤아리지 않고 싸운 일이 있는가? 이것은 천하 후세에 알게 해서는 안 될 일이네. 김효원이 낫고 심의겸이 못한 것은 나도 본래부터 이를 알고 있기 때문에 한마디 말로 결정되는 것이니, 어찌 여러 말을 할 필요가 있겠는가. 다만 동인은 옳고 서인은 그르다고 하는 까닭으로, 인심이 불평하여 의논이 끝내 하나로 돌아가지 못하는 것이네. 무슨 이야긴가 하면, 심의겸은 진실로 김효원에게 미치지 못하지만, 만약 불화를 맺은 사실 한 가지만으로 말한다면 심의겸이 반드시 그른 것도 아니요, 김효원이 반드시 옳은 것도 아니네. 심의겸이 당초에 김효원의 진출을 막았던 것은 사사로운 혐의가 있어서가 아니라 다만 견해가 밝지 못해서 그랬던 것이니, 이것이 무슨 잘못이겠는가. 김효원이 심의겸을 비방한 것을 사사로운 마음이라고 할 수 없으나, 옆에서 보고 있던 사람들이 이것으로 인해 두 사람의 사이를 서로 모함한 것이니, 이것이 어찌 심의겸만의 과실이겠는가. 나의 상소는 길거리에 떠도는 말을 채취한 것이 아니고, 다만 사헌부의 상소를 보고 발단이 되었네.

몇 년 전에 조원(趙瑗)이 탄핵을 당한 것은 참으로 공론이었는데, 옆에서 보고 있던 사람이 오히려 그것이 조제(調劑)에 해롭다고 의심하였고, 잇달아 윤두수, 윤근수, 윤현 등을 탄핵하니 인심은 비로소 불복하여 드러내놓고 알력 하는 것으로 지목하였네. 다만 이것은 젊은 선비들이 서로 추종하여 스스로 하나의 여론을 만든 것인데, 다른 사람들은 겁내고 위축되어 감히 배척하는 말을 하지 못한 까닭으로 선비들은 인심이 불복하는 것도 알지 못하면서 공론이라고 자부했던 것이네. 내 생각으로는 이에서 그칠 줄 알았는데, 이제는 또 까닭 없이 심의겸을 두드러지게 배척하여 소인이라 하고, 서인을 모두 간사한 무리라고 배척하여 갈수록 더 심해지고 있네. 이것은 참으로 사람을 잡는 수단이니, 어찌 숨길 수 있겠는가. 심의겸이야 비록 아깝지 않더라도 서인이 다 아깝지 않을 수 있겠는가. 이것이 과연 그대들의 본뜻인가? 만약 그것이 본뜻이라면 나와 더불어 서로 강론한 것은 모두 내가 보는 데서만 따른 것이니, 미안하지 않은

가. 만약 본뜻이 아니라면 그대가 홍문관에 있으면서 청론(淸論)을 주장하였으니, 마땅히 차자(箚子)를 올려 그것이 그렇지 않다는 것을 밝히고 사헌부를 탄핵하여 체차해야 할 것이네. 그렇게 하면 인심이 안정되어 믿고 복종할 것이니, 다시 무슨 일이 있겠는가. 지금 그 충성을 깊이 칭찬하면서 또 그 지나친 점을 대강 말하는데, 사헌부의 의논을 옳다고 하는 것인지 그르다고 하는 것인지 모르겠네. 지난번에 어떤 사람이 홍문관의 상소는 곧 그대의 손에서 나왔다고 하였으나, 나는 이 말을 매우 의심하여 그대의 평소 마음먹은 것이 단연코 이와 같지는 않을 것이라 믿고, 아마 이것은 거짓으로 전해진 말이라고 여겼네. 그런데 지금 보내온 편지를 보고 나서 더욱 실망하였네.

신하가 임금에게 아뢸 때에는 마땅히 화복(禍福)을 헤아리지 않고 하나같이 성실하게 하는 것이 옳을 것이네. 일찍이 그대의 상소 가운데 심의겸과 김효원이 불화를 맺은 일을 논한 것을 보니, 김효원이 이조전랑이 된 뒤에 불화가 있게 된 것이라 하였고, 또 을해년(1575)에 대신을 흔들었다는 비방이 심의겸과 윤원형이 지어낸 말에서 나왔다고 했는데, 이것이 과연 그대의 견해인가? 심의겸과 김효원이 불화한 것은 사실 김효원의 이조전랑 추천을 막았기 때문인데, 과연 이조전랑이 된 뒤인가? 대신을 흔들었다는 비방은 그때 우리도 이를 의심했는데, 심의겸과 윤원형이 무슨 상관이 있겠는가. 그대는 기억하지 못하는가? 그대와 송대립이 나의 집에 와서 서로 마주대하여 의심하고 탄식하면서 아마도 불길한 사람일 것이라고 하였으나, 그 뒤에 자세히 그 사실을 듣고 나서 의심을 풀었으니, 그때 그대와 내가 과연 심의겸과 윤원형의 말을 들었는가? 또 말하기를 '김효원이 옳게 여기는 사람은 비록 세상의 풍속일지라도 모두 공평한 마음이요, 심의겸을 옳게 여기는 사람은 비록 선비들이라 할지라도 모두 사사로운 마음이다.'라고 하였으니, 이것이 과연 성실하여 거짓이 없는 말인가?

김효원은 내가 처음에는 자세히 알지 못하였으나, 그의 하는 일을 차차 보고 믿을 만한 사람들에게 차차 들어 비로소 그가 쓸 만한 사람임을 알게 되었네. 심의겸과는 본래 서로 알고 있었는데, 그는 다만 외척 중에서 조금 나은 사람일 뿐이네. 비록 이 사람이 없어도 세상에는 아무런 손해도 없을 것이요, 이미 선비들과 서로 불화하였으니, 비록 쓰지 않아도 될 것이나 다만 소인이라고는 할 수 없네. 나의 뜻은 이와 같네. 내가 김효원을 좋게 여기지 않는 것은 아니네. 다만 그대가 임금께 사실대로 아뢰지 않은 것이 한스럽네. 혹시 마음에 해롭지 않겠는가?

보내온 글에 내 상소의 절반이 성내고 원망하는 마음에서 나왔다고 했는데 이것은 아마 그렇지 않을 것이네. 변론하는 글은 명확성을 위주로 하여 되풀이 하면서 혹은 억누르고 혹은 찬양하기 때문에 공평한 마음을 가진 사람이 이를 본다면 명확하게 분변한 것이라 하겠지만, 한 편으로 치우친 사람이 이를 본다면 성내고 원망한 것이라고 할 것이네. 그대는 일찍이 주자(朱子)의 상소문과 당중우(唐仲友)의 일을 탄핵한 것을 본 적이 있는가? 주자가 어찌 성내고 원망하는 마음에서 말했겠는가. 물은 본래 소리가 없지만 바위의 울퉁불퉁한 곳을 만나면 소리가 나게 되니, 이것이 어찌 물의 허물이겠는가. '칼날을 피한다.'라고 한 것은 지금 마음의 공과 사는 논하지 않고 말 한마디라도 합하지 않으면 흠집을 캐려는 의논이 마구 일어나니, 이것이 칼날이 아니고 무엇인가. 그대들이 칼날을 세우지 않는다면, 어째서 칼날을 세우는 사람들을 억제하지 않는 것인가. '시비를 억지로 정하고 알력이 있다.'라고 한 것은 역시 참으로 이와 같은데, 다시 무엇을 변명하겠는가. 우열과 시비는 같지 않은 것이니, 오늘날의 일은 마땅히 우열로써 말할 것이요, 시비로써 분변해서는 안 될 것이네. 그것은 피차간에 시비가 분명하지 않은 까닭이네.

'막된 소리로 비난한다.'라고 한 것은, 그 형적이 이미 드러나서 그대 자신이 눈으로 직접 보았으니, 내가 과연 거짓말을 한 것인가? '혐의를 피한다.'라고 한 것도 또한 그대가 이치 살피기를 정밀하게 하지 못한 까닭이네. 혐의를 피하는 것은 진실로 군자가 제일 먼저 할 일은 아니지만 때로는 피하지 않을 수 없기 때문에, 주자도 또한 말하기를 '혹시 마땅히 피해야 할 때가 있다.'라고 하였으나, 혐의를 피하느라고 나랏일을 그르친 것을 이르는 것은 아니네. 김효원이 혐의를 피하지 않은 것을 그대는 옳다고 하는데, 자세히 생각하지 않은 것이 아닌가. 심의겸은 비록 요직에 쓸 수는 없지만 별로 뚜렷한 죄는 없으니, 만약 지금 등용된 경대부들에게 비교한다면 나은 점은 있어도 못한 점은 없을 것이네. 요직에 있는 사람도 심의겸보다 못한 사람이 많은데, 김효원이 그 사람들은 비난하지 않고 다만 심의겸만 헐뜯어 남의 의심을 일으키고 화의 실마리를 만들어 지금까지 경직되어 있으니, 김효원이 혐의를 피하지 않은 것이 나라에 이익이 되었는지 해가 되었는지 모르겠네. 만약 김효원이 자기의 지조를 지켜서 선비들이 점차 성하고 나누어져 갈라지는 걱정이 없었다면, 청론이 크게 떨쳐서 심의겸은 저절로 권세를 부리지 못하게 되었을 것이니, 어찌 나라의 복이 아니겠는가. 이 말을 들어 명백히 알지 못한다면 어찌 실제 일을 가지고서 관찰하지 않는가? 혐의를 피하지 않아서 나라를 병들게 하는 것보다는 혐의를 피하는 것이 나은 것이네.

또 '뒤를 넉넉하게 한다.'라고 한 것은, 다만 심의겸을 요직에 쓸 수 없다는 것만 말한 것이요, 그 몸을 묶어 두고 다시 임용하지 못하게 한다는 말은 아니네. 혹시 상소를 자세히 보지 않은 것인가? 내 뜻은 외척은 반드시 화의 실마리가 되기 때문에 좋은 방도는 쓰지 않는 것만 같지 못하다는 것이네. 내가 상소한 것은 선비들을 양편 다 온전하게 하여 조정을 편안하게 하고자 한 것이지,

본래 소요시킬 계획은 아니었다네. 다만 한 편에 치우친 사람들은 자기에게 알력이 있을까 두려워하기 때문에 스스로 소란을 일으키니, 나 또한 어떻게 하겠는가. 사람은 비록 지극히 어리석더라도 남을 꾸짖는 일에는 밝으며 비록 총명하더라도 자기를 용서하는 일에는 어두운 법이네. 몇 해 전에 정철이 서인이 주장하는 견해를 편벽되게 고집하며 도리어 나를 의심하므로, 나는 그대와 더불어 입이 쓰도록 간절히 말하고, 있는 힘을 다하여 만류해 마음을 돌렸는데, 지금 그대는 정철을 어떻게 여기는가. 오늘날 그대가 동인을 주장하는 것도 또한 정철이 서인을 주장하는 것과 다른 것이 없으니, 어찌하여 정철을 꾸짖던 것으로 반성하여 자기를 책망하지 않는가.

을해년에 서인의 잘못은 거조가 합당하지 못한 것이었는데, 오늘날 무리들의 거조는 과연 을해년의 거조보다 나은 것인가. 서인을 모두 사악한 무리라고 배척하는 것이 어찌 을해년에 이성중(李誠中)만을 탄핵하는 것과 같은가. 서인의 어진 사람을 모두 청망(清望)에 천거하지 않는 것이 어찌 을해년에 김응남(金應南)만을 이조전랑에 천거하지 않는 것과 같은가. 을해년에 조원(趙瑗)이 상을 받은 것이 진실로 여러 사람의 마음에 흡족하지 못했는데, 오늘날은 시세(時勢)에 아부하고 세력에 붙어 팔을 걷어 올리고 큰소리를 치면서 스스로 제 뜻대로 된 것을 밝히는 사람이 또 몇 사람이 조원인지 알 수 없네. 인심이 두려워하는 것과 유식한 사람의 걱정이 을해년보다 심한데도 바야흐로 시끄럽게 사람들을 향해서 다투어 변론하기를 '동인은 옳고 서인은 그르다.'라고 하니, 이 말은 다만 같은 무리로서 벼슬길을 구하는 사람이나 믿을 뿐이지, 다른 사람이야 누가 이를 믿겠는가. 만약 오늘날의 일을 처리함이 중도를 얻었다면, 누가 동인은 옳고 서인은 그르다고 하지 않겠는가. 지금은 이미 그 과실을 본받으면서도 이와 같이 스스로 옳다고 하니, 명색이 군자인 사람이 무턱대고 행하거나 거꾸로 시행하더라도 군자 됨에 해가 안 되는 것인가.

대개 군자는 말로써 사람을 취하지 않고 또한 말로써 사람을 버리지 않은 뒤에야 (……원문 빠짐……) 오늘날 선비를 취하는 것은 인물의 본래 품격이 어떠한가를 묻지 않고, 다만 의론의 같고 다른 것으로써 취하고 버리는 것을 결정하기 때문에 새 의론이 백 가지로 나오고 괴이한 무리가 날뛰고 있네. 저들이 무엇을 알겠는가. 일찍이 조원이 상을 받은 것을 볼 때도 좋은 벼슬을 하고자 한 것뿐이네. 그대가 고금의 일을 두루 살펴보더라도 군자가 뜻을 얻고 청론이 한창 시행되는데 나랏일을 낭패시킨 것이 오늘날과 같은 때가 언제 있었는가. 조정에서는 무엇보다도 식견이 제일이니, 식견이 밝지 못하면 비록 어질더라도 일을 이루지 못하는 것이네. 허형(許衡)이 말하기를 '인자하고 예양하며 효제하고 충신하면서도 자신을 망치고 가산을 탕진시키는 자는 모두 이러한 사람이다.'라고 하였는데, 내가 일찍이 지나친 말이라고 여겼는데 이제 비로소 경험하고 보니, 옛사람의 말을 가벼이 여길 수 없음을 알았네. 오늘날의 일은 이를 분변하기도 어렵지 않네. 천하의 일은 당연한 이치가 있는 것이니, 오늘날 사리의 당연한 것은 만약 화평에 있지 않으면 반드시 배척하는데 있네. 화평과 배척이 함께 행해질 수 없는 것은 마치 웃음과 울음이 함께 나올 수 없는 것과 같은 것이네. 나의 의론은 화평을 주장하고 사헌부의 상소는 배척을 주장하니, 이쪽이 옳으면 저쪽이 그른 것이네. 지금 그대들의 소견은 이미 배척하는 것으로 공론을 삼으면서도 화평을 하고자 하니, 하는 일에 진퇴가 근거가 없어서 모양을 이루지 못하네. 만약 가슴속이 명백하고 밝게 트였다면 이런 따위의 모호한 식견이나 의론이 어디서 나오겠는가. 만약 화평을 하고자 한다면 김효원과 심의겸의 구구한 시비의 분별이 무슨 큰 관계가 되겠는가. 내버려 두고 묻지 말고 그 우열만을 보아서 등용하거나 버리면 될 것이네. 만약 배척을 하고자 한다면 또한 마땅히 분명하게 그 죄를 바로잡아야 될 것인데, 무슨 까닭으로 입으로는 화평을 말하면서 마음속으로는 배척을 주장하는가. 이는 마치 그 목을 조르고 그 뺨을 치면서도 그와 서로 잘 지내기를 구하는 것과 같은 것이네. 어찌 명분이 바르고 말이 순해야만 일이 이루어질 수 있겠는가.

오늘날의 일은 백 번을 생각해도 마침내 뒷수습을 잘할 계책이 없으니, 실로 하늘이 할 것인데 말한들 무슨 소용이 있겠는가. 가만히 생각건대, 김효원은 밝게 깨달은 사람으로 이제 변고까지 겪었으므로 소견이 반드시 나아졌을 것이네. 만약 그로 하여금 의론을 주장하게 한다면, 반드시 오늘날처럼 무너지고 갈라지는 데는 이르지 않을 것이네. 그대는 평소에 글을 읽어 무슨 사업을 하고자 하였기에 오늘날 조정에 있으면서 조직을 동원하여 동인만 돕고 서인을 억누르는 일을 성취하려고 할 뿐인가. 선비의 도를 행하는 것이 과연 여기에 그치는가. 오늘날 만약 곤란 속에서 그 타개책을 구한다면 마땅히 의론을 주장하기를 '심의겸이 비록 드러난 과실은 없더라도 이미 외척이고, 또 선비들과 서로 불화하니, 이는 마땅히 작록만 보전하게 하고 다시는 요직에 임용할 수 없다. 그리고 삼윤(윤두수, 윤근수, 윤현)은 스스로 안정하지 못한 상황을 일으켜서 선비들에게 크게 거슬렸으니, 이들도 다시는 청선(清選)에 참여시켜서는 안 된다. 그 외의 서인은 재주에 따라 관직에 임용하되 조금도 시기와 방해가 없게 하고, 동인으로 의론이 과격한 사람은 분별하여 이를 억제시키고, 만약 그 기회를 이용하여 아부하는 무리는 물리쳐서 이를 멀리해야 한다.'라고 해야 할 것이네. 이와 같은 마음을 갖는 것이 공정하고 명백하여 세월이 오래 흐르다 보면 혹시 좋은 소식이 있을 것이나, 다만 이러한 일을 처리할 사람이 없을 듯하네.

김우옹(金宇顒)은 오래 머물 계획을 하고 있는가? 그대가 김우옹, 유성룡과 마음을 같이 하고 힘을 합한다면, 혹시 바로잡을 수 있을 것이네. 다만 듣건대 유성룡의 뜻이 과격한 사람들과 같다고 하니, 만약 그렇다면 바라는 바가 아닌데 과연 그러한가? 다만 생각건대 김우옹이 출처(出處)의 의리를 온전하게 하고자 한다면 만류하기 어려우니, 그것이 근심스럽네. 그대와 유성룡은 일을 처리함이 중도를 잃어, 이미 호랑이와 들소가 우리에서 뛰어나오게 한 책임을 면하지 못하였으니, 모름지기 머물러 오늘의 사태를 수습하여 우리로 하여금 죽을 곳으로 귀양 가지 않게 하는 것이 또한 한 가지 방도이네. 다만 염려하는 것은 여론이 다시 한 단계 나아간다면 그대들도 또한 제사 지낸 뒤의 추구(芻狗)*가 되어 스스로 발을 붙일 곳이 없게 될 것이니, 아, 괴로운 일이네.

우리가 다투는 것은 의리일 뿐이며 나는 실로 조금이라도 편파적이거나 분노하는 마음은 없네. 다만 나의 성품이 느슨하여 본래 화복에는 마음이 없으니, 도리가 만약 굽히지 않았다면 가령 쇠바퀴가 이마 위에서 돈다 해도 조금도 흔들리지 않을 것인데, 하물며 온 세상이 막된 말로 비난하는 것이야 어찌 나를 터럭만큼이나마 움직일 수 있겠는가. 만약 도리가 굽혀졌다면 비록 삼척동자가 머리에 진흙 칠을 하고 가시나무를 등에 지게 하더라도 또한 달가운 마음으로 사양하지 않을 것이네. 그대는 모름지기 김우옹과 더불어 이 편지를 가지고 상의하여 그릇된 점을 지적해서 나로 하여금 환하게 스스로 도리가 굽혀졌다는 것을 알게 해 준다면 나는 마땅히 바로 견해를 고치겠지만, 만약 내 견해가 어긋나지 않다고 여긴다면 또한 반성해서 생각하기를 바라네. 안민학(安敏學)은 비록 이러한 의론에 참여시킬 수는 없으나 또한 시비를 함께 분별할 수는 있을 것이네. 옛날에 윤사(尹士 : 맹자의 제자)가 맹자를 심하게 비난하여 뜻을 돌리지

* 짚으로 만든 개를 말한다. 옛날 중국에서 제사 때 쓰던 것인데, 제사가 끝나면 버리기 때문에 '필요할 때는 이용하고 그 일이 끝나면 내버리는 물건'을 비유하여 이르는 말이다.

못할 것 같더니, 맹자의 말을 듣고서는 그제야 스스로 복종하면서 말하기를 '나는 진실로 소인이다.'라고 하였네. 나는 언제나 이러한 기상을 좋아하네. 지금의 군자는 윤사와 같은 사람이 매우 드물어서 탄식할 만한 일이네. 내가 다시 한 장의 편지를 성혼(成渾)에게 보내니, 미루어 보면 참고하는 증거가 될 것이네. 나에게 회신하는 편지는 이의중(李宜仲)에게 보내서 그로 하여금 전하도록 하게.

보태는 글

우리는 율곡 이이가 이발에게 보낸 이 편지를 통하여 조선 중기에 사림이 동인과 서인으로 분당이 되는 원인과 과정을 살펴볼 수 있다. 그리고 율곡은 사림의 분열이 국가 장래에 미칠 영향을 우려하여 그들을 중재하려고 노력했던 사실도 알 수 있다. 1575년(선조 8, 을해년)에 최초로 당론이 일어났으므로 '을해당론'이라고도 하는데, 당시 김효원을 지지하는 동인그룹의 주요 인사를 보면, 이발, 이산해, 유성룡, 김우옹, 우성전, 정인홍 등이고, 심의겸을 지지하는 서인그룹의 주요 인사로는, 윤두수, 윤근수, 송익필, 정철, 박순, 조헌 등이다. 이발은 율곡보다 여덟 살 아래로 당초에는 율곡을 존경하여 따르기도 했으나, 당론이 일어나면서부터는 동인의 강경한 리더 역할을 하고 있었다. 따라서 율곡은 이발을 설득하여 동인들의 기세를 누르고자 하였으므로 나중에는 서인으로 지목을 받기에 이르렀다. 김효원과 심의겸이 알력을 보인 근본원인을 살펴보면, 김효원은 과거에 급제하기 전에 외척으로 을사사화를 일으키고 외척정치의 장본인이 된 윤원형의 집에 출입한 것이 약점이고, 심의겸은 명종의 왕비인 인순왕후의 동생으로 외척출신이라는 약점이 있었다. 이것이 이조전랑 문제로 비화되어 결국에는 조선의 붕당과 당쟁의 도화선이 되고 말았다. 이조전랑 문제를 살펴보면, 먼저 김효원이 이조전랑에 추천이 되었을 때 심의겸이 이조참의로 있었으므로 앞에서 언급한 김효원의 약점을 들어 반대를 하였다. 나중에는 심의겸의 동생인 심충겸이 이조전랑에 추천되자, 김효원이 외척임을 들어 반대를 하고 나섬으로써 양측의 갈등이 심화되는 양상을 보였다. 이 편지에 등장하는 이발은 어떠한 인물이었을까?

이발(李潑 1544~1589)은 홍문관제학을 지낸 이중호(李仲虎)의 아들이며, 민순(閔純)의 문인이다. 1568년(선조 1)에 생원이 되고, 1573년(선조 6)에 알성문과에 장원으로 급제하였다. 이듬해 사가독서(賜暇讀書)를 하고, 이조정랑에 발탁되었다. 이어서 홍문관의 응교와 전한을 거쳐 1583년(선조 16)에 부제학을 역임하고 이듬해 사간원 대사간에 이르렀다. 홍가신, 허당, 박의, 윤기신, 김영일・김우옹 등과 교유하였으며, 최영경(崔永慶)과 가장 친하였다. 조광조(趙光祖)의 지치주의를 이념으로 삼아 사론(士論)을 주도하고, 경연(經筵)에 참가하면서는 맹자의 왕도정치를 제창하여 기강을 확립하고 시비를 분명하게 가렸다. 그러나 이조전랑으로 있을 때에는 동인 쪽의 인물만 등용함으로써 원망을 샀으며, 동인의 리더로서 정철의 처벌문제에 강경하게 대처하여 북인의 수령이 되었고, 이로 인하여 서인들의 미움을 받았다. 1589년(선조 22) 동인 정여립의 역모사건이 일어나자, 이에 연루되어 관직을 사퇴하고 교외에서 대죄하던 중 체포되어 모진 고문을 받고 장살(杖殺)되었다.

율곡 이이의 의논도 만족스럽지 못합니다

* 유성룡이 김우옹에게 보낸 답장

남쪽으로 온 지 오래되었는데 인편에 편지를 받아보고 안부가 편안하시고 또한 은둔에 힘쓰지 않고 현재의 상황에 대하여 생각하심을 알고 감격하고 위안이 되었습니다. 내가 달 전에 길에서 낭패하고 돌아왔습니다. 어머니의 병환이 조금 낫기는 했으나 아직도 완쾌하지 못하셨는데, 옆에서 모셔 받들 사람마저 없으니 사정이 딱하고 절박하여 출발하려다가 다시 멈추었습니다. 매우 부득이한 일이기는 합니다만 공의(公義)를 저버림이 부끄럽습니다. 일러주신대로 근일의 분규는 매우 우려되는데, 선후책을 논하신 것이 매우 온당하여 식견과 염려가 원대하니, 형이 아니면 어디에서 이와 같은 논의를 들을 수 있겠습니까. 그러나 이는 나도 전부터 하고자 한 일이어서 힘써 보았으나 되지 않았던 일입니다. 몇몇 친구들의 생각도 응당 여기에서 벗어나지 않을 터이지만, 다만 한스러운 것은 그들의 재주·식견·논의의 길고 짧음이 같지 않아서 끝내 화합하기 어려운데 이러한 사단이 계속 끊임없이 겹쳐 일어나 이 지경에까지 진전된 일입니다. 이것은 아마도 시운이 그렇게 만든 것 같으나, 참으로 개탄할 일입니다.

근래에 다투는 바는 본래 크게 다른 것은 없고, 그 사이에 완급에 대한 의견이 서로 합치되지 않는 것도 다른 이유가 아닙니다. 대개 율곡 이이가 처리한 것이 실수가 없지 않은 데에서 연유했기 때문입니다. 비록 아무개가 이치에 어긋나서 미워할 만하지만, 율곡 이이의 의논도 모두 만족스럽지 못합니다. 이는 이치의 형세로 보아 저절로 그렇게 된 것이지 어찌 배척하는데 마음을 두어서 그런 것이라 하겠습니까. 이제 사리를 공평하게 보아 중도에 적합하게 하고 서로 참작하여 피차의 의견을 다 듣지 않고 도리어 일체를 붕당의 사사로움에 붙여 정당한 공론을 배격한다면, 본래 이런 마음이 없던 사람들이 자신의 죄로 받아들여 아무 말이 없겠습니까. 나는 인심이 불안하고 의논이 서로 대립된다면 얼마 되지 않는 동지 가운데서도 형색이 저마다 달라서 가만히 앉아 남에게 어부지리를 줄까 염려됩니다. 이것은 바로 국가의 치란과 안위의 기틀로써 그 일이 매우 중요하니, 그것을 생각할 때마다 자다가도 일어나지 않은 때가 없었습니다. 내 생각으로는 율곡 이이는 본래 마음이 편벽되고 메마르지 않아서 여러 사람들의 말을 들으면 스스로 깨달아 고칠 것이니, 어찌 남들이 자기를 부족하다 한다고 격분하여 미혹한 고집으로 일을 그르칠 이치가 있겠습니까. 이것은 율곡 이이를 대우하는 방법이 아닙니다. 하물며 아무개(김효원)는 이미 지방관으로 제수되어 나갔으니 조정은 이 문제에 대하여 당연히 정론이 있었을 터인데, 지금에 와서 어찌 논의의 같고 다름을 추구하고 마음속의 피차를 따져 더욱 소요스럽게 만들겠습니까.

대개 수년간 이른바 동서의 설로 매우 안정되지 못했으나 그 시비는 분간하기 어렵지 않습니다. 당초에 김효원이 비록 지나친 점은 있었으나, 한 사람의 외척에게 권세를 주어서는 안 된다고 논한 것에 불과하였으니, 큰 잘못이 아닙니다. 그런데도 심의겸은 이 때문에 원수를 맺었으니, 이는 좋지 못한 일입니다. 게다가 여러분이 또 형체가 없는 말을 믿고 서로 힘을 다하여 선비들에게까지 파급시켜 국가의 원기를 상하게 해서야 되겠습니까. 그 뒤 공정하고 바른 도리를 확장함으로써 이전의 잘못을 뉘우치지 못하고 다시 간사한 무리들을 끌어다 조정을 어지럽게 하였습니다. 이에 선량한 사람을 원수처럼 보는 사납고 막된 자들이 번갈아 가며 사헌부에 앉아서 이따금 유배하여 멀리 쫓아내야 한다는 논의를 완석(完席)*에서 발의하니 인심이 위태롭습니다. 그러나 다행히 밝으신 임금께서 위에 계시므로 공론을 따라 크게 방자한 데까지에는 이르지 않았으나, 그 해로움이 국가에 미쳐 뒷날에 화의 빌미가 되리라는 것은 이루 말할 수 없습니다.

뇌물을 받은 관리에 대한 논의는 비록 경솔하게 발설하여 본래 무심코 나온 말 같은데, 저들은 문득 자신을 구제하기에 정신이 없어 그 일을 발설한 신하를 공격하였으니, 너무나 한심스러운 일입니다. 그런데도 조정에서는 한마디 말도 없습니다. 심의겸이 호남의 관찰사가 되어 나간 것은 임금의 뜻에서 나왔습니다. 이로 말미암아 본다면 동인은 서인에게 너무 심하게 한 것이 아닌데도 서인은 동인에게 너무 박절하게 대했다고 할 수 있습니다. 그 뒤 동인으로 일을 이해하지 못하는 사람들이 종종 논의를 주도함이 너무 중하여 사헌부의 의론도 불안의 단서를 야기하게 된 것입니다. 그러므로 우리가 홍문관에 있을 때 벌써 그 점을 실로 걱정하여 일에 따라 해결하려 하였으나, 전적으로 그 의논을 행할 만하다고는 여기지 않았습니다. 이것은 그 시비곡직이 환하게 다 보여 흑백을 가리는 것 같아서 속일 수 없는데도, 오늘날 동인에게는 '화평하고 용서하라.'고 하며 끊임없이 꾸짖고, 서인은 여러모로 용서해줍니다. 또한 일을

* 사헌부의 관원들이 좌기할 때에 둘러앉아서 좌우를 물리치고 풍헌에 관계되는 일과 탄핵하는 일이나 벼슬에 제수된 사람의 서경을 의논하는 자리를 말한다.

분명히 알지도 못하는 사람이 항간에 떠도는 동서의 설을 듣고 서로 배척하고 무함한다고 지목하고서는 다시 일의 시비가 어떠한지를 논하려 하지 않으니, 매우 가소롭고 한심합니다. 이것은 다만 그 사리를 논할 뿐입니다.

우리가 오늘날 이것을 처리하는 방법은 우리 당이 격동시켜 그렇게 만들 단서를 깊이 따져 스스로 반성하여 성심을 개진하고, 공정한 도리를 펴서 화평한 복을 바라지 않을 수 없습니다. 다만 선비들의 분열이 이와 같으니 사방에 둘러서서 지켜보고 있는 이들은 실의하여 틈을 엿보지 않는 사람이 없습니다. 그래서 이런 때에는 무슨 일을 하고자 하여 발 한 번 움직이고 말 한마디 하는 것까지도 나무람과 비방의 대상이 될 뿐이니, 비록 지혜로운 사람이라 해도 다시 계책을 낼 수 없습니다. 하물며 나 같은 사람에게 있어서야 만분의 일이라도 화합하여 바로잡기를 어찌 바라겠습니까. 천하의 일은 한집안의 일과는 달라서 갑이 하지 않으면 을이 합니다. 노형(김우옹)은 명철함으로 나라의 은혜를 받은 것이 후하고 현재 또 그 지위에 계시니, 어찌 다른 사람에게 미루기만 하고 곤경에 빠진 사람들을 구원할 계획을 하지 않겠습니까. 모든 논의에 과불급을 잘 조절하여 충고를 꺼리지 마시기를 간절히 바랍니다. 또한 여러 친구들의 의사로써 더욱 서로 절차탁마하여 율곡 이이 등 여러 사람을 의심하거나 현혹하여 각각 한쪽의 의견을 고집함으로써 공공의 이치를 손상시키는데 이르지 않게 하는 것은 더욱 오늘날의 급한 일입니다.

이제 밝은 임금께서 윗자리에 계셔서 조정에 사특함을 도모하는 이가 없으니, 선비들은 정말로 동심협력하여 국사를 성취시켜야 마땅한데, 불행하게도 이 일은 분분하고 얽혀서 오랫동안 끝나지 않았습니다. 이로 인해 기강은 해이해지고 온갖 법도는 모두 폐지되었으니, 이 세상에 뜻있는 사람이 어찌 개탄하지 않겠습니까. 나는 형의 정성스럽고 지극하신 가르침에 감동되어 못난 이 몸을 떨쳐 일어나 조그만 성의를 바치려는 마음이 없는 것은 아니지만, 집안에 연고가 많고 병의 고삐에 얽혀 벗어 버리려 하나 되지 않으니 어찌하겠습니까. 붓 가는 대로 생각나는 대로 진언하자니 말에 두서가 없습니다. 만일 부당한 것이 있다면 다시 큰 가르침을 주시기 바랍니다. 형의 책망이 비록 준엄하다 하더라도 싫어하지 않고 이치에 닿는 말에는 감히 고치기를 주저하지 않겠습니다. 추운 날씨에 객지에서 몸을 잘 조리하시어 아무쪼록 보살피십시오.

보태는 글

유성룡은 김우옹에게 보낸 이 편지에서 김우옹의 입장을 지지하고 율곡 이이가 동서의 갈등을 중재하는 방안에 대해 미흡하다고 평가를 하고 있다. 김우옹의 주장은 아마도 동인의 입장을 밝힌 것으로 시비를 분명하게 가려야 한다는 내용일 것으로 추측할 수 있다. 그런데 율곡이 중재하는 논점은 양시쌍비론(兩是雙非論)이 핵심이라 할 수 있다. 즉 동인과 서인이 각각 옳은 것도 있지만 쌍방이 다 그른 것도 있으니, 중도를 찾아서 화합을 해야 한다는 주장이다. 다시 말하면 시비라는 것은 보는 관점이나 입장에 따라 다를 수 있으므로 때에 따라서 알맞게 해야지, 모든 것을 흑백논리로 몰고 가는 것은 해결방안이 될 수 없다는 것이다. 당시에는 동인이 우월적 위상을 점하고 있으면서 동인들을 추천하고 서인들은 배제시키는 현상이 초래되었다. 율곡은 동인과 서인을 불문하고 유능한 인재를 조정에 등용하는 것이야말로 양측의 화합을 이끌어낼 수 있는 최선의 방안으로 제시한 것이다. 동인은 무조건 선(善)이고, 서인이면 무조건 악(惡)으로 볼 것이 아니라, 동인에도 군자와 소인이 있고 서인에도 역시 군자와 소인이 있으므로 오직 능력에 따라 인재를 추천해야 동서의 화합을 이룰 수 있다고 본 것이다. 율곡이 이러한 방안을 제시한 이면에는 동인과 서인의 힘의 균형을 유지하여 정국의 안정을 꾀하려 했던 것으로 보인다. 그러나 유성룡이나 김우옹은 율곡의 이러한 방안에 대하여 미흡하다고 평가하고 있었다. 동서의 당론을 보면서 느끼는 것은 오늘날 우리에게도 여전히 똑같은 정치행태가 이어지고 있다는 것이다. 하나의 정치현안을 놓고 여당은 백이라 하고 야당은 흑이라고 주장하는 양상은 그때나 지금이나 별반 다르지 않은 것 같다.

김우옹(金宇顒 1540~1603)은 경상북도 성주 출신으로 남명 조식(曺植)의 문인이다. 1567년에 식년문과에 급제하여 승문원의 부정자에 임명되었으나 병으로 나가지 못했다. 1573년 홍문관의 정자·수찬 등을 지냈다. 1576년 부교리가 되고, 이어서 이조좌랑과 의정부사인 등을 지냈으며, 1579년에 부응교가 되어 붕당의 폐단을 논하였다. 1582년 홍문관직제학이 되고, 이어서 대사성·대사간을 거쳐 1584년에 부제학이 되었다가 전라도관찰사로 나갔다. 1589년 기축옥사가 일어나자 정여립과 함께 조식의 문하에서 수학했다는 이유로 회령에 유배되었으며, 1592년 임진왜란이 일어난 뒤 병조참판이 되었다. 그 후 대사성·대사헌·이조참판·예조참판을 지냈다. 유성룡 등과 가까워 동인에 속했으나, 율곡에 대해서는 존경의 태도를 보였다.

당론에 힘쓰는 사람은 군자가 아닙니다

* 이식이 안방준에게 보낸 편지

창평에서 온 유생으로부터 존장어른의 회신을 잘 받았습니다. 그리고 진지하고도 간절하게 위로하고 깨우쳐주신 그 내용을 보고는 우연치 않게 허여(許與)해 주신 그 뜻에 다시 한 번 깊이 감격하였습니다. 우리 집안은 몇 대에 걸쳐 쇠퇴의 길을 걸어왔는데, 동인과 서인으로 당파가 갈린 뒤로는 더더욱 부모형제 중에 현달한 분이 나오지 않았습니다. 그리고 제가 소싯적에 여강(여주) 고을에 살았었는데, 그 고을에는 당론이라는 것이 없었고 그저 익히 들은 것이라고는 소와 말이 달리는 길거리에 전해지는 이야기들뿐이었습니다. 게다가 돌아가신 아버지와 외삼촌은 포의의 신분으로 동쪽 동네에 살았던 관계로 동인의 김효원의 무리와 서로 알고 지냈던 반면에, 저는 또 서인의 심의겸 집안의 사위가 되어 있었습니다. 그런데 그동안 시비에 대해서 논한 내용들을 들어보면, 시골 마을의 민간에 전해진 이야기들과 실로 큰 차이가 없었습니다.

그러다가 제가 과거에 급제하여 조정에 몸담게 되자, 사람들이 어느 당파에 소속되지 않으면 세상에서 행세하지 못한다고 저에게 일러주었습니다. 그래서 그때 처음으로 조정과 재야의 기록 한두 개와 이름 있는 공경대부의 행적에 대한 시말을 구해서 살펴보았더니, 사와 정이 서로 엇갈리고 흑백이 뒤바뀌어서 어느 것이 옳고 어느 것이 그른지 알 수 없게 만들었습니다. 그러나 이것은 어디까지나 학문이 지극하지 못해서 그런 것이었을 뿐, 사적인 마음과 결부되어서 그렇게 한 것은 아니었습니다. 그리고는 나이가 마흔이 지난 뒤에야 비로소 청반(淸班)에 들어서게 되었는데, 친여와 당인이 좌우하며 조정하는 것을 보니, 언론이 한쪽으로 치우친 가운데 교유 역시 양쪽으로 확연히 나누어지고 있었습니다. 그리하여 과거에 이미 보여주었던 형태와는 완전히 딴판으로 된 채 대체로 점입가경의 모습을 보여주고 있었으므로, 소싯적에 제가 고을에서 얻어들은 이야기와 비교해 보면 초(楚)나라와 월(越)나라처럼 동떨어져 있을 뿐만이 아니었습니다. 이를 통해서 제가 개연히 스스로 깨닫게 되었으니, 그것은 바로 당론을 힘쓰거나 당인을 가까이 하는 사람은 모두가 점잖은 덕을 갖춘 군자가 아니라는 사실이었습니다. 그리하여 이로부터는 비록 그 뒤를 따라다니면서 일에 빠져들기도 하고 혹은 억울하게 지목당하는 일이 있기는 했지만, 사실 제 마음속으로는 당파의 요소가 전혀 없었다고 할 수 있습니다. 게다가 세상에 끝없이 변고가 일어나는 상황에서 저 자신이 죄과를 지고 있는 만큼 만 번 죽어도 그 책임을 다 메울 수 없다고 할 것인데, 또 무슨 마음에 하찮은 일로 승강이를 벌일 수가 있었겠습니까.

지금 선대왕의 실록(선조실록)을 보면 또 조정의 당론보다도 한층 더 험악해서 마치 하늘과 땅처럼 현저하게 사실을 왜곡하고 있습니다. 이는 대체로 당목(黨目)에 들어 있는 간신 중에서도 가장 못할 짓이 없었던 사람이 자기의 더러운 냄새를 후세에 길이 남기게 될 것을 마음속으로 깨달은 나머지, 감히 실록을 작성하는 과정에 은밀히 영향력을 행사하였기 때문입니다. 그리하여 선악과 시비가 뒤바뀌게 함으로써 하늘의 법도와 인륜의 기강이 거의 사라지게 만들고 말았습니다. 그래서 지금의 임금이 반정(인조반정)한 초기에 윤방(尹昉)과 이수광(李睟光) 등 여러 사람이 잘못 기술된 역사를 개정하자고 맨 먼저 요청했던 것인데, 그 당시의 여건이 특히 불리했기 때문에 실현을 보지 못하였습니다. 그런데 지금에 와서는 나라의 일이 더욱 어려워져서 실록청을 설치하고 역사를 편찬할 희망이 없어졌기 때문에, 제가 나름대로 생각해 보아도 그렇게 할 수 있다는 확신이 도저히 서지 않았습니다. 그래서 우선은 야사와 전해지는 기록들을 모아 하나의 책으로 만든 다음에 사고(史庫)에 보관해 둠으로써 뒷날 전적으로 잘못 기록된 실록으로만 증거를 삼지 못하게 하려 하였습니다.

존장어른께서 글을 보내 깨우쳐 주신 내용 가운데, 이른바 '후세에 죄를 지어서는 안 된다.'라고 하신 말씀이야말로 물론 지극한 의론이라고 하겠습니다만, 제가 마음에 품은 생각과 제가 기록하려고 하는 것은 앞에서 말씀드린 것과 같을 뿐이요, 그 사이에 제가 독단적으로 논하려고 하는 것은 전혀 없다고 말씀드릴 수 있습니다. 그러니 남이 나를 알아주든 나에게 벌을 내리든, 그것이 나와 무슨 관계가 있겠습니까. 친척들이 조심하라고 충고하는가 하면 동료들이 책망하기도 하고 비웃기도 합니다만, 설혹 위기에 몰려 함정에 빠지는 한이 있더라도 이런 것들에 대해서는 제가 전혀 개의치 않을 것입니다. 다만 제가 걱정하는 것은 원로들이 차츰 세상을 떠나시고 문서가 흩어져 사라지게 되면, 실증할 수 있는 확실한 자료가 없어져서 천세토록 크나큰 한을 남기게 된다는 심입니다. 헤아려 보건대 오늘날 이 세상에서 이런 말을 가지고 왕복할 수 있는 대상은 오직 존장어른밖에 계시지 않는데, 천리나 멀리 떨어진 곳에서 서로 바라보기만 할 뿐 직접 얼굴을 뵙고 강구할 길이 없기에, 이렇게 회답하는 글을 통해서 고루한 의견을 대략 토로하게 되었습니다. 드릴 말씀은 많으나 여기서는 이만 줄일까 합니다.

<추 신>

조헌(趙憲) 선생께서 남기신 사적에 대해 보내주신 자료를 삼가 잘 받았습니다. 앞서 보내주신 『혼정편록』에서도 채록한 것이 열에 여덟아홉이나 되니, 어찌 보탬이 되지 않는다고 말할 수 있겠습니까. 별지에 문의한 사항에 대해서도 회답해 주시기만을 간절히 바랍니다. 소식을 전할 인편을 구하기가 쉽지 않을 듯합니다. 다만 본관(本館)에서 공문을 작성해서 사람을 보낸다면 그것이 또 확실한 방법이 될 수도 있을 것입니다. 대개 예전부터 춘추관에서는 자체적으로 문서를 내려보내는 일도 있었습니다.

보태는 글

우리는 오늘날 이 편지를 통해서 중요한 역사적 사실을 엿볼 수 있는 기회를 갖게 되었다. 우리가 세계에 자랑하는 문화유산으로 『조선왕조실록』이 있다. 조선왕조실록은 모두 네 번의 수정이 있었는데, 최초로 수정된 실록이 '선조실록'이며, 그 주인공이 바로 이 편지를 쓴 이식(李植)이다. 선조실록을 수정하게 된 큰 이유는 두 가지로, 첫째는 내용이 부실하다는 것이다. 이는 임진왜란으로 인하여 춘추관에 보관했던 사초와 승정원일기가 모두 불에 타서 선조 25년간의 기록이 없어졌기 때문이다. 둘째는 광해군 때 집권세력인 북인들에 의해 많은 기록이 왜곡되었다는 점이다. 따라서 인조반정 후 실록을 수정해야 한다는 논의가 있었으나, 당시 국내외 정세와 재정의 어려움으로 인해 착수하지 못했다. 그래서 이 편지에서 언급한 대로 이식은 개인적 차원에서 자료를 수집하고 별도의 책자를 만들어 사고에 보관하려 했던 것이다. 이러한 과정에서 원로들에게 자료의 수집을 요청하는 방편으로 이 편지를 안방준에게 보낸 것이다. 실록을 수정하려는 첫 번째 이유에 대해서는 논란의 여지가 없지만, 두 번째 이유가 되는 기록의 편향성에 대해서는 논란의 여지가 있을 것이다. 기록의 편향성에 대해서도 두 가지로 나눌 수 있으니, 첫째는 내용의 왜곡이고 둘째는 '사관의 논평'의 편향성이다. 주로 왜곡된 내용은 북인들에게 불리한 기록과 다른 당파의 긍정적 기록으로 이를 실록에 싣지 않았다. 그리고 사관의 논평이란, 실록상의 주요한 기사에 대해서 말미에 사관의 견해를 붙이는 것을 말하는데, 그 논평이 주로 북인에게 유리하게 작성됐다는 것이다. 여기서 이러한 내용을 자세하게 다룰 수는 없으나, 한 가지만 소개하고자 한다. 실록에는 '졸기(卒記)'가 실려 있는데, 이는 그 당시에 국가 사회적으로 기여한 공로가 있는 사람이 죽으면 그 사람의 행적을 정리하여 역사에 남기는 중요한 부분이다. 그런데 북인들이 편찬한 선조실록에 기록된 율곡 이이의 졸기를 보면 '이조판서 이이 졸(李珥 卒)'이라고 적었다. 즉 '이조판서 이이가 죽었다'고 단지 일곱 글자를 썼다. 그러나 선조수정실록에서는 이이의 일대기를 정리해서 그 공과를 자세하게 실었다. 아무튼 붕당정치의 폐해가 역사를 수정할 수밖에 없는 문제를 낳고 말았다. 그리고 또 하나 강조하고 싶은 것은 수정실록을 편찬한 사람들이 당초의 실록을 폐기하지 않고 선조실록과 선조수정실록을 함께 남겨준 것이야말로 후세에 높은 평가를 받아야 할 것으로 생각한다.

이식(李植 1584~1647)은 1610년(광해군 2)에 별시문과로 급제하여 1613년 세자를 가르치는 설서(設書)를 거쳐 1616년에 북평사가 되었다. 1618년에 인목대비를 폐출하려는 폐모론이 일어나자 정계에서 은퇴하여 고향인 경기도 여주로 낙향했다. 고향에서 택풍당(澤風堂)을 짓고 오로지 학문에 전념하였다. 1621년(광해군 13) 관직에 나오라는 명령을 받았으나 이를 거부했다. 이로 인하여 왕명을 어겼다는 죄로 투옥되기도 했다. 1623년에 인조반정이 일어나자 이조좌랑으로 발탁되고 이어서 부수찬 · 응교 · 사간 · 집의 등을 지냈다. 1625년(인조 3)에 예조참의 · 동부승지 · 우참찬 등을 역임하고 이듬해에 대사간 · 대사성 · 좌부승지 등을 지냈다. 1633년에 부제학을 거쳐 예조참판 · 이조참판 · 대제학에 올랐다. 1642년에 김상헌과 함께 청나라를 배척하다가 심양(瀋陽 청나라 수도)으로 잡혀갔다. 돌아와서 대사헌과 형조 · 이조 · 예조의 판서 등 조정의 주요직을 두루 역임했다. 1643년에 선조수정실록의 편찬에 들어가 1646년 죽을 때까지 30권을 완성했다. 그가 죽은 후 1657년(효종 8)에 가서야 김육(金堉)에 의해 선조수정실록 42권의 완성을 보게 되었다. 이식은 문장이 뛰어나 신흠, 이정귀, 장유와 함께 조선 중기의 한문학 4대가로 꼽혔으며, 그의 문하에서 많은 문인과 학자가 배출되었다.

안방준(安邦俊 1573~1654)은 조선 중기의 학자이며 문신이다. 임진왜란이 일어나자 의병을 일으켰으며, 광해군 때에는 이이첨(李爾瞻)이 그의 명성을 듣고 기용하려 했으나 거절하고 학문에 매진하였다. 인조반정이 성공하자 평소에 교유가 십었던 김류(金瑬)에게 글을 보내 당쟁을 지양하고 유능한 인재를 등용하여 공사의 구별을 엄정히 할 것을 건의하였다. 병자호란에도 의병을 일으켰으나 성공하지 못했으며, 벼슬은 공조참의를 지냈다. 성리학에 밝았으며, 정몽주와 조헌을 존경하여 그들의 호에서 한 글자씩을 따서 자신의 호를 은봉(隱峰)이라 했다.

〈읽기 전에 이해를 위한 도움말〉

윤증이 송시열에게 보내려고 했던 이 편지(신유의서)는 송시열과 윤증의 갈등이 깊어지는 계기가 되었으며, 서인이 노론과 소론으로 갈라지는 결과를 초래하였다. 이 편지와 다음에 소개하는 송시열과 윤증 사이에 오고간 편지를 이해하려면 먼저 강도지사(江都之事)와 회니시비(懷尼是非)에 대해서 알아야 한다. 따라서 그 내용을 간단하게 소개해 보기로 한다.

① 강도지사 : 병자호란 당시 조선은 왕비를 비롯한 왕족들을 먼저 강화도 행궁으로 피난을 시킨 다음, 정부는 최대한의 응전을 하다가 불리하게 되면 모두 강화성으로 들어갈 계획을 세웠다. 그러나 청나라 군대의 속도전에 밀리고 강화성으로 가는 길목이 차단되자, 조정은 궁여지책으로 남한산성으로 들어가 장기간 농성을 하게 되었다. 이때 윤증의 아버지 윤선거(尹宣擧)는 김상용, 권순장, 김익겸 등과 함께 강화성을 지키게 되었는데, 서로 맹세하기를 '만일 강화성이 함락되면 오랑캐의 포로가 되느니 차라리 죽음으로 지키자.'고 하였다. 이듬해 강화성이 청군에게 함락되자 윤선거를 제외한 세 사람은 약속한 대로 장렬히 죽었으며, 윤선거의 아내조차 자결을 하였다. 그러나 윤선거는 포로의 복장으로 변신을 한 채 탈출했다. 이를 <강도지사>라고 한다. 이 일로 인하여

윤선거는 선비들로부터 의롭지 못한 행동이란 지탄을 받았다. 이후 윤선거는 자책하는 마음으로 은거에 들어가 학문에만 전념하였다.

② 회니시비 : 윤증의 아버지 윤선거가 죽은 후 1673년에 윤증은 아버지의 묘갈명(墓碣銘)을 스승인 송시열에게 부탁하면서 박세채가 지은 윤선거의 행장(行狀)과 윤선거가 생전에 송시열에게 보내려고 썼던 편지('기유의서'라 한다) 등을 함께 보냈다. 이 기유의서에는 송시열이 사문난적(斯文亂賊)으로 배척한 윤휴(尹鑴)를 옹호하는 내용이 있어 송시열로서는 불만을 가질 수밖에 없는 상황이었다. 이에 송시열은 윤선거의 태어나고 죽은 해와 관직 경력을 간단히 소개한 다음 '나는 공(윤선거)에게 견주면 뽕나무벌레와 고니 이상으로 현격한 차이가 있는 사람이라 그 내면의 깊은 부분을 엿보기에는 부족하다. 더구나 덕을 서술하려는 글을 쓰려니 더욱 아득해져 어떻게 써야할지 모르겠다. 그래서 박세채가 지은 행장을 그대로 인용하였다.'라고 하면서 마지막 부분에서는 '진실한 박세채가 참으로 잘 선양하였으므로 나는 따로 서술하지 않고 그대로 따라서 묘지명을 지었다.'고 하였다. 한편 윤증으로서는 기대에 미흡한 묘갈명을 받은 후 다시 고쳐줄 것을 요청하였으나, 송시열은 들어주지 않았다. 사실 윤증으로서는 송시열의 문장을 통해 아버지에 관한 과거사를 말끔히 씻고 싶었을 것이다. 그러나 송시열은 평소에 윤선거의 강도지사에 대해서는 관용적 입장을 보인 반면, 윤휴가 주자를 비판한 일에 대해서는 사문난적으로 철저히 배척하였다. 이로써 보면 윤증은 아버지의 '강도지사'에 주안점이 있었고, 송시열은 윤휴를 배척하는데 중점을 두는 입장을 고수하였으므로 영원한 평행선을 달리는 형국이 되었다고 할 것이다.

선생님은 학문을 성실하게 하지 않으셨습니다

* 윤증이 송시열에게 보내려고 썼던 편지

삼가 선생님께서 전후로 보내주신 편지에서 항상 세도(世道)를 근심하셨는데, 그 끝은 언제나 말로 상대를 억누르고 배척하는 것으로 귀결되었습니다. 따라서 이 점을 아무리 깊이 생각해보아도 의심을 없앨 수가 없었습니다. 주자께서 가르치기를 '어떤 일이든지 모름지기 먼저 나 자신에게 좋아야지만 나의 당류(黨類)에게도 역시 좋은 일이며, 나아가 천하국가에도 좋은 일이 될 수 있다.'고 하였습니다. 이른바 좋다고 하는 것은 그 좋은 것이 모두 실제적이고 크며 또 오랫동안 지속되는 것입니다. 따라서 나 자신에게 좋아서 나로부터 미루어나가지 않는다면 임시변통으로 겉모습만 가리게 될 것이며, 이런 경우 비록 한때 구차하게 영합할 수는 있겠지만, 이른바 좋다고 했던 것들이 모두 후일에 좋지 못한 병통의 뿌리가 될 것입니다. 진실로 이와 같다면 세도의 책임을 어떻게 쉽게 말할 수 있겠습니까. 진실로 나 자신부터 좋을 수가 없는데도 다만 임시

* 이 편지는 일명 신유의서(辛酉擬書)라고도 한다. 당초에 윤증이 송시열에게 보내려고 써서 박세채(朴世采)에게 먼저 보였는데, 박세채가 강력하게 만류하여 보내지 않았다. 그러나 박세채의 사위였던 송순석(宋淳錫:송시열의 손자)이 박세채가 보관하고 있던 이 편지를 몰래 베껴서 송시열에게 전달함으로써 세상에 나오게 되었는데, 그 정치적 파장은 상상을 초월하였다.

변통으로 겉모습만 가리려고 한다면, 자신이 처한 입장에 따라 마음속에서 기준이 바뀌어서 모든 일이 좋지 않게 될 것입니다. 하물며 말로 상대를 억누르고 비난하며 그들을 몰아낸다면 도대체 어떻게 되겠습니까? 이렇다면 세도를 자임한 것 자체가 바로 세도를 해치게 되는 것입니다.

제가 선생님의 문하에 들어간 지 오래되었습니다. 그래서 선생님의 마음속에 담긴 뜻과 말씀에서 드러나는 것을 조심스럽게 엿볼 수 있었습니다. 선생님께서는 주자가 조심하라고 경계하신 왕패병용(왕도와 패도를 함께 쓰지 않음)과 의리쌍행(명분과 이익을 같이 행하지 않음)의 설(說)에 빠져버린 것이 아닌가 생각됩니다. 처음에는 이런 생각이 드는 제 자신을 수없이 반성하고 자책하면서 제 소견이 참람하고 망령되었다고 생각하였습니다. 하지만 최근 몇 년간에 가슴속의 의심이 날로 더욱 커져서 비록 억지로라도 의심하지 않으려고 노력했지만 끝내 억누르지 못하였습니다. 가만히 생각해보면 제가 선생님으로부터 배운 것은 주자의 글뿐입니다. 그런데 무슨 이유로 주자의 글과 이다지도 다른 것입니까. 만약 제가 가슴속에 의심을 키우면서도 선생님께 죄를 얻는 것이 두려워 여쭙지 않는다면, 이는 영원히 선생님을 저버리는 것은 물론이고, 주자까지도 저버리는 것입니다. 이에 감히 한번 제 속마음을 펴보여서 참람함과 망령됨을 용서받고자 합니다. 저의 충심을 살펴보아 주신다면 매우 다행이겠습니다. 이른바 '왕도와 패도를 함께 쓰고 명분과 이익을 모두 얻는다.'라고 한 것은 어째서이겠습니까. 먼저 선생님이 일을 처리하시면서 드러난 한두 가지 사실로써 증명하고, 이어 선생님의 마음속에 들어있는 뜻을 논해 보려고 합니다.

삼가 살펴보건대 선생님의 도학(성리학)은 하나같이 주자를 종주로 삼고 있으며, 선생님의 사업은 오로지 춘추대의(春秋大義)에 근거하고 있습니다. 처음에는 매우 순수하여 하나같이 천리(天理)로써 스스로를 기약하였으니, 어찌 패도와 이익이라고 할 만한 것이 있었겠습니까. 그러나 오로지 주자의 도학을 지키고 춘추의 대의를 세우는 것으로 자임하셨기 때문에 주장은 지나치지 않을 수 없었고, 자부심은 높지 않을 수 없었습니다. 주장이 지나치다보니 스스로 마음을 비우고 이로운 말들을 받아들일 수 없었으며, 자부심이 높다보니 남들이 선생님께 의문을 제기하여 논박할 수 없었습니다. 결국에는 선생님의 의견에 따르는 사람들은 친하게 되었으나, 선생님을 비판하는 사람들은 소원하게 되었으며, 선생님의 잘못을 바로잡아 옳은 길로 나아가게 하려는 사람들은 환란을 만나게 되었으나 선생님의 뜻에 순종하는 사람들은 재앙이 없게 되었습니다. 이것이 바로 커다란 명성은 천하를 압도하였지만 실제의 덕성은 병들게 된 까닭입니다. 이상이 바로 선생님이 일을 처리하는 데에서 드러난 문제점입니다.

일찍이 선생님께서 가르쳐주시기를 '퇴계(이황)는 하나같이 주자의 학문을 본받았지만 주자의 강의준절(剛毅峻截)한 기상에 있어서는 끝내 모자라는 것 같다.'라고 하셨습니다. 대개 이 점을 퇴계의 병통으로 여기신 것인데, 그러나 스스로의 처신은 강의준절 일변도에 치우쳐 있다는 것을 또한 깨닫지 못하신 것입니다. 사사로운 욕심을 이겨내는 것은 극기(克己)이고 용감한 것을 강(剛)이라 하는 것인데, 지금은 냉엄하게 남을 책망하는 것이 강이 되었으며, 의리가 사사로운 욕심을 이겨내는 것이 강인데, 지금은 힘으로 남을 복종시키는 것이 강이 되었으니 이러한 것들은 진정한 강이 아닙니다. 이 때문에 선생님께서 남과 교제하는 과정에 나타난 것을 보면 사욕을 이겨내고 몸소 실천하는 것처럼 실제로 힘을 써야 할 곳에는 거의 미치지 못하면서도, 남을 기롱하고 풍자하는 말씀과 억누르고 배척하는 말은 입을 열면 나오고 붓을 들면 써집니다. 통절하게 비판하고 심각하게 배척하여 남을 공격하고 이기려는 말들이 화두에서 끊이지 않았으며, 자신의 뜻에 순종하는지 아닌지 먹줄로 재듯이 반듯하게 그어서 한

마디 말이라도 다르거나 한 가지 일이라도 차이가 있으면 나누고 또 나누며 쪼개고 또 쪼개서 평생 쌓아온 정의(情誼)를 하루아침에 내팽개쳐버렸습니다. 따라서 박절한 신불해(申不害)나 한비(韓非)*와 다를 바 없으니, 이것이 바로 남을 대하는 데에서 드러난 문제점입니다. 오로지 이런 식으로 하기 때문에 선생님의 문하에 출입하는 사람들이 하나같이 영합하고 추종하는 것으로 어진 사람을 높인다고 여겨서, 남의 단점과 잘못을 들추어내고 사납고 박절하게 대하는 것으로 악을 미워한다고 말합니다. 높은 사람들은 명성을 원하고 낮은 사람들은 이익을 탐내며 하나같이 으레 논박하는 것을 배울 뿐, 성정(性情)과 신심(身心)의 공부는 물론이고 날마다 지켜야하는 삼강오륜조차 전혀 염두에 없습니다. 이 때문에 선생님께서 조정에 있을 때는 같고 다른 것으로 가까이 하거나 멀리하고 좋아하고 미워하는 것으로 내 편 네 편을 나누어 선배와 후배가 서로 배척하고 도처에서 패거리를 지었습니다. 사대부의 풍습이 무너져 내려 사사로운 뜻이 횡행하는 것은 물론이고 더 심한 일들도 일어났습니다.

선생님께서 향촌에 있을 때에는 문하생들이 권세를 가지고 으쓱거리며 위세를 가지고 상대를 윽박질렀습니다. 말을 엮어서 아첨을 바치고 남을 헐뜯어 출세를 하였으므로 향촌의 풍속은 완전히 무너져, 그 옛날 중국 한나라 때 영천태수를 지낸 조광한(趙廣漢)이 백성들을 구거(鉤距)로써 다스리던 때와 같아졌습니다. 심지어 고을의 수령들은 예법에 지나치게 문안을 드리고 음식물을 보내며, 사림의 선비들은 인정에 어긋나게 받들고 높입니다. 사람들이 선생님의 위세는 두려워하지만 선생님의 덕은 흠모하지 않으니 선생님의 가문이 완전히

* 신불해와 한비는 중국 춘추전국시대 사람이다. 신불해는 초(楚)나라의 충신으로 초나라가 오(吳)나라에게 패하자 절박한 상황에서 단신으로 진(秦)나라에 가서 구원병을 요청했으며, 한비는 『한비자』를 저술한 법가인데, 법가들은 주로 냉정하기 때문에 그렇게 말한 것이다.

하나의 부귀한 집안처럼 변하여 더 이상 선비가문의 기상은 찾아 볼 수 없습니다. 마침내 평생의 친구들 중에 시종일관 우의를 온전히 유지한 사람이 하나도 없게 되었으며, 칠십 년 동안 형제처럼 화합하여 함께 학문을 연마하던 곳이 하루아침에 쓸데없이 다투고 애들처럼 싸우는 난장판으로 변해버렸습니다. 장차 후세의 비웃음을 면하지 못할 것이니, 한집안 형제들끼리 서로 싸우는 변고와 다름이 없습니다. 그림자를 보면 본모습을 알 수 있으니, 이것이 바로 문하생들에게서 드러난 선생님의 문제점입니다.

선생님의 문장과 언론은 하나도 주자에 근거하지 않은 것이 없습니다. 그러므로 주자의 말이 없다면 선생님의 주장은 신뢰할 근거가 없는 것입니다. 그러나 공정하게 그 사실을 따져보면 다만 주자의 말을 따랐다는 명목만 얻었을 뿐, 그 의미는 주자의 말과 반드시 같지 않은 경우도 있으며, 혹은 먼저 자신의 주장을 세워놓고 주자의 말을 끌어다가 힘을 싣는 경우도 있습니다. 심한 경우에는 거의 천자를 끼고서 제후에게 호령하듯 주자의 설을 가탁하여 선생님의 주장을 펴기도 하였으니, 이 때문에 사람들이 겉으로는 대항하지 못하면서도 대부분 마음으로는 따르지 않는 것입니다. 이것이 바로 문장에서 드러난 선생님의 문제점입니다. 선생님께서 평생토록 세우신 것은 실로 춘추대의를 천명하는 것이었습니다. 하지만 이른바 대의라는 것은 말로써 세울 수 있는 것이 아니며, 또한 임금의 승인을 얻었다고 하여 성공을 기약할 수 있는 것도 아닙니다. 선생님이 조정에 나온 초기에는 진실로 해이했던 인심을 깨우치고 사람들의 마음을 진작시키는 효과는 있었습니다. 하지만 시간이 흘러가도 실제로 하는 일은 없었습니다. 따라서 이른바 내치를 잘하여 외적을 물리치고 부국강병을 이루어 복수설치(復讐雪恥)를 도모한다는 말씀처럼 우뚝하고 실질적인 업적은 끝내 볼 수 없었고, 다만 볼 수 있었던 것은 많은 녹봉과 높은 지위, 그리고 세상에 가득한 명성뿐이었습니다. 사업에서 드러난 선생님의 문제점이 또 이와 같습니다.

이상 겉으로 드러난 문제점을 살펴보면 또한 선생님 내면의 한두 가지 문제점을 엿보아 말씀드릴 수 있습니다. 제 생각에 그 문제의 하나는 기질을 능히 변화시키지 못하신 것이며, 다른 하나는 학문을 성실하게 하지 않으신 것입니다. 먼저 기질을 능히 변화시키지 못하신 점에 대하여 말씀드리겠습니다. 율곡 선생이 말씀하시기를 '기질을 바로잡는 방법은 극기(克己)이다. 극기하지 못하면 기질을 바로잡을 방법이 없다.'라고 하였습니다. 주자께서 말씀하시기를 '극기의 대상에는 세 가지가 있는데 편벽된 성질이 그 첫 번째이고, 육체적인 욕구가 두 번째이며, 남을 시기하는 마음이 세 번째이다.'라고 하였습니다. 또 율곡은 '극기 중에 힘든 것은 오직 분노와 욕심이다.'라고 하였으며, 사씨(謝氏)는 '강과 욕은 정반대에 있다. 너끈히 물욕을 이기는 것을 강이라 하니 이기기 때문에 항상 만물의 위에 군림하며, 물욕에 눈이 먼 것을 욕이라 하니 눈이 멀었기 때문에 항상 만물의 아래에서 굴종한다.'고 하였습니다. 무릇 분노와 시기는 강한 것 같지만 강이 아니니, 그 이유는 바로 두 가지 다 인욕이기 때문입니다. 제가 삼가 선생님의 기질을 엿보니 강한 성품이 매우 많습니다. 그러나 위에서 제가 논한 바와 같이 그 쓰임이 천리를 순전하게 따르지 못하기 때문에 도리어 그 강한 성품이 자신의 덕성에 병통이 되었으니, 이는 참으로 이른바 극기 중에서도 어려운 것입니다. 선생님께서 그런 자신을 능히 이겨내지 못했기 때문에 그 병통을 바로잡아서 성품을 온전히 할 수 없었던 것입니다. 선생님의 겉으로 드러난 문제점의 원인은 모두 이 병통으로 인하여 생겨나온 것입니다.

학문을 성실하게 하지 않으신 점에 대하여 말씀드리겠습니다. 공자가 말씀하시기를 '충신(忠信)에 근본 하라.'하셨는데, 주자가 해석하여 말하기를 '사람이 충신하지 않으면 하는 일이 모두 성실하지 못하여 악을 저지르기는 쉽고 선을 행하기는 어려우니 학자는 반드시 충신으로써 바탕을 삼아야 한다.'라고 하였으며, 또 말씀하기를 '충은 마음을 성실하게 하는 것이며 신은 일을 성실하게 하는 것이다.'라고 하였습니다. 율곡 선생이 이 말씀을 바탕으로 풀어서 말씀하시기를 '하늘에는 성실한 이치가 있고 사람에게는 성실한 마음이 있다. 사람에게 성실한 마음이 없다면 하늘의 성실한 이치를 거스르는 것이다.'라고 하였습니다. 그러므로 한 마음이 성실하지 못하면 모든 일이 허사가 되며, 한 마음이 성실하면 모든 것이 성실해지는 것입니다. 그러므로 염계 주돈이 선생은 '성실이란 성인의 바탕이다.'라고 하였습니다. 이제 선생님께서 기질의 병통이 이와 같은데도 능히 고치지 못하니, 성실한 마음으로 학문하지 못한다는 것을 여기에서 짐작할 수 있는 것입니다. 무릇 의(義)는 천리이며 이(利)는 인욕입니다. 오로지 천리에 따르는 것이 왕도이며, 인욕이 섞이는 것이 패도입니다. 선생님의 마음속에 있는 것과 겉으로 드러나는 것이 위에서 제가 말씀드린 것과 같으니, 이것을 가지고 오로지 순수하게 천리에서 나온 것이라고 할 수는 없을 것입니다. 따라서 왕패병용(王覇竝用)이며, 의리쌍행(義理雙行)이라고 말하지 않을 수 있겠습니까?

아, 우리 선생님께서 총명하고 강의한 자질과 확고하고 치밀한 학문으로써 평생 수립하신 탁월한 업적이 단지 성실에 바탕 하지 못한 이 한 가지와 편벽한 기질을 이겨내지 못한 이 한 가지로 말미암아 마지막에는 이런 결과를 가져오고 말았습니다. 이것이 어찌 다만 의지할 곳을 잃어버린 문하생들만의 불행이겠습니까. 삼가 생각건대 총명하신 선생님께서 스스로 반성해보신다면 또한 반드시 한숨지우며 공부에 있어서 초심을 잃어버렸다고 크게 탄식하실 것입니다. 이로 말미암아 춘추의 대의와 주자의 도학, 관리와 선비들의 우두머리가 되는 책임이 모두 선생님 한 몸에 의지하고 있음에도 불구하고 장차 참으로 천하 후세에 당당하게 내세울 만한 실질이 없게 되었으니, 어찌 너무도 슬프고 통탄스러운 일이 아니겠습니까. 이제 만약 최후의 결단을 한번 내려 보고자 하신다면, 삼가 제가 한 가지 말씀을 올리고자 합니다.

위나라 무공(衛武公)은 95세가 되어서도 오히려 나라에 잠계(箴戒)를 내려 스스로를 경계하였고, 증자(曾子)는 죽음을 앞두고도 자리를 바꾸어 자신을 바로잡고자 하였으며, 한나라 무제(漢武帝)는 68세의 나이에 그동안 서역정벌로 국력을 손상시킨 자신을 반성하여 윤대(輪臺)의 조서를 내렸습니다. 그러자 기왕의 잘못은 그 순간에 모두 사라졌으며, 이후에 훌륭한 업적들은 환하게 역사책에 기록이 되었습니다. 진실로 선생님께서는 본디 강직한 기질을 가지셨고 또 오랫동안 학문을 쌓아오셨으니, 만약 분발하시어 마음의 묵은 습성을 말끔히 씻어버리고 굳은 때를 완전히 제거하신다면, 성실 한 가지가 세워짐으로써 백 가지의 모든 뜻이 바르게 될 것입니다. 그러므로 선생님의 마음에서부터 일신에 이르기까지, 하찮은 일로부터 커다란 일에 이르기까지 모두 천리에서 나오지 않은 것이 없게 될 것입니다. 이렇게 된다면 이전의 통서(統緖)를 계승하여 후세에 전해주게 될 것이니, 선생님께서 스스로에게 기약했던 처음의 뜻을 이루는 것은 마치 문고리가 달린 문을 여는 것처럼 쉬울 것입니다. 선생님의 생각은 어떠하신지 모르겠습니다. 선생님께 드리는 이런 말들이 세상에 알려지면 그 즉시 사방에서 저를 꾸짖고 욕하는 말들이 나올 것입니다. 하지만 사우(師友)간의 의리에 있어서 끝까지 잠자코 있을 수 없기에 감히 저의 진심을 다하여 한번 드러내어 말씀드리는 것이며, 또한 세도를 위하여 한마디 말이라도 해야 한다는 선생님의 가르침에 감동했기 때문입니다. 삼가 관심을 가지고 잘 살펴주시기 바랍니다. 그리하여 저의 조그만 정성이 선생님의 살핌을 받아 답장을 받는다면 비록 제가 잘못 생각한 것이 있더라도 깨우침을 받아 바로잡을 희망이 있게 될 것입니다. 간절한 마음으로 두 손 모아 기다립니다.

의(義)를 좇아서 마땅히 절교를 해야 할 것이네

* 송시열이 윤증에게 보낸 편지

그대가 박세채에게 준 편지를 지난달에 우연히 얻어 보니, 아, 참으로 약과 침 같았네. 대개 어려서부터 망령되게 자신을 수양하는 학문에 뜻을 두었고, 또 스승의 문하에 함께하여 이 일을 얻어 들었으니, 반드시 글을 읽어서 이치를 밝히고 자신을 극복하여 사사로운 욕심을 없애는 이 두 가지가 바로 실제의 공효(功效)일 것이네. 이와 같음을 알지 못하는 것은 아니지만, 기질이 편협하고 질서가 없이 뒤섞였으며 실행에도 힘쓰지 아니하였으니, 대개 털끝만큼도 근사한 것이 없었네. 이치에 이미 밝지 못하여 이(利)를 의(義)로 여기고, 자신을 극복하지 못하여 물욕이 항상 행해져서 깨닫지 못하는 사이에 온전히 인욕에서 나온 것이 많았으니, 자신을 점검할 때마다 부끄러움에 땀으로 옷이 젖는 것을 깨닫지 못하네. 지금 그대가 지적한 것은 모두 진실로 병통이나, 의(義)와 이(利)를 함께 행하고 왕도와 패도를 아울러 쓴다는 것은 더욱 지나치게 허여(許與)하고 크게 용서함을 보겠네. 매번 받들어 읽은 후 침으로 몸을 찌르는 것과 같아서 깨닫지 못하는 사이에 정신을 차리도록 꾸짖어서 새로워지기를 도모하는 뜻을 갖게 되어 많은 은혜를 받았으니, 비유하건대 병든 사람이 고질이 되어 장차 죽게 되었는데, 갑자기 훌륭한 의사가 좋은 약을 주어 살길을 찾을 수 있었다면, 비록 훌륭한 의사의 본심이 과연 자기를 사랑하는 데에서 나온 것인지는 알지 못한다 하더라도 그 은혜가 됨은 어찌 헤아릴 수 있겠는가?

내가 과연 문자의 과실로 돌아가신 그대 아버지에게 죄를 얻었으니,* 끝내 의혹을 풀 수 없다면 그대의 도리에 있어서는 주자가 말한 것과 같이 의(義)를 좇아서 절교를 고해야 마땅할 것이네. 그런데 이렇게 하지 않고 스승과 제자의 굴레에 매여 관계를 유지하며 항상 불평하는 뜻을 마음속에 쌓아두면 이르는 곳마다 촉발하여 제재할 바를 알지 못하게 될 것이니, 군자가 의를 처리하는 도리가 과연 이와 같은 것인지는 알지 못하겠네. 또 문자를 초안한 이래로 그대가 고쳐달라는 것은 받들어 따르지 아니한 것이 없으니, 죄를 얻은 까닭이 어디에 있는지 모르겠네. 목천의 일**에 있어서는, 이것을 그대가 깊이 노여워하는 바이지만 반복해서 생각해 보건대, 그 일의 허실과 그 말의 유무를 물론하고, 대개 이상(李翔)이 풍속이 나쁜 지방의 사람들과 더불어 상종하지 못하게 하려 함이니, 이는 대개 그대의 아버지를 높이는 뜻에서 나온 것이네.

그대가 논한 바는 바로 정문일침으로서 평생 이를 사우(士友) 사이에 얻은 적이 거의 없었는데, 이로써 경계하고 격려하니 우연히 죽지 않는다면 거의 조금이나마 늙어가면서 공효가 있을 것이네. 그러나 불행하게도 최신(崔愼)이라는 북방의 무지한 사람이 갑자기 상소에 드러내어 조리가 없고 이치에도 어긋난 말로 이르지 아니하는 바가 없었다고 하니, 사람으로 하여금 지극히 황송하고 부끄러워 거의 얼굴을 들지 못하게 하였네. 비록 글로써 질책하였으나 이미 이루어진 일이어서 말

* 윤증이 자신의 아버지 윤선거(尹宣擧)의 묘갈문(비문)을 스승인 송시열에게 요청하였으나, 송시열이 성의 없이 지어 보냈다 하여 윤증이 재차 수정해 줄 것을 요청하는 등의 갈등이 있었음을 말하는 것이다.

** 윤증의 아버지 윤선거를 이산서원(尼山書院)에 배향하는 것을 반대하는 통문(通文) 있었던 것을 말하는 것인데, 그 내용 가운데 '윤선거가 병자호란 당시에 강화도에서 포로가 된 노비처럼 변장하여 탈출한 사실을 들어 어떻게 이산서원에 배향을 하겠는가.'라고 하는 반대의견이 있었다.

할 수 없게 되었으니, 어찌하겠는가. 무릇 전후에 말한 것이 만약 폐부에서 나온 것이 아니라면 하늘이 미워하고 미워할 것이네. 말하고 싶은 것이 이에 그치지 아니하나, 거의 다한 천식(喘息)이 몹시 위태하여 입으로 부르는 것도 접속하지 못하고, 그 궁구하여 밝히는 것도 조리가 없으니, 오로지 그대는 가련하게 여겨 살펴주기 바라네. 사람이 장차 죽으려고 하면 그 말이 착해진다고 하였고, 무릇 이에 운운(云云)한 것들은 반드시 거짓에서 나온 것이 아니니 아울러 양지하기 바라네.

절교를 하는 것이 어찌 쉬운 일이겠습니까?

* 윤증이 송시열에게 보낸 답장

한 번 권이정(權以鋌)이 참람한 논의를 전달(轉達)한 뒤로 항상 황송함이 간절했는데, 저의 편지가 전해진 것을 듣고는 비록 황송함은 더욱 깊어도 여러 해를 머뭇거리며 감히 아뢰지 못했던 것을 갖추 듣고 보실 수 있게 되었으니, 또 적이 스스로 다행스럽기도 하였습니다. 그러나 갑자기 최신(崔愼)의 상소가 나온 것을 듣고는 마음이 슬퍼서 대처할 바를 몰라 선생님을 위하여 놀라 마지아니하였습니다. 돌아가신 아버지에게 욕이 미치고 저의 마음이 몹시 아플 뿐만이 아니라, 아버지와 아들이 벗과 스승으로 교유한 지 50여 년 만에 마침내 이 지경에 이르렀으므로, 망연히 의(義)를 처리하는 도리를 알지 못하였습니다. 그런데 뜻밖에 선생님께서 다시 거두어 용서하시고 이 글을 내려서 정성스럽게 설명하여 깨우쳐 주시며 말씀이 선해진다는 것으로써 스스로 보증하시고, (거짓이 있으면) 하늘이 미워한다는 것으로써 스스로 맹세하시고, 조리가 없고 이치에 어긋난다는 것으로써 최신을 질책하셨습니다. 아, 선생님의 말씀이 여기에 미친 것은 오히려 스스로 경계를 베풀어서 스스로 장자(長者)를 끊게 하시려는 것이니, 선생님께서는 저를 버리지 않으셨으나, 제가 진실로 선생님을 저버린 것입니다. 이에 하교하신 말씀으로 인하여 하나하나 답을 올려 재단하여 처리하시기를 기다리겠습니다.

하교하시기를 '그대가 지적한 바는 모두 진실로 병통이나 이(利)와 의(義)를 같이 행하고 왕도와 패도를 아울러 쓴다고 한 것은 더욱 지나치게 허여하고 크게 용서하는 것이다.'라고 하셨으나, 이는 단지 대강을 말씀하신 것뿐이고, 그 자세한 것은 진실로 신유년의 의서에 있는데, 이제까지 감히 올리지 못한 것은 성의가 천박한 죄입니다. 돌아가신 아버지께서는 선생님께 진실로 지극한 정성이 있어서 의심할 만한 곳이 있음을 보면 모두 기질의 병통으로 돌리시고, 근본에는 일찍이 의심하지 않으셨으나, 오늘에 이르러 망령된 소견으로는 근본의 바탕에 의심을 면하지 못하겠습니다. 기질의 병폐를 바로잡아 고치지 않을 뿐만 아니라, 도리어 조장하고 계시니 이것이 참람한 망령된 의론이 있게 된 까닭입니다. 선생님께서 맡으신 책무가 어떠하십니까. 훗날의 과오는 아주 작은 데서 비롯되고, 높은 산을 쌓는데 한 삼태기의 흙이 부족하면 완성하지 못하는 것입니다. 만약 훗날 논하는 사람으로 하여금 또한 저와 같이 망령된 의론을 하는 사람이 있다면 어찌 크게 통석(痛惜)할 일이 아니겠습니까. 그런데 이미 제지받아 감히 입을 열지도 못하고, 권이정과 논한 것은 단지 제(齊)나라 사람의 처첩이 안뜰에서 원망하는 것*과 같은 것이었는데, 전전하여 죄를 얻은 것이 이에 이르렀으나, 모두 식견이 어두운 죄입니다. 훌륭한 의사의 본심이 자기를 사랑하는 데에서 나온 것이 아니라고 하시는 가르침은 또한 감히 해명할 수

* 제나라 사람으로 처와 첩을 데리고 사는 사람이 있었는데, 날마다 나가서 술과 고기를 배부르게 먹고 돌아와서 부귀한 사람들과 교유하여 함께 먹는다고 자랑하자, 이를 의심한 처가 따라가서 살펴보니, 성 밖의 무덤에서 제사지내는 사람에게 빌어먹고 있었으므로 집으로 돌아와 첩에게 이 사실을 알리고, 집 안 뜰에서 남편을 원망하며 울었다고 함. 곧 부귀와 영달을 추구하는데 여념이 없어 남이 모르는 줄 알고 저열하고 추잡한 짓을 하는 사람을 비유함.

는 없으나 이는 옛사람이 '믿지 아니함이 있으면 곧 자기를 비방하는 것으로 생각한다.'는 교훈입니다.

하교하시기를 '내가 문자의 과실로 그대의 돌아가신 아버지에게 죄를 얻었으니, 의혹을 풀 수가 없다면 그대는 마땅히 의를 좇아서 절교를 고해야 할 것이네.'라고 하셨고, 또 말씀하시기를 '도리어 얽매어 관계를 유지하며 항상 불평하는 뜻을 마음속에 쌓아둔다.'라고 하셨으나, 절교를 고하는 것이 어찌 그리 쉬운 일이겠습니까. 송(宋)나라 때 범중엄도 구양수에게 능히 행하지 못했는데, 하물며 무상한 저와 선생님의 사이는 어떠하겠습니까. 대저 인정과 의리가 전과 같지 못한 것으로써 모두 절교해야 한다고 이른다면 세상에서 절교하지 않은 사람이 거의 드물 것입니다. 선생님의 말씀이 이에 미치니, 진실로 대답할 바를 알지 못하겠습니다. 그러나 박세채에게 준 편지를 불평에서 나온 것이라고 한다면 진실로 저의 본뜻이 아닙니다. 대저 불평하는 것은 사사로운 정이고, 학문을 논하는 것은 공적인 의론이니, 이는 단지 망령된 소견이 잘못 들어간 것일 뿐입니다.

하교하시기를 '문자를 초안한 이래로 그대가 고쳐달라고 한 것은 받들어 따르지 아니한 것이 없다.'라고 하셨는데, 대저 앞의 글에서 하교하신바 '마침내 의혹을 풀 수가 없었다.'라고 하신 것은 그 총론을 고치지 아니한 일을 지적하신 것입니까? 만약 그렇다면 또 어찌하여 받들어 따르지 아니한 것이 없었다는 하교가 있었습니까? 문자를 고쳐 줄 것을 요청한 것이 전후에 모두 세 번 있었는데, 갑인년(1674)에는 제가 스스로 요청하였고, 병진년(1676)에는 선생님께서 고쳐 줄 것을 허락하셨으며, 무오년(1678)에는 선생님께서 다시 올리게 하셨습니다. 처음 고쳐 주실 것을 요청했을 때에는 고쳐주시는 은혜를 입지 못하였고, 또 이 일은 급급하게 할 필요가 없다고 하교하셨기 때문에 감히 다시 고쳐주실 것을 요청하지 못했던 것입니다. 또 다소의 오고간 것이 있었으나, 마지막에는 단지 '우선 박세채가 기록한 바에 의거한다.'라고 하교하시고, 또 '약한 것은 강한 것을 대적하지 못한다.'고 하셨으며, 또 '산악(山岳)으로 바꾸어 쓰겠다.'라는 등의 희롱하는 말씀이 있었습니다. 이와 같이 희롱을 당하였는데, 어찌 감히 세 번 요청할 뜻이 있겠습니까. 그 후 약간의 글자를 고쳐주셨으나 '보내 온 뜻에 의하여 찬정한다.'는 하교가 있었기 때문에 이로써 스스로 그치지 않을 수 없었던 것이고, 다시 흠결이 없다고 생각한 것은 아니었습니다. 그러나 문자의 일 뿐만 아니라, 선생님께서는 저의 가문에 대하여 비록 한마디 말씀과 한 가지 일이라도 진실로 돌아가신 아버지를 해칠 수 있는 것은 널리 드러내지 아니하는 바가 없었으니, 또 저의 마음에 통박(痛迫)한 것이 있었습니다. 선생님께서 일찍이 김익희(金益熙)의 말을 인용하여 저의 아버지를 가리켜 잔인한 사람이라고 하셨는데, 이와 같이 근사하지도 아니한 말을 오히려 허실을 가리지도 않은 채 남에게 말씀하셨으니, 자식 된 마음에 어찌 통각(痛刻)하지 않을 수 있겠습니까.

하교하시기를 '목천의 일은 그대가 깊이 노여워하는 바이나, 대개 이상(李翔)이 풍속이 나쁜 지방의 사람들과 상종하지 못하게 하려고 한 것이었으니, 돌아가신 아버지를 존숭하는 뜻에서 나온 것이었네.'라고 하셨는데, 당시의 일은 선인(先人)의 전후의 상소에 하나하나를 스스로 열거하였고, 효종대왕께서도 '진동(陳東)이 마침내 윤곡(尹穀)*의 죽음을 이루게 했다는 것을 듣지 못하였다.'라고 하는 비답까지 있었습니다. 그러나 그 득실과 시비는 자연히 후세에 정론이 있을 것입니다. 또 사람은 각각 견해가 있으니, 만약 의를 처리하는 것이 마땅

* 진동과 윤곡은 송(宋)나라 때의 강직하고 청렴한 사람으로 두 사람 모두 의리를 지켜 죽었다.

한지의 여부를 논하는데 있어서 시비를 공정하게 한다면, 비록 자손이라 하더라도 감히 사사로운 감정을 가질 수 없겠지만, 이 말은 그렇지 않습니다. 갑인년(1674)에서 신유년(1681)까지 8년 사이에 이곳에서나 목천 부근에서는 전혀 들은 바가 없었는데 갑자기 선생님으로부터 전하여 나왔으니, 생각하건대 선생님께 고한 사람이 은밀하게 아버지의 결점을 드러내려는 뜻을 품고는 고의로 다른 사람을 칭탁하여 그 말을 퍼뜨리고, 어지럽게 분변하고 트집을 잡아서 따지고 물을 때에 한바탕 욕을 하고 싸움을 일으키게 한 것입니다. 이로써 진실로 마음이 아픔을 금하지 못하여 그 말이 나오게 된 곳을 청하려고 글을 써 놓고는 미처 올리지 못하였습니다. 그런데 들으니, 다른 사람이 이미 우러러 질문했는데 선생님께서는 내용을 밝혀서 말씀하시지 않고, 도리어 '미안함을 스스로 감당하겠다.'는 하교가 있었다고 합니다. 그래서 황공함을 금하지 못하여 마침내 감히 올리지 못했는데, 보내주신 편지에 허황(許璜)에게 물으라는 하교가 있었습니다. 그러나 당초에 선생님께 의심을 두었던 것은 진실로 이유가 있습니다. 옛날 선생님께서 박세채에게 준 글에 어떤 사람의 성내어 꾸짖은 말을 인용하고, 그 곁에 강도지사라는 네 글자를 썼다가 도로 지웠는데, 만약 이것이 그 사람의 말이라면 이미 썼다가 도로 지운 것은 무엇 때문이며, 지우고도 알아 볼 수 있게 한 것은 무엇 때문입니까? 그 뒤에 이유태(李惟泰)의 손자 이단중(李端中)이 말하기를 '아버지가 돌아가신 뒤에 선생님이 이유태와 회동하였는데 선생님이 묻기를 『윤선거의 강도지사는 어떻게 처리해야 하겠는가?』라고 하자, 이유태가 대답하기를 『설사 미진함이 있더라도 학문하기 전의 일인데, 어찌 이로써 의심할 수 있겠는가.』라고 하니, 선생님께서 옳게 여기고 그대로 따랐다.'라고 하였습니다.

지난해에 이희조(李喜朝)가 선생님의 말을 한 사우(士友)에게 전한 것이니, 선생님의 물음은 이유태의 물음이 되었고, 이유태의 대답은 선생님의 대답이 되었습니다. 이는 진실로 외부인사는 알 바가 아니지만, 이 일의 문답이 있었던 것은 알 수 있습니다. 또 듣건대 선생님을 따르는 사람이 가끔 이 일을 가지고 아버지를 허물하는 구실로 삼고, 혹 제멋대로 말하며 자중하는 바가 없으니, 이와 같으면 설령 그 말이 목천 사람에게서 나왔다 하더라도 또한 문하(門下)를 승망(承望)하는 이외의 의론일 뿐입니다. 그 뒤에 이상(李翔)이 받들어 물으니, 유수방(柳壽芳)에게서 나온 것 같이 말씀하셨다 하고, 목천 사람이 받들어 물으니, 곧 근거 없는 사실을 지어낸 말이므로 스스로 감당하겠다고 하셨다 하고, 이곳에 보내신 글에는 '허황에게 들었다.'고 하셨으며, 마지막으로 송기태(송시열의 양자)가 받들어 물을 때는 이유태에게 들었다고 하였으니, 대저 이와 같으면 미혹된 마음에 비록 의심하지 않으려 해도 어떻게 할 수 있겠습니까.

백세의 공정한 의론을 기다릴 뿐이네

* 송시열의 두 번째 답장

보내온 글을 스스로 볼 수가 없어서 아이와 손자로 하여금 읽게 하여 들었는데, 아이가 받들어 아뢰니 내가 이유태에게서 들었다고 말했다는 한 가지 항목에 이르러서는 아이가 크게 놀라며 진실로 이러한 일이 없었다고 하였네. 무릇 세상에 나도는 말에 이와 같은 것이 많은데, 비록 낱낱이 대답을 한다 하더라도 말을 한 사람은 한갓 무망한 데로 돌아갈 뿐이고, 듣는 사람은 그럴 듯하게 꾸민다고 할 것이네. 이러한 까닭에 다시 그대를 위하여 이 정성스러운 마음을 드러낼 뜻을 끊고, 다만 이 마음을 품고 땅속에 들어가서 백세의 공정한 의론을 기다릴 뿐이네.

어찌 백세를 기다릴 일이 있겠습니까?

* 윤증의 두 번째 답장

송기태가 전하는 말에 갑인년(1674) 이후에는 선생님께서 진실로 이유태와 회합하신 때가 없었다고 하므로, 그때는 진실로 송기태가 잘못 들었을 것이라고 의심하였습니다. 이른바 아버지의 일은 제 사사로운 마음으로는 선생님께 바라지 않을 수 없었기 때문에 충심을 다하여 호소하지 않을 수 없었습니다. 이미 어두운 식견에다가 민박(悶迫)한 사사로운 정에 가려져 무릇 망령되게 의혹이 생기는 것들을 어찌 모두 바로잡을 수 있겠습니까. 그러나 선생님께서 구의(舊義)를 미루어 생각하시고 인정을 굽어 살피셔서 공평한 마음으로 너그럽게 헤아려서 극진하게 애처롭고 가여움을 더해주시면 죽은 사람과 산 사람이 함께 은혜를 받아서 의혹과 맺힌 것이 모두 풀어질 것입니다. 단지 선생님의 한마디 말씀에 달려있을 뿐인데, 어찌 백세를 기다릴 일이 있겠습니까?

나를 부모형제의 원수로 보는 것인가?

* 송시열의 세 번째 편지

요즈음 가만히 지난번의 서찰의 뜻을 자세하게 살피건대, 내가 앞서 한 말을 바꿔서 스스로 죄가 없게 한 지경에 이르고자 하였기 때문에 거듭 매우 엄중하게 단속하는 것 같이 하였으나, 나는 감히 이와 같이 하지는 않았네. 일찍이 스승에게 가르침을 받고는 안자(공자의 제자인 안연)의 범이불교*라고 생각했는데, 이는 마음속으로 원망과 분노를 품고서도 겉으로 겸손한 척 한 것이 아니라, 진실로 정성스런 마음에서 나온 것이었네. 사상채가 허물을 듣고는 부끄럽고 두려워서 땀을 흘렸고 진소유가 경솔하여 정자의 말을 듣고는 얼굴빛이 붉어졌으니**, 내가 비록 무상(無狀)하다 하나, 감히 처음에는 겉만 그럴 듯하게 꾸몄다가 마침내 다시 뒤집지는 않는다네. 당초에 내가 최신의 상소를 이치에 어긋난다고 한 것은 대개 하나같이 섬겨 죽음에 이르는 것이 어느 정도인가 하면, 스승과 제자에 있어서는 모름지기 공자와 안자 같은 바가 있은 다음에야

* 범이불교(犯而不較)는 상대의 잘못에 대해 그 사람의 불쾌해 하는 안색을 아랑곳하지 않고 바른 말로 잡아주되 자신과 비교하지 않는 것을 이르는 말이다.

** 사상채(謝上蔡)와 진소유(秦少游)는 모두 송나라 때 사람으로 정자(程伊川)의 문하생으로 있었다.

광(匡)땅에서 어려움을 당했을 때의 문답이 있을 것인데, 이제 추하고도 어긋난 체단(體段)으로 부자와 군신의 큰 인륜을 혼동해서 아울러 거론했기 때문에 나의 글에서 말했던 것이네.

대저 그대의 지난번 글은 말의 뜻이 호방하고 건실해서 사람으로 하여금 두려움을 느끼게 하였는데, 이제 그대의 편지를 받아보니 열에 여덟아홉이나 감한 정도가 아니었네. 그러나 지난번 글의 뜻은 끝내 알지 못할 것이 있었네. 이미 '폭양하지 아니함이 없다.' 하고, 또 이르기를 '통박하고 통각하다.'고 하였으니, 이는 부모형제의 원수로 본 것이네. 그런데도 결점을 지적한 말을 애석하게 여기는 마음에서 나왔다고 하였는데, 이미 통박하고 통각한 마음이 있다면 애석한 마음이 어디에서 나오겠는가? 오늘날 통박하고 통각하다는 논의는 비록 『춘추』와 『예경』에 이른바 '반드시 보복한다.'는 것과는 차이가 있다고 하지만 의를 좇아서 절교를 고하는 것은 결코 그만둘 수 없는 것이네. 송(宋)나라의 구양수와 범중엄의 관계는 지극히 깊다고 이를 만하나, 범중엄의 비문에 구양수가 만약 없는 것을 있다고 하였다면, 주자는 말하기를 '범순인(범중엄의 아들)은 마땅히 피눈물을 흘리면서 의를 좇아서 절교를 고했을 것이다.'라고 하였네. 오늘날 그대의 원망하고 노여워할 일이 어찌 없는 것을 있는 것으로 한 것뿐이겠는가? 또 지난번 글에 이른바 김익희(金益熙)라고 한 것은 그대가 어찌 차마 이 말을 제기하는 것인가? 당시에 김익희가 피눈물을 흘리면서 한 말은 잔인한 사람이라고 한 것뿐만이 아니었으니, 대개 그 형제가 조용히 죽을 수 없었던 것을 마음 아프게 여기고, 그대의 아버지가 앞장서서 외친 데에서 나왔다고 생각했기 때문에 말의 재량(裁量)할 바를 알지 못해서였던 것이네. 내가 사람들에게 이 말을 했는지의 여부를 일찍이 기억하지는 못하겠지만, 혹시 내가 몹시 슬퍼하는 그의 지극한 정을 불쌍하게 여겨서 사람들에게 말할 때에 잘못 그대 아버지에게 저촉되는 것을 깨닫지 못한 것이 아니겠는가. 목천의 일에 이르러서 듣건대, 그대가 이상에게 준 글이 귀원(이산서원)에서 목천에 답한 글과는 전연 서로 다른 바가 있고, 또 전일에 그 말을 들은 사람을 보았을 때 근심하고 두려워하여 머뭇거린다고 하니, 그 말의 근원은 자연히 돌아갈 바가 있을 것이네. 그래서 곧 스스로 감당하는 이외에 다시 무슨 일이 있겠는가. 그런데 들으니, 그대의 문하에서는 내가 말이 궁해졌다고 한다 하니, 나는 마음속으로 적의 웃었네. 김익희와 목천의 일은 내가 이미 자복하였으니 다시 말할 것이 없고 평일에 그대의 아버지에게 죄를 얻은 것은 오로지 윤휴(尹鑴)의 일에 있었는데, 내가 가장 먼저 그 독(毒)을 맞았네. 주자를 배척하고 스스로의 학설을 세워 장차 천하의 정론을 바꾸려는데 미쳐서는 외람되게 간사한 설을 물리치고 잘못된 행동을 막는다는 의(義)에 가탁하여 극력 이를 배척하였으니, 이것이 그대 아버지에게 여러모로 미움을 사게 된 것이네. 내가 그대의 아버지에게는 비록 일찍이 불복한 적이 없었으나, 또한 우리 사문(유교)과 세도를 위하여 근심하고 탄식하지 않은 때가 없었네. 윤휴가 흉패하여 법에 의해 처단된 뒤에 이르러서는 그대가 아버지를 위하여 마땅히 유원규가 소준에게 한 일*과 같이 할 것이라고 생각했는데, 뒤에 적의 듣건대 그대가 오히려 이상의 음양론을 배척하고 윤휴를 보호하는 뜻이 있다고 하니, 다시 무엇을 바라겠는가. 이 한 가지 일은 비록 그대의 아버지를 위하여 미움을 받으려고 하나, 할 수 없네. 그 우매함을 용서해 주기 바라네. 대저 오늘날 두 가문의 도리에 있어서 나는 십분 경계하고 채찍질하여 거의 일반지규**에 있고, 그대에 있어서는 단지 앞서

---

* 유원규(庾元規)와 소준(蘇峻)은 중국 동진시대 사람이다. 유원규가 소준과 처음에는 좋은 사이였고, 도간(陶侃)과는 의심스런 사이였는데, 소준이 반란을 도모하자, 도간의 힘을 빌려 소준을 섬멸하였다.

** 일반지규(一斑之窺)는 표범의 얼룩무늬 가운데서 겨우 하나의 점만 엿본다는 말. 즉 매우 작

이른바 의를 쫓아서 절교를 고한다는 뜻은 진실로 바꿀 수 없는 일이네.

은 부분만을 안다는 의미임.

어머니가 자결하실 때 아버지는 집에 없었습니다

* 윤증의 세 번째 편지

이른바 '거듭 매우 엄중하게 단속한다.'는 것은 또 본심 밖에서 나오는 것입니다. 앞서 주신 글에 북인(최신을 지칭)을 배척하여 조리가 없고 이치에 어긋난다고 하셨으므로, 지의 마음이 감복하였는데 이제 도리어 다시 패(悖)자의 뜻을 풀이하시기를 북인을 위해 해명하는 것 같이 하시니, 저의 실망뿐 아니라 듣고 보는 사람 또한 선생님께 의심이 없을 수 없습니다. 또 '말의 뜻이 호방하고 건실하여 사람으로 하여금 두려움을 느끼게 한다.'라고 하신 말씀은 더욱 지극히 황공합니다. 지난번의 글은 정이 절박하고 말이 과격함으로 말미암아 이에 이르렀음을 깨닫지 못하였으니, 만약 위엄과 노여움을 거두시고 굽어 용서하신다면 혹은 가긍하게 여기시고 밉게 여기지는 않으실 것입니다. 이른바 통박하고 통각하다고 한 것은 단지 저의 마음이 지극히 위축되고 절박함을 말한 것일 뿐인데, 원수로 여기는 뜻이 있다고 생각하시고 『춘추』와 『예경』까지 끌어서 하교하시니 몹시 놀랐습니다. '통박하고 통각한 마음이 이와 같다면 애석한 마음이 어디에서 생기겠느냐.'라고 하신 하교는 또 선생님께서 다른 사람의 마음을 살피지 못하신 것인 듯합니다. 평생 스승을 존경해야 하는 처지에 이러한 망령된 의심이 있게 되면 어찌 개석(慨惜)한 마음이 없겠습니까.

목천의 일은 또 힘써 가르침을 보여주셨으나, 당초 목천서원에서 이곳에 문서를 보낼 때에는 무슨 일 무슨 말이라고 말하지 않았고, 그때에는 도처에서 향전(鄕戰)으로 처벌이 어지러웠기 때문에 곧 '추가로 적발하여 처벌하는 일은 타당하지 못하다.'라는 뜻으로 답을 하였습니다. 그 뒤 이상(李翔)이 관찰사에게 보낸 글로 인하여 그 말을 들었고, 또 어떤 사람으로 인하여 선생님께서 전한 바에서 나온 것임을 비로소 알았는데, 그 자세한 것을 알고자 하여 이상에게 거듭 물었습니다. 그 뒤에 들으니, 선생님께서 통문에 답한 글을 찾아가시면서 말씀하시기를 '이곳에서 그 말이 나온 것을 부끄러워하여 덮어 두고 답하지 아니한다.'라고 하셨다는 것입니다. 이곳의 사우들은 이 하교가 뜻밖에 나왔으므로 모두 당초에 목천서원에 답한 글이 생각이 부족하여, 그것이 무슨 말과 무슨 일이 어떤 사람에게서 나온 것을 묻지 않고 적발하여 처벌하는 것이 타당하지 못함을 가볍게 말하여 드디어 선생님의 의심하시는 바가 되었음을 한하였습니다.

윤휴의 일에 이르러서는 선생님께서 또 이를 제기하실 것으로 헤아리지 못하였습니다. 선생님께서 병진년(1676)에 저에게 답하신 글에 '이미 의혹을 풀었다.'라고 하지 않으셨습니까? 하물며 그 사람이 죄로 죽은 뒤에 무엇을 다시 논할 것이 있겠습니까. 이른바 유원규와 (같이 하지 못한 죄가) 과연 돌아가신 저의 아버지에게 해당되는지 마침내 알지 못하겠습니다. 다만 '윤휴를 부호한다.'라고 하신 데 이르러서는 역시 근거가 없는 것을 가지고 주장하는 것입니다. 이상의 음양론에 대해서는 진실로 살피고 기억하지 못하나, 그 사람의 일은 일찍이 입에 올리지도 않았음을 스스로 알고 있는데, 이상이 사실과 다르게 전한 것과 선생님의 지나친 의심으로써 또한 장차 죄인을 부호한 법률을 면하지 못하겠으니 어찌 운명이 아니겠습니까. 오직 김익희의 이러쿵저러쿵한 것은 어찌 차마 이를 제기하느냐 하는 문책에 극도로 위축되어 용납할 바가 없는 것 같습니다. 지난해에 송이석(宋彛錫)으로 인하여 이미 선생님께서 이 말씀이 있었다는 것을 들었는데, 요즈음 듣건대 선생님 문하의 여러 사람들이 여러 곳에서 입에 올려 사설이 망극하니 어찌 하나같이 침묵하고만 있겠습니까. 김익희 어른의 지극한 정과 통박한 말은 그 누가 이를 비난하겠습니까. 다만 김익희 어른이 일찍이 계사년(1653)에 한 번 저의 아버지를 찾아와서 또한 당시의 일을 언급하고, 자책하여 벼슬에 나아가지 않는 것이 너무 지나치다고 말하고 그 형제의 불행함을 슬퍼하였으니 지극한 정을 볼 수 있었습니다. 아, 살신성인하여 한 집안의 의열(義烈)이 밝게 빛났으니 죽은 사람은 진실로 원망과 후회가 없을 것이고, 살아있는 사람인들 어찌 진실로 남을 허물하는 뜻이 있겠습니까. 김익희 어른이 저의 아버지에게 참으로 '잔인한 사람일 뿐이 아니다.'라고 하는 뜻이 있었다면 이를 원망하여 매우 깊이 배척할 터인데, 또 어찌하여 손수 추천하는 글을 올려서 우리 임금을 속이고 때로 존신(存訊)을 더하여 그 마음을 속였을 이치가 있겠습니까.

저는 어머니께서 자결하셨을 때 아버지께서 집 안에 계시지 않았던 것을 오히려 기억하고 있는데, 지금도 미루어 생각해 보면 어제 일같이 역력합니다. 아버지의 자의(諮議)를 사양하고 진정(陳情)하실 때에 김집 선생님께 답하는 편지의 한 구절에 이르기를 '그때 윤선거가 여러 사우들과 모여서 처신할 방도를 꾀하였는데, 죽은 아내가 일의 급박함을 알고 계집종을 보내어 윤선거를 맞아오게 하였습니다. 윤선거가 이르자 아내가 말하기를 오랑캐에게 죽는 것은 자결하는 것만 못하니, 한 번 보고 죽기를 원했다고 하므로 윤선거가 차마 볼 수가 없어서 사우들의 처소로 돌아갔습니다.'라고 하였습니다. 그때 아버지가 집에 없었던 곡절은 진실로 제가 기억하는 바와 부합하니, 이는 사실입니다. 비록 김익희 어른께서 살아계신다고 하더라도 또한 반드시 이미 눈으로 보지 아니한 일을 가지고 전해들은 말을 스스로 대답하지 않을 것입니다. 하물며 지금 김익희 어른이 이미 죽은 지 몇 해가 되었는데, 무단히 그 말을 끌어내 전파하여 저의 돌아가신 아버지를 헐뜯고 비방하는 구실로 삼는다면 저의 지극히 원통한 일이 될 뿐만 아니라 도리어 선생님의 거룩한 덕에도 손상됨이 있을까 두렵습니다.

주자를 헐뜯은 윤휴에 동조하여 화를 부른 것이네

* 송시열의 네 번째 편지

당초에 이 일이 발생할 때 내가 듣고도 못들은 척 하고 말았으면 도무지 일이 없었을 것인데, 감히 망령되게 한 편의 글을 지어서 점점 갈등이 생겨서 마침내 수습하지 못하는 데 이르렀으니, 내가 일을 알지 못한 소치이네. 비록 뉘우친들 어찌 미치겠는가. 그러나 보내준 글에 이미 많은 허물에 책망하는 바가 있고, 말뜻의 호건함이 전과 다름이 없으니 마땅히 감수해야겠지만, 그 가운데 지극히 깨달을 수 없는 것이 있으므로 간략하게 다시 받들어 질문하는 바이네. 주자의 마음을 논한 바가 상세할 뿐만 아니라 『대학』, 「정심장」에 이르기를 '얼굴을 들어 새를 보다가 머리를 돌리니, 사람 응대 잘못되네.'라고 하였는데, 이제 온 글에 이른바 '통박하고 통각하다.'는 것과 이른바 '애석하나.'고 한 것이 모두 한 마음속에 있는 물건이라고 하면 주자의 말과 어찌하여 서로 어긋나는가? 비록 그대의 날카로운 말솜씨와 붓의 힘으로도 사람을 굴복시킬 수는 없을 듯하네. 대저 전후에 그대의 말 가운데 나의 본원(本源)과 언행을 배척한 것은 진실로 반성할 만하나, 그 나머지는 구차스럽고도 모순되어 억제하여 변환(變幻)하려는 것이 아님이 없으니, 무엇 때문에 그렇게 하는가? 잔인한 사람이라는 말에 이르러서는 그대가 무단히 제기하였으므로 마음속으로 그윽이 괴이하게 여겨 당초에 김익희의 심사를 대략 진술한 것뿐인데, 이것이 과연 이 사람의 죄인가? 김익희의 앞뒤의 견해가 다른 것은 또한 어리석은 나로서는 감히 알 바가 아니니 물가에 가서 물어보는 것이 좋겠네. 어찌 또한 진취함이 없는 사람이 아니라는 뜻이 아니겠는가.

부호(扶護)라는 두 글자는 그대가 몹시 꺼리고 싫어하는 바이나, 또한 사실이었네. 내가 기억하건대 옛날 동학사라는 절의 모임에서 그대 아버지께서 분명히 음양과 흑백의 논설이 있었는데, 그 뒤에 한 가지 일만 지적한 것이지 전체를 지적한 것이 아니라고 하여 나로 하여금 모씨(某氏)에게 사과하는 일까지 있게 하였으니, 이것이 부호가 아니고 무엇이겠는가. 대저 윤휴는 주자를 헐뜯고 업신여겼으니, 이는 천명을 알지 못하여 대인을 경멸하고 성인의 말을 모독한 자로서 흉악한 죄를 저지를 때를 기다리지 않아도 터럭 한끝이라도 죄역이 아닌 것이 없기 때문에 매우 어리석은 견해를 그대 아버지에게 드렸다가 죄를 얻은 것이 몹시 깊었네. 그러나 이를 전혀 한스럽게 여기지는 않았네. 보내온 글에 이른바 의혹을 품었다고 한 것은 그 어떠한 것인지 기억하지 못하지만, 경신년(1680) 이후로 이상의 음양설을 배척한 것으로 보면 비록 의혹을 풀었다고 하나 오해를 면하지 못하고 있는 것이네. 이상이 일찍이 나에게 분명하게 말했으니, 나로 하여금 좌우를 믿고 이상을 믿지 못하게 하는 것은 불가능한 일이네.

온 글 가운데 사(師)라는 한 글자는 지극히 사람으로 하여금 곧 땅을 뚫고 들어가려고 해도 할 수 없는 것이네. 나로 하여금 이를 감수하게 하는 것은 진실로 최신의 상소 때문이니, 내가 이를 아낌없이 배척했던 것이네. 만약 그에게 준 글을 보면 알 수 있겠지만, 사람을 의심하고 의심하지 않는 것은 다른 사람들에게 맡겨 둘 뿐이네. 오로지 보내온 글에 이른바 죄인을 부호한 율(律)이라고 이러쿵저러쿵한 것은 바로 박세채에게 준 글에 이른바 '화복(禍福)'이라고 한 두 글자와 서로 부합하는데, 이로써 사람을 협박하는 자료로 삼으려고 하니 나는 본래 남에게 화를 입힐 마음이 없으나, 이른바 윤휴에게 복습하여 사람마다 모두 이와 같다고 여기는 것이 아니겠는가. 또 이미 썼다가 다시 지웠지만 오히려 사람들이 볼 수 있게 하였다고 한 것에 대하여 지난번의 글에 이를 잊고 답하지 아니하였는데, 이 일은 어느 때의 일인지 기억하지 못하지만 우계 성혼(成渾) 선생께서도 일찍이 『석담일기』 가운데 백인걸(白仁傑)에 관한 내용을 손수 지우셨으나, 글자마다 오히려 분명하게 보였으니 이것도 마음을 둠(일부러)이 있다고 의심할 수 있겠는가?

그대의 어머니에 대해서 이러쿵저러쿵한 것은 그 진실로 효도하는 마음에 있어 어찌 그러하지 않겠는가. 그러나 요즈음 김사보(金士輔)로 인하여 듣건대, 그대가 어머니의 죽음이 분명하지 못한 것을 송주석(송시열의 손자)의 탓이라 한다고 하니, 그대가 남을 미루어 헤아리지 못하는 것이 적이 한탄스럽네. 내가 비록 무상(無狀)할지라도 어찌 차마 허물하여 이를 본받겠는가. 대저 보내온 글에 원망과 노여움이 한층 더해졌으니, 의를 쫓아 절교를 고하는 것은 조금도 늦춰서는 안 되는데, 오히려 이러쿵저러쿵하고 있으니 우매한 나로서는 감히 알지 못할 바이네.

* 이후로는 더 이상 송시열과 윤증 사이에 편지가 오가지 않았다.

제3부

이런 스승 저런 제자

추강은 스스로 자신의 만가를 지었는가?

* 김종직이 남효온에게 보낸 답장

추강 족하여! 나는 호남에서 서울로 돌아온 지 거의 반년이 되었는데도 우리 추강의 안부를 묻는 서신이 한 번도 이르지 않은 것을 속으로 이상하게 생각했었네. 그래서 나는 이런 생각을 했었네. 추강이 지난해에는 호남과 영남지방에 두루 노닐면서 진한(辰韓)과 변한(弁韓)의 유적들을 남김없이 찾아서 구하고, 지금은 그 사람이 철령(鐵嶺)이북이나 혹은 대동강의 서쪽 지방에 있으면서 두만강을 거슬러 올라가서 만주지역의 고구려 옛터를 바라본 다음 압록강에 배를 대 놓고서 그 옛날 고구려의 성터였던 국내성과 환도성의 지역을 찾아 이리저리 배회하며 머물러 돌아오지 않은 것이다. 그렇지 않다면 어째서 전혀 그림자도 소리도 없음이 이 지경에 이를 수 있단 말인가. 그런데 오늘 새벽에 찾아온 사람이 있어 갑자기 마치 재상에게나 올리는 글처럼 단정하게 쓴 편지를 받고서 뜯어보니 바로 우리 추강의 편지였네. 아! 추강은 어찌하여 나를 그토록 박하게 대접하는가. 나는 늙어가는 꼴이 날로 심해져서 겉치레를 닦지 않은 지가 오래인데, 어떻게 군자의 분수 넘치는 두터운 정을 감당할 수 있겠는가.

스스로 자신을 두고 지은 만가(죽음을 애도하는 글) 네 편이 그 왼쪽에 실려 있으므로, 두세 번 그것을 읽고 나서야 비로소 추강이 멀리 유람한 것이 아니라 바로 질병 때문이었음을 알게 되었네. 한스러운 것은 가을과 겨울 이래로 나도 아파서 열흘 가운데 아흐레는 누워있느라 그대를 찾아가 대화를 나누지 못한 것일세. 우선 그 만가를 완상해 보니 충분히 도연명과 소유*의 명성을 이을 만하였네. 그러나 이것으로 인하여 또 우리 추강의 수명이 무궁함을 충분히 알 수 있었네. 저 두 사람의 만가는 모두 임종 때에 지은 것이기 때문에 도연명의 경우는 대단히 활달하고, 진소유의 경우는 몹시 슬프기만 할 뿐이요, 다시 끝없이 여유작작한 맛은 없다네. 우리 추강은 마치 세상에서 액운을 만나 상심한 듯한데 끝에 가서는

三十六年間　삼십육 년의 세월을 사는 동안에
長被物情猜　길이 세상물정의 시기만 입었노라

라고 읊었으니, 이것은 대단한 자찬이고 또 정성스레 이 세상을 잊지 못하는 생각이 있으니, 이것이 어찌 아침이슬처럼 갑자기 죽을 사람이겠는가. 추강 같은 사람은 질병이 비록 그 몸은 괴롭힐지라도 어떻게 그 수명까지 조종할 수 있겠는가. 다만 그 '아침저녁 사이에 명이 다하리라.' 하는 말은 점술가들이 발하는 운명론에 불과한 것이므로 추강으로서는 당연히 할 말이 아닌 것 같네. 내가 일찍이 듣건대 옛사람은 유택(가묘)을 미리 만들어 놓은 사람이 흔히 있었다고 하였으며, 또 일찍이 시골의 노인이 스스로 자신의 관곽(棺槨)을 미리 만

* 도연명은 중국의 동진(東晋)시절 고상한 선비로 '귀거래사'로 유명한데, 최초로 자신에 대한 만가를 지은 사람이고, 소유(少游)는 송(宋)나라 때의 시인 진관(秦觀)으로 그 또한 자신에 대한 만가를 지었다.

들고 심지어 수의(壽衣) 등을 미리 완벽하게 준비해 두고 항상 스스로 그 안에 누워있고 하면서 생을 마칠 때까지 이렇게 지낸 사람들을 보았는데, 이것은 대체로 급할 때의 쓰임에 대비하기 위해서만이 아니었으므로, 혹은 그들이 은밀하게 수명을 기원하는 방술에 대하여 비웃는 사람도 있었네. 그러니 지금 추강의 만가도 이와 같은 것이 아닌가. 이 말은 농담일세. 때는 정월이라 양기가 화창하여 만물이 다시 소생하고 있으니, 오직 어머니를 위하여 스스로 건강관리를 신중히 하기 바라네. 다 말하지 못하네.

보태는 글

김종직은 남효온의 스승이면서 그를 벗 이상으로 대우하여 이름을 직접 부르지 않고 반드시 '우리 추강'이라 했을 만큼 존경했다고 한다. 남효온은 몸이 허약했는지 스승인 김종직에게 보낸 편지에서도 잦은 병치레를 언급하고, 또 자신의 죽음을 애도하는 만가(輓歌)를 지었다고 하였으며, 결국에는 39세의 나이에 세상을 떠났으니 아마도 자신의 운명이 짧다는 것을 예견했는지도 모를 일이다. 김종직은 남효온이 보낸 만가에 대하여 언급하면서 그대의 수명은 무궁할 것이니 걱정할 일이 아니라고 위로를 보내고 있다. 하지만 짐작컨대 사랑하는 제자이자 벗인 남효온의 건강에 대해 매우 안타까워했을 것이다.

김종직(金宗直 1431~1492)은 성균관사예를 지낸 김숙자(金叔滋)의 아들이다. 1459년(세조 5) 문과에 급제하여 여러 벼슬을 거치고 1483년 이후 승지·이조참판·예문관제학·병조참판·홍문관제학 등을 역임하였다. 세조와 성종시대에 벼슬하면서 항상 절조와 의리를 숭상하고 실천하였으며, 이러한 선비정신이 제자들과 사림들로부터 존경받는 인물이 되었고 당시 학자들의 정신적인 영수가 되었다. 정몽주와 길재를 잇는 성리학의 계보를 아버지 김숙자와 자신을 거쳐서 김굉필, 정여창, 조광조로 이어지는 도학(道學)의 정통을 이룩하였다. 김종직하면 떠오르는 사건이 있는데, 바로 무오사화의 원인을 제공한 조의제문(弔義帝文)이다. 문제의 이 글은 중국 고대 초(楚)나라의 항우(項羽)가 자신이 옹립했던 의제(義帝)를 죽인 사례를 들어, 마치 조선의 세조가 단종을 죽이고 왕이 된 것에 비유함으로써 세조의 정통성을 부정하는 내용으로 큰 파장을 불러왔다. 참고로 조의제문 전문을 여기에 싣는다.

「조의제문」

정축년(1457, 단종이 죽은 해) 10월 어느 날에 나는 밀양으로부터 경산으로 가던 중에 답계역(踏溪驛)에서 자는데, 꿈에 신인(神人)이 임금의 정복인 칠장복을 입고 훤칠한 모습으로 나타나서 말하기를 '나는 초나라의 회왕(懷王)인데, 항우에게 살해되어 강물 속에 잠겼다.'라고 하고서는 홀연히 사라졌다. 나는 꿈을 깨어 놀라 생각하기를 '회왕은 중국 남쪽의 초나라 사람이요, 나는 동쪽나라 사람으로 지역의 거리가 만여 리이고, 세대의 선후도 천년이 훨씬 넘는데 꿈속에 나타나다니 이것이 무슨 징조일까? 그리고 역사를 더듬어보아도 강물에 잠겼다는 말은 없으니, 정녕 항우가 사람을 시켜서 비밀리에 회왕을 죽이고 그 시신을 강물에 던진 것일까? 이는 알 수 없는 일이다.'라고 하면서 마침내 글을 지어 조문하였다.

하늘이 법칙을 마련하여 사람에게 주었으니, 어느 누가 사대(四大)와 오상(五常)*을 높일 줄을 모르리오. 중화라서 풍부하고 이적이라서 인색한 것이 아니거

늘, 어찌 옛날에만 있고 지금은 없겠는가. 그러기에 나는 동방의 사람이요, 또 천년 뒤의 사람이지만, 삼가 초나라 회왕을 조문하노라.

옛날 진시황이 병장기를 마음대로 휘두르니
사해의 물결이 붉은 피가 되었네.
비록 상어 다랑어와 잔 물고기라도
어찌 보전할 수 있었겠는가.
그물을 벗어나기에 급급했으니
당시에 여섯 나라의 후손들은 숨고 도망가서
겨우 일반 백성의 짝이 되었다오.
항량은 남쪽나라 장군 집안의 자손으로
어백호구(魚帛狐篝)를 뒤따라서 일을 일으켰네.
왕의 자리를 얻되 백성의 소망을 따름이여!
끊어졌던 초나라 시조의 제사를 보존하였네.
천자의 부신을 쥐고 남쪽을 향해 앉음이여!
천하엔 진실로 초나라의 성씨보다 큰 것이 없도다.
장자(長者 유방)를 보내어 관중에 들어가게 함이여!
족히 그 인의(仁義)를 보겠노라.
항우가 경자관군을 마음대로 죽임이여!
어찌 잡아다가 천하를 바로잡는 도끼에 기름칠을 아니 했는가.
아…… 형세가 너무도 그렇지 못하여
나는 왕을 위해 더욱 두렵게 여겼네.

---

* 사대는 천대(天大). 지대(地大). 도대(道大). 왕대(王大)를 말하고, 오상은 오륜(五倫)을 말하는 것이다.

은혜를 원수로 갚음을 당하여 젓갈과 포가 됨이여!
과연 하늘의 운수가 정상이 아니었구려.
강가의 산은 우뚝하여 하늘로 솟음이여!
그림자가 해를 가려 저녁에 가깝네.
강물은 밤낮으로 흘러감이여!
물결이 넘실거려 돌아올 줄 모르네.
천지도 장구한들 한이 어찌 다하리오!
넋은 지금도 정처 없이 떠도는구나.
내 마음이 금석(金石)을 꿰뚫음이여!
왕이 홀연히 꿈속에 강림하였네.
자양(紫陽)의 노필(老筆)을 따라가자니
생각이 진돈하여 흠흠하도다.*
술잔을 들어 땅에 부음이어!
바라건대 영령은 와서 흠향하소서.

* 도움말 : 이 제문에서 진시황은 세조에 비유한 것이고, 회왕은 단종에 비유한 것이다. 항우가 경자관군을 죽였다는 것은 세조가 김종서 등을 죽였다는 것이며, 도끼에 기름칠을 안했다는 것은 단종이 왜 세조를 잡아버리지 못하고 도리어 세조에게 죽었느냐고 하는 것이다.

* '자양의 노필을 따라가자니 생각이 진돈하여 흠흠하도다.'라고 한 것은, 김종직이 스스로 주자(朱子)를 자처하여 이 글을 짓는 것을 주자가 『강목』을 지은 것에 비유한 것이다.

새로 맛을 들이려는 것은 달지 않고
익숙한 곳은 잊기 어려운 법입니다

* 이황이 이이에게 보낸 답장

지난달에 김전(金㙉 : 이황의 제자)의 하인들이 돌아오는 인편에 편지를 받고 강릉에 잘 도착하신 것과 학문이 점점 나아감을 알게 되어, 답답하던 마음이 시원스럽게 풀렸습니다. 돌아가는 인편을 만나지 못하여 회답을 제때에 보내지 못하였더니, 김전이 돌아오는 편에 또 편지와 시(詩)를 보내 주시고 아울러 아무것도 모르는 이 사람에게 질의하시는 말씀까지 보내주어 감사하고 부끄럽기 그지없습니다. 나는 벽촌에서 지내다 보니 벗이 적어 함께 학문할 사람이 없습니다. 병중에 책을 보다가 때로 생각에 맞는 곳이 있으나, 본받아 몸소 실천하는데 이르면 더러 서로 모순되는 곳도 많습니다. 나이는 많고 힘은 부족하며 또 사방에서 벗을 얻어 도움도 받지 못해 항상 그대에게 기대하고 있는데, 두 통의 편지에서 약석(약과 침)은 주지 않고 도리어 귀머거리에게 청력을 빌리려 하는 것은 무슨 까닭입니까? 두렵고 조심스러워서 감히 뜻을 받들 수 없습니다. 다만 아무 말씀드리지 않는 것도 서로 사귀는 도리가 아니므로 끝내 감히 진심을 숨기지는 못하겠습니다.

지난번 편지에서 지난날에 제대로 배우지 못한 것을 깊이 한탄하였는데, 그대는 지금 약관의 나이인데도 남보다 그렇게 뛰어나니 제대로 배우지 못했다고 할 수 없을 텐데도 그렇게 말하는 것은 어찌 배운 것이 어긋나서 배우지 않은 것과 같다고 여겨서가 아니겠습니까. 지난날의 잘못을 깨닫고 고치기를 생각하며 또 궁리(窮理)와 거경(居敬)하는 실제에 종사할 줄을 알고 있으니, 허물을 고치는데 용감하고 도(道)에 향하는데 간절하여 그 방향을 그르치지 않았다고 말할 수 있습니다. 성인의 시대는 멀고 성인의 말씀은 사라져서 이단(유교 이외의 학설)이 참된 이치를 어지럽히게 되었으므로 옛날에 총명하고 재주 있고 걸출한 인사로서 처음부터 끝까지 이단에 미혹되어 빠진 사람들이야 본래 논평할 가치도 없지만, 처음에는 정도를 지키다가 마지막에 사도(邪道)에 빠진 사람도 있고, 중립을 취해 양쪽 다 옳다고 한 사람도 있으며 겉으로는 배척하는 체하면서 속으로는 찬양하는 사람도 있으니, 그들이 이단에 빠져들어 감이 정도의 차이는 있을망정 하늘을 속이고 성인을 무시하며 인의(仁義)를 가로막는 죄는 똑같습니다. 오직 정명도, 정이천, 장횡거, 주자 같은 선생들만이 처음에는 조금 드나드는 것이 없지 않은 것 같지만 곧 그 잘못을 깨달았던 것입니다.

아…… 천하의 큰 지혜와 대단한 용기가 아니면 그 누가 능히 홍수 같은 탁류를 벗어나 참된 근원으로 돌아올 수 있겠습니까. 지난날 남들이 그대가 불교 서적을 읽고 꽤 중독되었다고 하는 말을 듣고 오랫동안 애석하게 여겼었는데, 얼마 전에 나를 찾아와 그 사실을 숨기지 않고 그 잘못을 말하였으며, 이제 두 번 온 편지의 뜻이 또 이러함을 보니 나는 그대가 도와 함께 나아갈 수 있음을 알겠습니다. 두려운 것은 새로 맛을 들이려는 것은 달지 않고 익숙한 곳은 잊기 어려운 법이라서, 오곡의 열매가 여물기 전에 가라지와 피가 먼저 익지나 않을까 하는 것입니다. 이러한 일을 모면하려면 역시 다른 곳에서 찾기를 기다릴 것이 없습니다. 오직 궁리와 거경의 공부에 충분히 노력하면 되는 것인데, 이 두 가지를 하는 방법은 『대학』에 나와 있고, 그 「장구(章句)」에서 밝혔으며, 「혹문(或問)」에서 자세하게 말해 놓았습니다. 그대가 지금 이 책들을 읽고도 오히려 얻은 것이 없음을 근심하는 것은 글의 뜻만 파악하고 자신의 몸과 마음이 타고난 본성 속에 배어들지 않아서가 아니겠습니까. 비록 몸과 마음과 타고난 본성 속에 배어들었다고 해도 어쩌면 참되고 절실하게 체험하여 그 기름진 것을 맛볼 수 없어서입니까? 궁리와 거경 두 가지는 서로 머리가 되고 꼬리가 되기는 하지만 실은 두 가지의 독립된 공부이니, 절대로 단계가 나누어짐을 근심하지 말 것이며 오직 반드시 서로 병행해 나가는 방법으로 해야 합니다. 때를 지체하지 말고 이제 바로 공부를 시작해야 하며, 의심하며 머뭇거리지 말고 어디서나 마땅히 힘써야 합니다. 마음을 비우고 이치를 살펴야지, 먼저 자기의 의견을 정해버리지 말아야 하며, 차츰차츰 쌓아가서 완전히 성숙하게 해야지, 짧은 시일에 효과를 보려고 해서는 안 됩니다. 그리하여 얻지 않고는 그만둘 수 없다는 자세로 평생의 사업으로 삼아야 하는 것입니다. 이치가 무르녹아 이해가 되고 경(敬)이 완전한 경지에 이르는 것은 모두 깊이 나아간 뒤에 저절로 얻을 수 있을 뿐입니다. 어찌 단번에 깨달아 그 자리에서 성불(成佛)한 사람이 어슴푸레하고 어두운 곳에서 어렴풋이 그 형상을 보고서 문득 큰일이 이미 끝났다고 하는 것과 같을 수 있겠습니까. 따라서 이치를 궁구하여 실천에서 체험해야 비로소 참으로 아는 것이 되고, 경을 위주로 하여 마음을 두셋으로 분산함이 없어야 비로소 참으로 얻는 바가 되는 것입니다. 지금 비록 이치를 보되 얕고 묽음을 면치 못하며 비록 경을 견지하다가도 혹 잠깐 사이에 놓친다면 일상적으로 응접하는 사이에 뒤이어 무너지는 것이 끝도 없이 닥쳐올 것이니, 어찌 이른바 쓸데없는 생각이나 식욕과 색욕이나 한가로운 잡담만이 해가 될 뿐이겠습니까. 그러나 학문을 하는 초기에는 이치를 보는 것이 참되지 못하고 경을 견지하다가 자주 놓치는 것도 사람들의 공통된 걱정거리입니다. 나 같은 사람은 처음에만 그런 것이 아니라 백발노인이 되어서도 더 심해지다 보니, 늘 내 한평생을 헛되이 보낸 것이 두려워서 같은 시대에 살고 있는 군자들에게 기대함이 내 몸의 굶주림과 목마름에 비할 바가 아닙니다.

일찍이 이런 의미에서 이 시대의 사람들을 살펴보니, 영특한 자질과 뛰어난 식견을 가진 사람이 한둘이 아니건만 영달하지 못하면 과거시험에 마음을 빼앗기고, 영달하고 나면 이해에 골몰하여 비록 간혹 뜻이 있어도 과감하게 행하지 못하는 사람이 대부분입니다. 그러나 그대가 간직한 것은 이와는 다르니, 일찍이 지난날의 잘못된 것을 어렵지 않게 끊어 버리는 것을 보고 알았습니다. 그대가 실로 어렵지 않게 끊어 버리는 마음을 세상에 옮겨서 실행한다면, 비록 과거 시험과 이해가 눈앞에 닥치더라도 보통의 사람들처럼 이익에 유혹되거나 빈천을 두려워하지 않으리라는 것은 의심의 여지가 없습니다. 이 점이 내가 그대에게 고마워하는 이유입니다. 다만 남보다 뛰어나게 앞선 자질이 강론과 해석하기에 쉽다보니 언론(言論)으로 드러난 것에 깊은 고민과 노력에서 말미암지 않은 것이 있고, 비구이 실행하는 데 나타나는 것에 간절하고 독실한 점이 부족한 것 같습니다. 그만두지 않고 이런 식으로 한다면 끝까지 세속의 풍습에 물들지 않는다고 보장할 수 없는 것이 정말로 두려워, 나 자신에게도 이런 점이 있는지 없는지 따져 보지도 않고 바로 말을 하였습니다. 두 번째 편지에서 물어온 것은 별지에 따로 대강 적었습니다. 모두 양해하여 살피시기 바라며 이만 줄입니다.

보태는 글

율곡 이이는 16세에 어머니 사임당 신씨를 여의고 3년 상을 마친 뒤, 19세에 금강산에 들어가 불교에 심취하였으며, 23세 되던 해에 도산으로 찾아가서 퇴계 이황을 만났다. 그리고 강릉으로 돌아가서 퇴계에게 편지를 보냈는데, 이때 퇴계가 답장을 한 것이 바로 여기에 소개한 이 편지이다. 당시 퇴계는 59세의 노련한 석학이었다. 노 석학인 퇴계가 조선 제일의 천재를 만나 보고서 '후생가외(後生可畏)'라는 말을 했다고 한다. 그러면서 이 편지에 약관의 율곡에게 공부하는 방법과 마음을 다스리는 일에 대하여 자상한 스승과 같은 입장에서 가르침을 주고 있는 것이다. 이 해 연말에 율곡은 별시과거에서 장원급제를 하였다.

어진 군자의 마음은 정말 이런 것이구나

* 김창협이 스승 송시열에게 보낸 편지

삼가 아룁니다. 요즈음 선생님의 옥체는 신의 가호로 두루 평안하신지요? 도성을 나가시던 날은 마침 제가 병이 들어 길가에 달려 나가 전송하지 못했으니, 섭섭한 마음 이루 형언할 수 없었습니다. 그러나 오늘 선생님의 행차에 대해 저는 삼가 의심이 없지 않아서 감히 그 뜻을 여쭙니다. 옛날 군자들이 나라를 떠날 때에 진정 날이 저물기를 기다리지 않은 경우가 있었지만, 그 떠나는 까닭은 대부분 위아래 사람들에게 신임을 받지 못하거나, 예모를 갖추지 않거나, 말이 채택되지 않거나, 어긋나서 서로 뜻이 맞지 않거나, 참소와 이간질로 모욕을 당하는 경우였습니다. 그 일은 비록 여러 가지나 종합해 보건대 모두 떠날 만한 경우였습니다.

그런데 지금 선생님이 떠나시는 것은 이 중의 한 가지라도 해당하는 사항이 있습니까? 저는 우매하여 기미를 살피지 못하지만, 보고 들은 것을 가지고 말하자면 그중에 하나라도 해당되는 것이 없다고 하겠습니다. 선생님이 조정에 나아가실 때부터 주상 전하는 마음을 비우시어 사랑하고 관심을 기울이시며 은혜를 융숭히 베푸시고 예우를 중히 하셨으니, 이는 고금에 드문 일이었습니다. 그리고 선생님이 앞뒤로 하신 말씀에 대해 주상전하께서는 겸허하게 경청하시어 마치 메아리처럼 신속하게 응답하시고, 실제로 국정에 반영한 것도 한두 가지가 아니었습니다. 그렇다면 선생님이 어찌 주상전하 신임을 받지 못했다고 하겠습니까. 저는 그런 것을 본 적이 없습니다. 그리고 조정에서 위로는 공경과 집정으로부터 시종하는 신하와 낭관들에 이르기까지 모두 선생님의 친구요, 제자여서 뜻을 서로 돕고 정신을 서로 이해하여 가부를 논의하며 서로 조정할 수 있을 것이니, 조화와 화합을 이루는 큰 도리는 선생님의 마음 내키는 대로 할 수 있는 일이었습니다. 그렇다면 어긋나서 뜻이 맞지 않는다는 것은 근심할 일이 아닙니다. 또 취향을 달리하는 한두 사람이 있어 남몰래 시기하는 마음을 품고 내심 잘잘못을 따지기도 했지만, 감히 참소하는 모의를 하거나 모욕하는 말을 하지는 못했습니다. 그렇다면 선생님이 어찌 아랫사람들에게 신임을 얻지 못하는 점이 있었겠습니까. 저는 그러한 것을 보지 못했습니다. 이 두 가지 중에 하나도 해당 사항이 없으니, 그렇다면 선생님이 떠나시는 것은 과연 무슨 이유입니까?

오늘날 시대의 형세를 가지고 말해 본다면, 흉악한 자들이 혼탁하게 어지럽힌 뒤에 기강이 크게 무너져 풍속이 퇴폐해지고 재물과 식량이 고갈되어 민생이 피폐하여 나라의 명맥이 가까스로 유지되고 있는 상황이었습니다. 그러나 다행히 주상 전하께서 영명하시어 정신을 가다듬고 잘 다스릴 방도를 찾으시어 선한 사람들을 다 등용하시고 백성들의 고통을 반드시 살피셨습니다. 그러나 주상 전하의 마음이 순일(純一)하지 못하시어 나라의 도가 아직도 막혀있고, 조정의 논의가 일치되지 않아 국정이 아직도 문란하며, 산적한 폐단이 제거되지 않아 백성들의 원망이 아직도 그치지 않고 있습니다. 또한 간흉의 무리들이 날마다 호시탐탐 기회를 엿보고 있으며, 하늘에 나타난 이변도 매우 해괴하여 인심이 안정되지 못하고 유언비어가 자주 떠돌고 있습니다. 도성과 지방과 위아래를 살펴보아도 어느 것 하나 믿을 만한 것이 없어 백성들이 모두 두려워하고 있습니다. 선생님은 덕이 높으신 원로로서 여러 조정에 걸쳐 은총을 받으셨으니, 비록 멀리 초야에 있다하더라도 진정 황급히 뛰어나와 구제하셔야 합니다. 더구나 지금은 이미 조정에 진출하여 임금의 스승 지위에 처하여 보필하라는 부탁을 받으셨으면서 도리어 결연히 버리고 떠나시니 그래도 되는 것입니까?

어진 사람은 천하에 대해 근심이 깊고 생각이 원대하므로 나라가 언제 망할지 모를 위급한 상황이 아니라 하더라도 깊이 걱정하여 반드시 바로잡고 구제하여 진작시키려 하고 구차하게 편안하려 하지 않는 것입니다. 그리고 나라를 돌보는 마음이 간절하여 아무리 무도한 임금을 만난다 하더라도 반드시 지성으로 감화시키려 하고 차마 과감히 끊어버리려고 하지 않는 것입니다. 그런데 오늘날의 일은 국운이 위태로워 무관심하게 보아 넘길 수 없는 형편인데다 임금의 성덕이 그래도 함께 큰일을 해볼 만하니, 이는 더욱더 어진 군자가 차마 결연히 떠날 수 없는 경우입니다. 제가 지난날 며칠 동안 모시면서 보니 선생님은 시대의 중요한 문제를 언급하게 되면 번번이 비분강개하여 근심 걱정하시고, 밤새도록 잠을 못 이루신 적도 있었습니다. 저는 그때 물러나와 감탄하며 '어진 군자의 마음은 정말 이런 것이구나.'라고 생각했습니다. 그런데 지금은 '오늘날 선생님의 마음이 어찌하여 이전과 다른 것일까? 거취의 문제만 가지고 보면 마치 과감히 세상을 잊은 사람 같은데, 이는 어째서일까?'하는 의문이 들었습니다.

어떤 사람은 말하기를 '선생님이 오신 것은 본디 한번 임금께 사은숙배하고 그만두려 했던 것인데, 뒤이어 인경왕후의 장례를 모시는 일이 있었기 때문에 즉시 귀향하지 못하고 오랫동안 조정에 머물러 있기는 하였으나, 이는 선생님의 본뜻이 아니었다. 오늘날 떠나시는 것은 진정 애당초의 계획이 그러했던 것이니, 의심할 것이 없다.'라고 합니다. 그러나 저는 그렇지 않다고 생각합니다. 거취와 출처를 어찌 일정하게 고집할 수가 있습니까. 오직 때에 맞게 할 따름입니다. 처음 선생님이 오신 것이 오래 머물 뜻이 있어서가 아니었다는 것은 진정 이 나라 사람이면 누구나 다 아는 사실입니다. 그래서 처음 주상 전하를 만났을 때부터 어느 하루도 은퇴를 요청하지 않은 날이 없었고 조정의 일에 대해 한 가지도 가부를 논한 것이 없었으니, 여기에서 그 뜻을 알 수 있습니다. 그러나 자애로우신 주상 전하의 뜻을 억지로 받들어 서교(西郊)에서 다시 일어나 조정에 들어온 뒤로는 경연에 오르고 차자를 올려 맨 먼저 대의를 진술하고, 임금의 덕이 완전하지 못하거나 어긋난 것, 조정의 잘잘못, 인재의 등용과 퇴출에 관계된 모든 일에 대해 상소를 올려 극론하지 않은 것이 없었습니다. 그렇다면 선생님은 진정으로 세도를 바로잡는 일을 자신의 임무로 삼으시어 애초의 계획을 변경하지 않을 수 없었던 것입니다. 그런데 어찌하여 오늘에 와서는 다시 애초의 뜻을 이루겠다는 생각에 얽매여 지금 처한 상황이 달라진 것을 따지지 않으십니까? 만일 선생님이 정말로 애초의 계획을 바꾸지 않으셨다면, 당연히 억지로 배회하며 그럭저럭 나날을 보내면서 인경왕후의 장례가 끝나기를 기다려 떠났어야 할 것입니다. 그런데 또 무엇 때문에 부질없이 굳이 그토록 분분히 한 시대의 이목을 들뜨게 하시고는 끝내 그 기대에 부응하지 못하게 되는 것을 생각하지 않으십니까. 처음과 끝이 서로 어긋나고 진퇴가 근거를 상실하는 일은 어리석은 제 소견으로 보아 선생님은 결코 그런 일이 없으시리라고 생각합니다. 만일 이처럼 하신다면 이는 또 제가 감히 이해할 수 없는 점입니다.

어떤 사람은 또 말하기를 '선생님은 본디 세상을 잊으려는 분이 아니다. 그러나 오늘날의 국사가 어찌할 수 없음을 보셨으니, 그런데도 떠나지 않는다면 나라에도 보탬이 안 되고, 한갓 자신의 의리만 손상할 뿐이다. 이것이 선생님이 떠나신 이유이다.'라고 합니다. 그러나 이 말은 더더욱 그렇지 않습니다. 시대를 헤아리고 자신의 역량을 살펴서 어려운 줄을 알면 그만두는 것은 당대에 등용되지 않은 선비의 일입니다. 지금 선생님의 처지는 어떻습니까? 지금과 같은 선생님의 처지에서도 어렵다고 해명하고서 자신의 거취만을 깨끗이 할 수 있는 것입니까? 그리고 오늘날의 사태는 정말로 어렵습니다. 다만 극단적인 상황에 이르기 전에 있는 힘을 다해 부지하는 것이 바로 선생님에게 바라는 것입니다. 만일 선생님이 어렵다고 하신다면, 장차 누구더러 이 일을 하라고 하겠습니까. 어리석은 제 생각으로는 선생님이 결코 어려운 일을 남에게 떠맡기고 구차하게 자신의 몸을 편안케 하는 일은 하지 않으시리라 생각합니다. 만일 이처럼 하신다면 이는 감히 제가 이해할 수 없는 점입니다. 그리고 선생님의 거취는 비단 일신만의 일이 아니며, 또한 한 시대의 일일 뿐만이 아닙니다. 그 이유를 말씀드리자면, 지금 주상 전하의 초빙을 받은 사방의 어진 사람들이 한둘이 아닌데, 그들은 모두 선생님을 보고 거취를 정한 사람들입니다. 선생님이 조정에 계시는 것을 보면 반드시 모두 의기양양하게 분발하여 벼슬을 하려는 마음을 품겠지만, 앞으로는 멀리 물러나서 다시는 나오려는 생각이 없어질 것입니다. 이는 선생님의 떠나심이 비단 자신의 몸을 이끌고 가시는 것뿐만이 아니라, 마침내 온 나라의 어진 선비들을 모두 함께 데리고 떠나시는 것입니다. 이것이 제가 깊이 안타까워하는 점입니다.

임금은 어진 선비들과 멀어지기는 쉽고 가까워지기는 어렵습니다. 어그러지기는 쉽고 화합하기는 어렵습니다. 의심하고 꺼리기는 쉽고 신임하기는 어렵습니다. 임금의 마음에 어진 선비에 대해 현실과 동떨어져 실제에 쓰일 수 없다고 의심하고, 세상과 영합하지 않고 굳은 지조를 지키기 때문에 초빙하지 못한다 하여 씁쓸한 생각이 들면, 마침내 나라를 다스리는 데에 무익하다고 여기고는 세상 밖에서 혼자 편안히 지내는 사람으로 간주하게 될 것이니, 이는 고금의 공통적인 문제입니다. 지금의 주상 전하는 선생님에 대하여 그렇게 생각하지 않으시어, 성심으로 예를 극진히 갖추시고 반드시 나라를 함께 다스리려 하십니다. 이는 세상의 뛰어난 군주의 마음을 지닌 분이 아니라면 불가능한 일입니다. 그런데도 선생님이 떠나시려 하자, 주상 전하께서는 도리어 그 원인을 찾고 예우를 소홀히 하지 않으셨으며, 말을 하면 모두 들어주셨습니다. 그리하여 참소와 이간과 모욕이 한 번도 끼어들지 못했습니다. 조정에서 한 번도 관원들과 뜻이 어긋난 적이 없었는데, 결연히 버리고 떠나서 임금을 위해 일하지 않는다면, 어진 선비를 좋아하시던 주상 전하의 마음이 앞으로는 태만해지고 수그러들지 않겠습니까. 그리하여 마침내 '선비들은 과연 세상을 위해서는 도움이 되는 것이 없다.'라고 하지 않겠습니까. 우리 임금은 성스러우시어 이러한 지경에까지는 이르지 않는다 하더라도 앞으로의 임금들은 반드시 이 일을 구실로 삼을 것입니다. 그렇다면 선생님이 떠나시는 것은 비단 한 시대의 기대를 저버리는 것뿐만이 아니라, 앞으로 영원토록 임금이 어진 사람을 등용하는 길을 막아버리는 것입니다. 이것이 제가 안타까워하는 점입니다.

진출은 신중히 하고 은퇴는 과감하게 하는 것이 진정 선비의 큰 절개이기는 합니다. 그러나 은퇴할 의리가 없는데 은퇴하는 것은 임금이 예를 갖추지 않았는데 진출하는 것과 같습니다. 이 두 가지 잘못은 정도를 상실했다는 점에서는 똑같습니다. 어찌 은퇴가 반드시 진출보다 낫다고 할 수 있겠습니까. 삼가 살펴보건대 선생님은 효종임금 때부터 진출하여 조정에 나아가서 은혜와 예우가 융숭했습니다. 은퇴해야 할 때면 은퇴하여 큰 강물의 둑이 터지듯이 아무리 힘센 장사라도 막을 수가 없었습니다. 그 때문에 선생님의 출처가 명백하고 분명해서 태양처럼 빛나고 옥처럼 깨끗하여 사람들이 흠잡아 말을 할 수 없었던 것입니다. 그러나 어찌 한 번이라도 명분 없이 떠나신 적이 있었습니까? 오직 명분 없이 구차하게 떠나지 않으셨기 때문에 사람들도 비판할 수 없었던 것입니다. 그러나 오늘날 떠나시는 것으로 말하면, 사실 그 이유를 알 수 없습니다. 이는 비단 이 시대 사람들이 내심 의아해 할 뿐만 아니라, 후세의 비판을 면치 못할 것입니다. 이것이 또 제가 매우 두려워하는 점입니다.

선생님이 전후에 귀향을 요청하실 때마다 '70세가 되면 벼슬을 내놓는 것'이라고 해명하시면서 '이것은 예의 큰 규정이니 범해서는 안 된다.'라고 하셨습니다. 이번에 떠나시는 이유 또한 반드시 이것을 가지고 말씀하실 것입니다. 그러나 성인께서 이러한 예를 제정하신 것은 오직 정력이 노쇠하여 정치를 할 수 없고 그 사람의 존재가 나라에 그다지 중요하지 않은 경우를 위한 것일 뿐입니다. 만일 재주와 덕이 세상에 뛰어나고 정력 또한 그다지 노쇠하지 않았는데도 반드시 모두 이 조항을 가지고 한계를 짓는다면, 이 나라는 앞으로 누구에게 의지하겠습니까. 옛사람 중에 강태공(姜太公) 같은 분들은 정말 말할 것도 없고, 주공(周公)과 소공(召公) 같은 분들이 주나라 왕실을 보좌할 적에도 그 나이가 다 팔구십 세였습니다. 만일 이 예를 범할 수 없는 큰 규정이라 하여 범한 사람에 대해 모두 예를 무너뜨리고 의리를 손상한다고 매도한다면, 저 주공과 소공 그리고 강태공은 유독 성현이 아니란 말입니까. 선생님은 반드시 '성현의 일을 가지고 비교할 수는 없다.'라고 하실 것입니다. 그러나 옛 성현이 어찌 스스로 성인이라고 여겨 예를 범하기를 과감히 하셨겠습니까. 진정 스스로 자신의 몸이 국가의 안위에 관계가 있다고 여겨서 차마 버리고 떠나지 못했던 것입니다.

옛날 맹자의 도는 안연(顔淵)보다 뛰어나지 못했고, 공자와 비교하자면 더욱 차이가 있었습니다. 그런데도 안연은 시골에 살면서 종신토록 세상에 나오지 않은 반면에 맹자는 여러 나라를 돌아다니며 천하의 도를 자임하였습니다. 이는 세상에 공자 같은 성인이 없었기 때문입니다. 옛 성현들은 이처럼 때에 따라 의에 맞게 대처했던 것입니다.

만일 지금 세상에 선생님보다 도덕과 학문이 뛰어나서 세도의 책임을 맡을 분이 있다면, 선생님이 나이를 이유로 은퇴해도 괜찮을 것입니다. 그러나 지금은 그러한 분이 한 사람도 없고, 나라의 형편이 주공과 소공의 시대와는 비교도 안 될 정도로 위급합니다. 이런 상황에서 선생님이 어찌 세도를 자임하지 않으시고 마침내 사소한 일반적인 예법을 따라 스스로 몸을 이끌고 떠나실 수 있단 말입니까. 저는 내심 군자의 때에 따라 조처하는 의리는 결코 이렇지 않으리라고 생각합니다. 어진 사람이 하는 일을 본디 보통 사람은 알 수 없습니다. 더군다나 저처럼 어리석고 식견이 천박한 사람이 어찌 감히 큰 군자의 출처를 함부로 비판할 수 있겠습니까. 그러나 마음속에 이처럼 의문이 있으니, 그런데도 저의 생각을 다 말씀드리지 않는다면, 이는 진정 평소에 아껴주시는 두터운 마음을 저버리는 처사이고, 또 저의 의혹도 풀릴 날이 없을 것입니다. 그래서 이렇게 감히 의심나는 점을 구체적으로 나열하여, 함부로 질문을 드리는 것입니다. 간혹 말을 함부로 미친 듯이 하여 거만한 부분도 있을 것입니다. 선생님이 저의 어리석음을 용서해 주시어 간곡한 뜻만을 살피시고 특별히 마음속에 지닌 생각을 열어 보여 의혹을 깨우쳐 주시기를 바라오니, 이 또한 가르쳐 주시는 하나의 방도가 될 것입니다. 삼가 이만 줄입니다.

보태는 글

1680년(숙종 6) 경신환국으로 남인의 허적(許積)·윤휴(尹鑴) 등이 사사되고 남인이 실각하였으며, 서인들의 정국이 되자 송시열은 유배에서 풀려나 영중추부사에 제수되어 조정으로 돌아왔다. 이듬해 2월에 사직소를 올리고 다시 낙향할 때에 그의 제자인 김창협이 만류하는 이 편지를 스승인 송시열에게 올린 것이다. 그러나 송시열은 사직상소에서 '나이가 치사(致仕 : 나이가 70이 되면 벼슬을 사양하는 일)할 때에 이르렀으니, 엄격한 예법의 한계를 감히 어길 수 없다.'라고 하면서 낙향을 강행하였다. 이에 김창협은 역사적 사례를 들어가면서 반드시 치사하는 법에만 얽매일 필요는 없다고 하였다. 오히려 나이보다는 국가의 안위가 더 중요한 것임을 누누이 강조하고 정국의 안정을 위하여 조정에 머물러 줄 것을 간청하였다. 사실 송시열은 수십 년간 정치의 중심에 있었지만, 실제로 조정의 주요관직을 역임한 기간은 얼마 되지 않았다. 부득이해서 벼슬에 임했더라도 여러 가지 명분을 만들어 낙향하곤 했었다. 이러한 이유는 당파간의 갈등으로 조정이 하루도 조용한 날이 없었기 때문이라 할 것이다. 현종 때의 예송논쟁과 숙종 때 여러 번의 환국정치 등 정국이 요동치는 일이 빈번하게 일어나는 중심에 송시열과 그 문하생들이 직간접적으로 닿아있었던 것이다. 김창협은 이 편지에서 스승인 송시열의 행동을 정중하게 비판하고 있음을 볼 수 있는데, 이는 당시 송시열의 위상을 감안하면 이례적인 일이라 하겠다.

김창협이 스승 송시열을 모시고 화양구곡을 유람할 때 지은 시 한 수를 감상해

보고 가기로 한다.

陪尤翁游葩谷 우암 선생을 모시고 파곡을 유람하다.

杖屨追幽賤 선생님 모시고 산수유람 따라가
經行萬木間 우거진 나무숲을 스쳐 지난다.
晚晴雲駁解 저물녘 구름이 걷혀 하늘은 맑고
遲日鳥聲閒 하루 종일 산새소리 한가로워라
纓濯蓮花水 연꽃 핀 물가에서 갓끈을 씻고
歌吟桂樹山 계수나무 산에서 노래 부른다.
悠然童冠興 선생님 따르는 나의 유연한 흥취
似自舞雩還 무우에서 바람 쐬고 온 것 같아라.

우러러 표준을 삼는 것은 오직 선생님의 행실입니다

* 홍대용이 스승 김원행에게 올린 편지

문암(文巖)의 관례(성년식)에 빈사(주례자)로 가셨다는 소식을 삼가 들었습니다. 저의 좁은 소견으로 생각해 보거나 선생님께서 평소에 지키신 의리로 헤아려 보거나, 그윽이 의혹이 없지 않으므로 문득 편지를 올려 질문하오니 선생님께서는 살펴주시옵소서. 도봉서원은 선비들의 집이고, 학문을 닦고 연마하는 것은 선비들의 직분인데, 향약의 일을 맡아보는 직책을 사양하고 나아가지 않으시기에 저는 의심스럽게 여겼으나 우러러 물어 본 다음에야 선생님께서 여럿이 모인 중에 스승 노릇이 하고 싶지 않으셨다는 것을 알게 되었습니다. 또 대대로 받는 국록은 생각할 만하고 훌륭한 임금은 잇기가 어려운데, 사헌부의 직함을 맡고도 나아가지 않으시기에 적이 의심스럽게 여겼으나 우러러 물어 본 다음에야 선생님께서 재앙을 겪고 난 나머지 벼슬도 하고 싶지 않으셨다는 것을 알게 되었습니다. 심지어 서원을 찾고도 일찍이 대장에 이름을 쓰지 않으셨고 산에서 놀면서도 일찍이 이름을 기록하지 않으셨다고 하오니, 보통 사람과 같은 체 하지 않으셨음이 더욱 나타났으므로 그 절조를 지키심이 매우 확고하다는 것도 적이 감탄하였습니다.

오늘날 선생님으로서 말한다면, 문 노공과 사마온공*처럼 문장이 노숙한 어진 사람이 아닙니다. 그리고 사귐으로써 말한다 해도 본디 옛 친구로 학덕이 있는 사람과 함께 한 일도 없고, 그 처소로 말한다 해도 도성 가까운 곳에 있습니다. 그런데 은거하는 선비를 스스로 중히 여기는 몸으로써 평소에 교유하는 친분도 없으시면서 도성이 멀지 않은 곳에서 현달한 관리의 아들 성년식에 주례자가 되셨으니, 선생님의 평소 의리에 있어서 그것이 과연 거리낌이 없겠습니까. 비록 이미 그가 어진 사람도 아니고 친분도 없었으니, 곧 지역의 원근에 대해서는 진실로 논할 것도 없거니와, 또한 반드시 서울이라고 하여 불가하게 여기고 문 앞이라 하여 괜찮다고 여기신 것은 그 시대의 재상(宰相)과 속된 선비의 모임을 불안스럽게 여겼기 때문입니까? 이미 시대의 재상과 속된 선비의 모임을 불안스럽게 여기셨다면, 오늘날 노숙한 선비라고 이를 만한 사람들은 세상에 있어서도 볼 만한 의론이 없고, 조정에 있어서도 지칭할 만한 사업이 없습니다. 모두가 이러하기 때문에 저가 이보다 낫다고는 볼 수 없는데, 어찌하여 여기에는 편하게 여기시면서 저기에는 편하게 여기지 않으십니까?

이것은 이미 그렇다 하더라도 오늘날 현달한 관리들 중에는 그 아들의 성년식을 하려는 사람이 많을 것이므로, 선생님의 명망을 듣고 초빙하여 그 성년식을 중하게 하려고 하는 사람들도 또한 많을 것이며, 능히 자기의 별장에 나아가서 성년식을 행할 사람도 역시 많을 것입니다. 그러므로 평소에 교유했던 친분이 없는 사람으로서 그 의론과 사업이 만약 선생님께 큰 죄를 짓지 않는 사람이라면, 성인식 행사를 준비하여 그 별장에다 자리를 베푼 다음 예물을 가지고 선생님을 초청할 것입니다. 그렇다면 장차 그 복잡함을 감내할 수 없을 터

* 문노공(文潞公)은 송(宋)나라 때 재상을 지낸 문언박(文彦博)의 시호이고, 사마온공(司馬溫公) 역시 송나라 때의 재상이었던 사마광(司馬光)의 시호이다.

인데, 그들의 초청을 다 따라서 요구에 응하고 아니면 여기에만 응하고 다른 데에는 응하지 않으려 합니까? 그들의 요청을 다 따라서 응하신다면 선생님의 평소에 지키신 의리를 손상시키고 일반 사람들에게 실정에 지나친 비방을 초래할 것이고, 여기에만 응하고 저기에는 응하지 않으신다면, 저 초청하다가 거절을 당한 사람들은 반드시 얼굴빛을 붉히고 화를 내며 말하기를 '어찌하여 아무에게는 후하게 하고 나에게는 박하게 하느냐?'라고 할 것입니다. 이렇게 되면 뭐라고 해명하시렵니까? 화를 내거나 화를 내지 않는 것은 진실로 아무런 손해도 이익도 없다 하더라도 자신이 초래한 것인데 의리에는 해롭지 않겠습니까? 군자로서의 의리를 편안케 여기고 운명을 확립하는 데에는 훼방과 칭찬, 그리고 화와 복의 닥치는 것이 아무런 상관관계가 없다 할지라도 스스로를 수양하는 도리와 염려를 방비하는 뜻 또한 함께 행하여 어그러짐이 없도록 해야 될 것입니다. 선생님께서 어떻게 생각하시는지 알지 못하겠습니다.

아, 세상의 도는 날로 무너지고 시대의 상황은 날로 나빠집니다. 지금 세상에 태어나 옛날의 도를 실천하려고 하면서 산으로 들어가되 깊이 들어가지 않고, 숲속으로 들어가되 깊이 들어가지 않는다면 크게는 몸을 위태롭게 하여 집안을 망칠 것이나, 작게는 화냄을 당하고 원망을 맺게 될 것이며, 세상의 재앙에 빠져서 명철한 의리를 무너뜨리고 고상한 도리를 손상시키지 않는 사람이 거의 드물 것이니 삼가지 않을 수 있습니까? 선생님께서는 살피소서. 저는 어리석고 미련하여 배움의 방향도 모르다가 선생님의 가르침과 육성에 힘을 입었습니다. 그리고 힘도 헤아리지 않고 다만 성인의 학문에 뜻을 두었으나 들음을 높이고 앎을 실천하는 것은 오직 선생님의 말씀이고, 우러러 표준을 삼는 것도 오직 선생님의 행실입니다. 그러므로 선생님의 말씀과 행실이 만약 조금이라도 공자와 맹자 그리고 정자와 주자의 도에 맞지 않는다면, 이것은 저로

하여금 공자와 맹자 그리고 정자와 주자의 도를 끝내 얻어 들을 수 없도록 하는 것입니다. 선생님의 말씀과 행실에 대하여 자세히 보고 살펴서 의심이 있으면 반드시 물어보지 않을 수 있겠습니까? 바라옵건대 선생님께서는 평소의 의리를 돌보셔서 '저것도 한 때 이것도 한 때'라는 도리를 보여주시고, 저의 어리석음을 민망히 여기셔서 이 애타는 마음과 좁은 소견을 열어 주소서. 그렇게 하오시면 맹자의 제자인 옥려자의 의심이 잠깐이라도 풀릴 수 없고, 공손추의 의혹도 더욱 심함이 이르지 않을 것입니다. 글이 뜻을 통하지 못하고 말이 저촉됨이 많으니 공경치 못한 죄는 진실로 벗어날 길이 없습니다.

보태는 글

조선시대 선비들은 참으로 스승노릇 하기도 어려운가 보다. 홍대용은 김원행의 제자이다. 스승인 김원행은 오로지 학문에만 전념하고 벼슬이나 세속에는 관심이 없는 선비이다. 홍대용은 어느 날 스승이 현달한 관리의 아들 관례 행사에 주빈으로 초청을 받아 참석했다는 말을 듣고, 그러한 스승의 행실이 평소 지켜온 의리에 합당한 것인지에 대하여 비판과 충고를 가하고 스승의 견해를 묻는 편지를 보낸 것이다. 이러한 홍대용의 처신이 과연 스승을 모욕한다는 비판을 받아야 할 것인지, 아니면 참다운 제자의 용기로 볼 것인지는 독자들의 생각에 맡긴다. 그러나 조선시대 선비들의 진면목을 유감없이 보여준 것이라고 한다면, 오늘날의 사제관계를 되돌아보아야 하지 않을까.

김원행(金元行 1702~1772)은 청음 김상헌으로부터 내려오는 안동김씨의 명문가로 김창협의 손자이고, 이재(李縡)의 문인이다. 1719년 17세의 나이로 진사시험에 합격했으나, 1722년(경종 2) 신임사화(辛壬士禍)가 발생하여 노론 4대신 중의 한 사람인 큰할아버지 김창집(金昌集)이 사사되고, 일가가 모두 유배되자 어머니가 유배된 곳으로 따라가 있으면서 맹자, 이이, 송시열 등의 저서를 탐독하였다. 1725년(영조 1) 아버지와 할아버지 등이 모두 복권된 뒤에도 고향에 묻혀 학문에 전념하였다. 그 후 여러 차례에 걸쳐 벼슬에 제수되었으나, 한 번도 관직에 나아가지 않았다. 당시 성리학계의 뜨거운 논쟁이었던 '호락논쟁'에서는 이간(李柬)이 주도하는 낙론(洛論)을 지지하였다. 그의 문하에서 홍대용 등 많은 학자들이 나왔다.

덕을 사모하는 마음 하루도 잊어 본 적이 없습니다

* 안정복이 스승 이익에게 올린 편지

두 차례나 뵈려고 갔던 것은 해를 두고 존경하고 사모해오던 정성으로 그랬던 것이지 이 비루한 물건이 감히 무엇인가 배울 수 있다고 하여 그랬던 것은 아니었는데, 달포 전에 소남(邵南)을 통해 보내주신 서한을 받고, 이어 초겨울에 건강이 매우 좋으심을 알게 되어 너무나 위안을 받았습니다. 게다가 질문을 올렸던 의심나던 예(禮)에 관해서 비루하게 여기지 않으시고 하나하나 빠짐없이 가르쳐 주시고 또 감히 감당하지 못할 은근하고 후덕하신 말씀까지 있어 황송하고 몹시 불안한 한편 상대의 과거야 어찌되었든 현재의 마음만을 받아 주시는 그 훌륭하심을 읽을 수 있었고 또 저 자신이 다행히도 한 세상을 살고 있는 대인군자에게 버림을 받지 않아 이러한 하품의 자질로서도 앞으로 좋은 쪽으로 인도 받을 수도 있다는 희망을 얻게 되어 감격하고 기쁘기 그지없습니다. 그 후로 달이 바뀌어 겨울 날씨가 사람 몸에 맞지 않는데, 요양 중의 기체(氣體)는 하나같이 강녕하신지요? 덕을 사모하는 마음 하루도 잊어 본 적이 없습니다. 저는 선생님 곁에서 물러온 이후 어느새 몇 달이 지났으나 그동안 어버이 병환이 아니면 제 몸이 아파서 편한 날이라고는 거의 없었습니다. 게다가 흉년까지 겹쳐서 어려움이 심해 책을 펴볼 짬이라고는 없었기 때문에 이 마음이 날이 갈수록 잘못된 쪽으로 기울고 있음을 알면서도 손을 쓸 길이 없이 그저 슬퍼하고 한탄만 하고 있습니다.

제가 어려서 배울 기회를 놓쳤고 자라서도 방향을 몰라 스스로도 찾기 쉬운 눈앞에 탄탄대로가 있다는 것을 모르고 허무맹랑하게 백 갈래, 천 갈래 길 속에서 바쁘게 헤매면서 역대 역사책을 비롯하여 세상을 경륜하는 글에서부터 심지어는 병법 · 수술(數術) · 음양(陰陽) 등의 온갖 종류에 이르기까지 그 모든 것을 다 캐보려고 욕심을 부렸지만 원래 뿌리가 든든하지 못한 데다가 마음까지 너무 조급하여 결국 아무 소득 없이 나이만 서른이 넘었습니다. 스스로 가만히 지난날을 살펴봄에 부끄러움과 후회가 겹쳐 지금이라도 당세의 군자를 찾아 그동안의 잘못을 바로잡아야겠다고 생각했습니다. 저의 처지를 다행히 안타깝게 여기시고 가르쳐 주시면 비록 아주 이리석은 바탕이지만 그래도 다시 좋은 길로 돌아갈 수 있는 기회가 될 수도 있을 것입니다. 그러나 집이 가난하고 몸은 병이 들어 스승을 찾아 길을 누비려던 평소의 계획은 끝내 이루기 어렵게 되었고, 기껏 바라는 것이라고는 그저 책이나 지키고 앉아서 시골의 일개 작은 선비라도 되었으면 하는 것입니다. 앞의 관점에서 말한다면 의지가 확고하지 못하고 허망한 꿈만 꾸다가 끝내 하나도 맞는 구석이 없었던 것이고, 뒤의 관점에서 말한다면 뜻과 기개가 이미 꺾여 하급 인간이 되는 것을 달갑게 여기는 것이니, 한 사람이 이와 같이 과불급의 두 가지 병을 함께 갖고 있으면서야 결국 소인이 안 될 사람이 어디에 있겠습니까. 기질이 원래 경솔하고 어리석기 때문에 이를 변화시키기가 이다지도 어려우니, 바라건대 지금부터라도 그저 버리지만 마시고 자주 따끔한 교훈을 내리시어 바른 길을 가도록 해 주시면 이보다 다행한 일이 어디 있겠습니까. 옛 사람이 불원복(不遠復)이라는 세

글자를 삼자부(三字符)로 삼은 이가 있었고*, 또 성(誠)을 하려면 말을 함부로 하지 않는 일부터 시작해야 한다고도 하여 그것을 한평생 교훈으로 삼아 세상의 큰 선비가 된 사람들도 있었습니다. 이러한 옛사람의 경우를 오늘 저의 처지에 감히 비교할 수는 없겠지만, 그러나 가르침을 바라는 구구한 저의 뜻은 한 마디 말씀이나마 받아서 종신토록 실천에 옮길 바탕으로 삼고자 하는 것입니다. 제 병통에 관해서는 위에서 다 이미 말씀드렸으므로, 그 증세에 맞는 약을 일러 주시기를 천만 번 바라옵니다.

겨울이 오기 전에 꼭 한번 가서 뵈려고 여러 번 조랑말을 마련해 보려 하였으나 뜻대로 안 되고 또 일부러 사람을 보내 답서를 올려야 했지만, 그 역시 시킬 만한 사람이 없었습니다. 그리하여 이제야 소남이 가는 편에 글월을 올리고 보니 불민한 죄를 피할 길이 없습니다. 예서(禮書)는 범위가 넓고 분량도 많아서 금방 연구하기가 어렵기 때문에 늘 걱정을 해 왔습니다. 그런데 지난날 보내주신 편지에서 저술하신 『예설』을 보내 주시겠다는 말씀이 있어서 너무 감격하고 너무도 다행스러웠습니다. 그리고 『주역』은 이치가 심오하여 후생이 억지로 캔다고 해서 될 일이 아니거니와, 그 중에서도 괘가 변하는 설에 대해서는 끝내 알기 어려운 곳이 있기에 의심나는 항목을 대략 별지에 적어 올리니 가르쳐 주시면 더없는 다행이겠습니다. 의리상 당연히 숨김이 없어야 하는 사이여서 참람하고 외람된 말을 마구하였으니 황공하고 황공하옵니다. 계절에 따라 더 많은 축복을 받으시어 사모하는 사람들 마음에 위안을 주시기를 엎드려 빌면서 이만 줄이옵니다.

---

* 『역경』 복괘(復卦)에 '바른 길로 되돌아와 후회를 남기지 않으리니 크게 길하리라.'는 말이 있는데, 주자가 친구에게 보낸 시에 '주역의 불원복을 삼자부로 삼아 허리에 차노라.'라고 하였다.

보태는 글

성호(星湖) 이익(李瀷)은 조선 후기의 큰 선비로 '성호학파'를 연 인물이다. 그의 수제자라고 할 수 있는 순암(順菴) 안정복(安鼎福)이 스승을 흠모하고 간절히 가르침을 청하는 이 편지에서 참으로 사제 간의 아름다운 모습을 볼 수 있었다. 무릇 스승은 스승다워야 하고 제자는 제자다워야 한다는 말을 상기하면서 이 편지를 읽으면 더욱 그 의미가 깊다는 것을 느낄 수 있을 것이다. 또한 경기도 광주에 살고 있으면서 안산에 있는 스승을 자주 찾아 뵐 수 없음을 안타깝게 여기는 이 편지를 읽다보면, 비록 몸은 멀리 떨어져 있어도 사제 간의 마음은 지척 간에 있는 것처럼 느껴진다. 안정복은 남인 계열의 학자로 다산(茶山) 정약용(丁若鏞)과 더불어 성호학파의 중심인물이다. 그러면 여기서 성호 이익과 순암 안정복을 알아보기로 한다.

이익(李瀷 1681~1763)은 숙종 때 대사헌을 지낸 이하진(李夏鎭)의 아들이다. 아버지가 경신환국 때 평안도 운산에 유배되었는데, 이익은 유배지에서 태어났다. 이듬해 아버지가 유배지에서 죽자, 어머니를 모시고 선산이 있는 지금의 안산시 성포동에서 살았다. 1706년 형 이잠(李潛)이 장희빈을 두둔하는 상소를 올렸다가 당쟁의 제물로 장살되자 벼슬할 뜻을 버리고 고향에서 학문에 몰두하였다. 그의 학문은 아버지가 중국에 사신으로 갔다가 돌아올 때 가지고 온 수많은 서적들이 바탕이 되었으며, 처음에는 성리학으로 출발하였으나 차츰 경직화된 학풍에서 벗어나 사회실정에 맞는 실용적인 학문의 필요성을 역설하였다. 그리하여 율곡 이이와 반계(磻溪) 유형원(柳馨遠)의 학문에 심취하였고, 특히 유형원의 학풍을 계승하여 천문·지리·율산·의학 등에 이르기까지 능통하였다. 주요 저서인 『성호사설』

과 『곽우록』을 통해 당시의 사회제도를 실증적으로 분석 · 비판하여 정책대안을 제시하였다. 농지제도는 한전론(限田論), 신분제도는 양천합일(良賤合一), 정치에서는 사농합일(士農合一) 등을 주장하여 여러 방면에 걸친 일대 혁신을 주창하였다. 그의 학문적 승계는 조카인 이병휴(李秉休)와 이중환, 이가환, 안정복, 윤동규, 신후담, 권철신, 정약용 등으로 이어져 성호학파를 이뤘다.

안정복(安鼎福 1712~1791)은 광주안씨(廣州安氏)로 호조참판을 지낸 안극(安極)의 아들이다. 성호 이익을 스승으로 삼고 과거를 외면한 채 여러 학문을 섭렵했으며, 특히 경학(經學)과 사학(史學)에 뛰어났다. 학문과 덕행이 널리 알려지면서 사헌부감찰 · 목천현감 등을 지냈다. 늙어서는 중추부동지사에 제수되었으나, 주위의 친구와 제자들이 천주교 탄압에 희생되었으며 슬하에 손자 손녀만 남게 되었다. 이후 경학(經學)의 해석에 대해서는 퇴계 이황이나 스승인 이익은 물론 주자의 해석까지도 바로잡는데 주저하지 않았다. 그의 저서 『하학지남』과 『잡동산이』에서는 불교와 도교, 역사와 천주학을 비롯한 여러 학문에 걸친 지적 탐구욕을 잘 보여준다. 역사와 관련된 저서에서는 『동사강목』과 『열조통기』 등과 우리나라의 여러 인물에 대한 전기류가 있다. 특히 1778년(정조 2)에 완성한 『동사강목』은 자주적 · 객관적 · 실증적으로 한국사를 재구성하였다. 종래의 중국적 사관에서 벗어나 단군조선까지 거슬러 올라가서 한국사의 상한선을 올려 잡았을 뿐만 아니라, 종전의 모호하던 사실을 규명하고, 외적의 침략에 항거한 장수들을 내세워 민족의 활기를 되찾으려고 하였다. 그러나 한편으로는 당시에 유행하던 양명학과 천주학에 대해서는 부정적 입장을 보였다. 그는 경세치용(經世致用)을 학문과 현실에 접목시키고, 그 정신으로 불합리한 현실을 극복하려고 노력한 신보수적 학자였다. 그가 지은 『동사강목』은 근대에 박은식(朴殷植), 장지연(張志淵), 신채호(申采浩) 등의 민족사학자들의 학문적 · 사상적인 계몽서가 되었으며, 뒤에 문헌사학자들에게도 많은 영향을 주었다.

제4부

선비들의 우정

술을 끊는 것은 군자의 도리가 아닙니다

* 김시습이 남효온에게 보낸 편지

그저께 선생을 모시고 샘 바위 위에서 노닐며 종일토록 서성이다가 청계에서 헤어졌습니다. 맑은 흥취가 다하지 않았건만 작별이 너무도 갑작스러웠으니, 어찌나 야속했는지 모릅니다. 받들어 이별한 이후로 지금 며칠이 되었지만 함께 이야기를 할 만한 사람이나 산간계곡에서 술을 마시며 시를 짓는 모임이 없으니, 이른바 사흘 동안 도덕을 이야기하지 않으면 혀가 굳는다고 하는 것입니다. 그러나 몇 줄기 푸른 산과 한 조각 흰 구름이 청하지 않는 벗이 되고 말 없는 짝이 되어 여전히 서로 대하고 있으니, 이것들이 십 년 동안 마음을 알아주는 저의 벗들입니다. 성안에 또 이러한 벗들이 있는지 모르겠습니다. 그러나 만나서 심신수련을 서로 이야기하며 등 뒤가 푸르고 맑은 신선의 무리로 말하자면 이는 정말로 선생이 날마다 서로 보는 사람이겠으나 저는 여기에 미치지 못하니, 우습고 우습습니다. 그런데 지난번 보았을 때 선생이 술을 끊어 곧바로 술을 관장하는 별을 하늘의 감옥에 가두고 술에 취한 태양을 구덩이에 묻는다고 하였으니, 그 뜻이 아름답기는 아름답습니다. 대개 하(夏)나라와 은(殷)나라의 임금이 이 때문에 망했고, 진(晉)나라와 송(宋)나라의 선비들이 이 때문에 어지러워졌으니, 이는 만세토록 마땅히 살피고 경계해야 할 것입니다. 그러나 한편으로는 말해야 할 것이 있습니다.

우선 옛사람이 술을 베풀었던 까닭은 본래 조상에게 제사 지내고 손님을 접대하고 노인을 봉양하고 병을 다스리고 복을 빌고 기쁨을 나누기 위한 것이었기 때문에 만복의 모임이 술이 아니면 행해지지 못했던 것이니, 어찌 사람으로 하여금 술에 빠져서 덕을 잃으며 행동을 어지럽혀서 몸을 무너뜨리게 하는 것이겠습니까. 그러므로 옛사람이 술을 빚을 때 매섭게 취하게 하는 것을 술의 바른 맛으로 삼았을 뿐만 아니라, 향이 짙은 것으로 맑은 술도 만들고 진한 술도 만들며, 맛이 단것으로 기장 술도 만들고 단술도 만들어 후하고 박함과 진하고 맑은 차이를 두었던 것입니다. 그러고도 혹 어지러움에 이를까 염려하여 술 마시는 예절을 만들어 한 번 술을 올리는 예에 손님과 주인이 백번 절하여 종일 마셔도 취하지 않게 했습니다. 그래도 오히려 부족하게 여겨서 또 제도를 만들어 손님과 주인을 시중드는 사람을 두고 술자리를 진행하고 돕는 사람을 두어 예법에 맞도록 하였으니, 『시경』에 '이미 감을 세우고 혹 사로 보좌하게 한다.'라고 한 것이 이것을 말하는 것입니다.

또 오히려 망령되게 쓸까 염려했기 때문에 『시경』, 「주고」에 '제사에만 이 술을 쓴다.'라고 하였으며, 또 '부모가 기뻐하거든 스스로 깨끗이 하고 후하게 하여 술을 쓰도록 하라.'라고 했습니다. 『시경』, 「녹명」에는 '내게 맛있는 술이 있으니, 아름다운 손님이 잔치에 와서 노는구나.'라고 했으니, 이는 손님을 대접하는 것이고, 「상체」에는 '너의 대그릇과 나무 그릇을 늘어놓아 실컷 술을 마시더라도, 형제가 모두 있어야 화락하고 또 길이 즐거우리라.'했으니, 이는 형제를 대접하는 것이고, 「벌목」에는 '아, 깨끗이 청소하고 음식을 온갖 그릇에 진열하노라. 이미 살찐 짐승을 장만하여 여러 친구를 부르노라.'라고 했으니,

이는 붕우와 친구를 대접하는 것으로, 이것이 술을 마시는 예법입니다. 그러므로 제사에는 남은 음식이 있고, 집을 짓고 나서는 낙성식이 있고, 손님에게는 대접이 있고, 길을 떠나는 사람에게는 송별연이 있고, 활을 쏘는 데는 내려와서 마시는 예가 있고, 고을에는 향음의 예가 있고, 가정에는 어버이를 즐겁게 해드리고 축수를 올리는 예가 있고, 제사가 있으면 그 술을 맛봄이 있고, 잔을 올림이 있으면 돌려받는 잔이 있습니다. 이는 인정을 다하고 인사를 극진히 하려는 것이요, 후세 사람들로 하여금 웃통을 벗고 소리를 지르게 하여 마시며 개구멍으로 출입하게 하려는 것이 아닙니다. 이러한 것을 살피지도 않고 도리어 술이 재앙을 낳는다고 여겨서 곧바로 완전히 끊고자 하니, 이는 마치 밥을 짓다가 불똥이 튈까 염려하여 일생을 익힌 밥을 차리지 않으려는 것과 같습니다. 오로지 주정만 하는 것은 이미 말할 것도 없지만, 완전히 끊는 것도 예에 크게 어두워서 중용을 잃음이 매우 심하니 이는 군자가 행할 도리가 아닙니다. 만일 혹 끊어야 하는 것이라면, 『논어』에서 공자는 '술에 일정한 양이 없었으나 어지러운 지경에 이르지는 않았다.'라고 하였고, 또 '술 때문에 곤란을 겪지 않는 일이 어찌 내게 있겠는가.'라고 말하지 않았을 것입니다. 위(衛)나라 무공(武公)은 또한 일찍이 허물을 뉘우치며 말하기를 '세 잔에도 기억하지 못하거니 하물며 감히 더 마신단 말인가.'라고 했으니, 위 무공 또한 완전히 끊은 것이었습니까? 다만 경계했을 뿐입니다.

지금 선생이 만약 예의를 버리고 임금과 어버이를 버리고 종족을 멀리하여 사람이 없는 곳에서 혼자 사신다면 괜찮겠지만, 만일 예악과 문물이 있는 세상에 살면서 효도하고 공손해야 한다는 선왕의 격언을 읽었다면 성급하게 이를 종신토록 실행할 일로 삼아서는 안 될 것입니다. 비록 끝까지 한 잔도 마시지 않는다지만, 앞으로 제사를 지내고 조(胙 : 제사를 지내고 나누어 받는 고기)를 받지 않으며, 잔치자리에서 술을 올리기만 하고 돌려받지 않으며, 어버이를 공양하고 병을 돌볼 때에 다시는 먼저 맛보지 않을 것이라는 말입니까? 만약 절제한다거나 삼간다고 하면 괜찮겠지만 종신토록 완전히 끊는다고 하는 것은 저로서는 취하지 못할 바이니, 선생은 어떻게 여기십니까? 더구나 일전에 선생의 용모를 볼 때 옛날보다 수척해졌으니, 기개와 도량도 응당 줄었을 것입니다. 줄어들고 또 줄어들어 몸이 여위고 쇠약하게 되면 집에 계신 어머니께서 반드시 걱정하실 것이니, 옛사람이 새 새끼를 희롱하고 거짓으로 넘어진 효성에 비추어 볼 때 어떻다 하겠습니까. 효자가 뜻을 거슬러서 이미 공경하는 도리에 어긋나고 술을 끊어 근심을 끼침으로써 뒤에 다시 어긋나게 되었습니다. 사랑과 공경으로 어버이를 섬기는 도리를 선생 또한 일찍부터 잘 알고 있을 터이니, 선생은 양찰하시기 바랍니다. 바라건대 이 편지를 어머님 앞에서 아뢰어 선생의 어머님으로 하여금 선생에게 정직하고 성실하며 보호하여 아끼는 벗이 있음을 알게 하시고, 선생이 어버이에게 순종하고 벗을 믿는 실상을 다 할 수 있게 하십시오. 저번에 허락하신 신령한 복령(한약재) 약간을 보내는 사람 편에 내려주소서. 삼가 시의(時宜)를 따라 자애하고 진중하시기 바라며, 다 펼치지 못합니다.

보태는 글

조선의 천재를 꼽으라면 매월당 김시습과 율곡 이이를 주저 없이 말하지 않을 수 없다. 김시습은 태어나면서부터 영민한 자질로 세종의 칭찬을 받았다. 그러나 세상을 잘못 만나서 일생을 방랑하는 지식인으로 살았다. 그나마 조정에서 그를 이해하는 사람은 서거정뿐이었고, 재야에서 그를 스승처럼 벗처럼 대우해 준 사람은 20여 세나 어린 남효온이라 하겠다. 남효온은 젊어서 술을 좋아하여 이따금 술주정을 부리곤 했나 보다. 그래서 어머니에게 꾸중을 듣는 일이 있게 되자 앞으로는 술을 완전히 끊겠다고 선언을 하였다. 이 소식을 들은 김시습이 술을 끊는 것은 군자의 도리가 아니라는 충고를 담은 편지를 남효온에게 보냈던 것이다. 김시습은 이 편지에서 군자의 도리와 술의 역할을 누누이 강조하면서 선비가 술이 없으면 선비노릇을 할 수 없다는 충고를 하고 있는 것이다. 이 편지를 받아 본 남효온은 술의 폐해를 여러모로 논하면서 부득이 임금이나 어버이가 명하실 때에는 술을 마시겠다고 답장을 보냈다. 김시습이나 남효온은 모두 단종 임금의 하야와 죽음으로 인해 외롭고 험한 인생의 길을 걸었던 사람이지만, 후세의 선비들로부터 무한한 존경을 받았다.

김시습(金時習 1435~1493)은 음보로 충순위(忠順衛)를 지낸 김일성(金日省)의 아들로 서울에서 태어났다. 3세에 이미 시를 지었고 5세에는 『대학』과 『중용』에 통하여 신동으로 이름이 났다. 이 소문을 들은 세종 임금께서 그를 불러보시고 칭찬을 아끼지 않았으며, 비단을 선물로 내려주었다. 이후 김반(金泮)에게서 사서오경을 수학하고, 윤상(尹祥)에게 제자백가를 두루 배웠다. 1455년(세조 1) 삼각산의 중흥사(重興寺)에서 공부하다가 수양대군이 왕이 되었다는 소식을 듣고 통분하여 공부하던 책을 모두 불사르고 중이 되어 방랑의 길을 떠났다. 사육신 사건이 일어나자 아무도 돌보지 않는 그들의 시신을 수습하여 지금의 노량진 언덕에 묻어주었다. 이후 전국을 유랑하면서 『탕유관서록』, 『탕유관동록』, 『탕유호남록』 등을 지었다. 1465년 경주의 남산에 들어가 금오산실(金鰲山室)을 짓고 약 6년여를 살면서 많은 저술을 남겼다. 우리가 잘 아는 『금오신화』, 『유금오록』 등은 이때의 작품이다. 그 외에도 수많은 시를 지었으나 현재 약 2200여 수만 남아있다. 그리고 우연인지는 모르겠으나 역시 천재로 손꼽히는 율곡 이이가 지은 『김시습전』이 전해온다. 그의 일생을 요약하면 10대에는 학문에 전념했고, 20대에는 산천을 벗 삼아 전국을 방랑하였으며, 30대에는 고독한 영혼을 이끌고 고요한 사색과 수도로 인생의 터전을 닦았고, 40대에는 더럽고 가증스런 현실을 비판하고 행동으로 저항하다가 50대에 이르러서는 초연히 낡은 허물을 벗어 버리고 정처 없이 떠돌다가 마지막으로 찾아든 곳이 바로 충청도 홍산(鴻山)에 있는 무량사(無量寺)였다. 그는 1493년 59세의 나이로 이곳에서 병으로 생을 마감했다.

임금과 어버이의 명이 아니면 술을 마시지 않겠습니다

* 남효온이 김시습에게 보낸 답장

지난번에 선생께서 더 할 수 없는 호의를 베푸시어 산중에서 저를 전송하며 멀리 호계를 건너오셨으니*, 은혜와 영광이 몹시 깊었습니다. 또 저를 천박하고 용렬하여 분발하거나 추론하는 지혜와 식견이 없다고 여기지 않으시고 몸가짐과 실천의 방법을 가르쳐 주시며 옛날의 올바른 도리를 인용하여 간곡하게 반복하셨으니, 다행스러움이 또한 큽니다. 분골쇄신하지 않고서는 보답할 길이 없으리라 생각합니다. 그러나 제가 일찍이 듣건대, 3만 근은 지극히 무겁지만 전국시대의 용사인 맹분(孟賁)이 들기에는 쉽고, 깃털 하나는 지극히 가볍지만 초파리가 짊어지기에는 무겁다고 했으니, 이는 어째서 이겠습니까? 힘의 강약이 그렇게 만든 것입니다. 사람이 실행하는 것 또한 이와 같아서 저절로 도에 들어맞는 사람도 있고 억지로 힘써서 도를 실행하는 사람도 있습니다. 저 억지로 힘쓰는 사람이 생각하지 않아도 터득하며 힘쓰지 않아도 들어맞기를

* 호계(虎溪)는 중국 여산(廬山)의 동림사(東林寺) 앞에 있는 시내이다. 진(晉)나라 때 혜원법사가 이곳에 있으면서 손님을 보낼 때 이 시내를 건너지 않았는데, 이곳을 지나가면 문득 호랑이가 울었다. 하루는 도연명, 육수정과 함께 이야기를 하다가 자신도 모르는 사이에 이 시내를 건너자 호랑이가 우니 세 사람은 크게 웃고 헤어졌다고 한다.

원하지 않는 것은 아니지만, 잡되고 탁한 기질을 태어나면서부터 받았기 때문에 마땅히 그 노력을 백 배 기울여 스스로 힘쓰고 쉬지 않아야 하니, 이는 어째서이겠습니까? 덕이 두텁고 엷어서 그렇게 된 것입니다.

대저 술의 덕이 어떠한지는 경서, 제자백가서, 역사서 등에 상세하게 실려 있습니다. 술이 그 중도를 얻으면 손님과 주인을 합할 수 있고 노인을 봉양할 수 있으며, 가까이 궤석(几席) 사이에 시행해도 문채가 있고 멀리 천지에 통해도 어그러지지 않으며, 수심에 찬 뱃속은 술을 얻어 풀리고, 답답한 가슴은 술을 얻어 편안해져서 기쁘게 천지와 더불어 조화를 함께하고 만물과 더불어 조화를 통하기 때문에 옛 성현이 스승과 벗이 되고, 천백 년이 한가한 세월이 되는 것입니다. 그러나 중도를 잃으면 감옥살이하는 사람처럼 머리를 풀고서 항상 노래하고 어지럽게 춤을 추며, 백번 절을 하는 사이에 시끄럽게 부르짖고 서로 예를 다해 사양할 때에 넘어지고 자빠져서 예의를 무너뜨리고 의리를 없애며 절도 없이 소동을 일으킵니다. 심한 경우에는 이유 없이 마음을 풀어놓고 눈을 부라리다가 혹 싸움이 일어나서 작게는 몸을 죽이고, 더 나아가서는 집안을 망하게 하고, 크게는 나라를 망하게 하는 경우가 흔히 있습니다. 이런 까닭으로 술의 재앙이 이와 같지만 주공이나 공자 같은 성인이 쓰면 어지럽지 않았고, 술의 덕이 이와 같지만 진준과 주의*가 쓰면 몸을 죽였으니, 그 얻고 잃는 사이에는 터럭 하나도 용납할 수 없습니다. 삼가지 않을 수 있겠습니까?

이런 까닭으로 보통 이하의 사람은 굳세게 다잡지 않고 절도 있게 쓰지 않으면 맛있는 술맛이 사람을 변하게 하여 갈수록 위태로워지고 갈수록 어지러워

---

* 진준(陳遵)은 한(漢)나라 때 사람으로 성품이 술을 좋아하여 전장에서 술에 취해서 적에게 죽임을 당했으며, 주의(周顗)는 진(晉)나라 때 사람으로 술을 몹시 좋아해서 술을 먹고 실수를 하여 자주 견책을 받았다.

지다가 점점 술주정까지 이르게 되지만, 주정하는 것조차 모르게 되는 것은 이치상 필연적인 것입니다. 선비로서 뜻이 견고하지 못한 사람은 마땅히 삼가고 안으로 꾸짖어서 어지러움의 뿌리를 막고 끊어서 보통 사람보다 백 배 더한 뒤에야 술의 재앙을 면할 수 있는 것입니다. 이런 까닭으로 『서경』에 술을 경계하는 「주고」가 실려 있고, 『시경』에 「빈지초연」이 있으며, 한나라 때의 문장가인 양웅(揚雄)은 이로써 「주잠」을 지었고, 범노공이 이로써 시를 지었으니*, 제가 어찌 술잔을 조용히 잡고서 술 마시는 예절과 활쏘기 하는 법도의 사이에서 진퇴하고 사양하려고 하지 않겠습니까. 다만 마음이 약하고 덕이 낮기에 그 맛을 달게 여겨서 조절하지 못하면 마음이 산란해져 스스로 술을 이기지 못함이 초파리가 깃털 하나를 짊어질 수 없는 것과 같게 될까 두려울 뿐입니다.

저는 젊어서부터 술을 몹시 좋아하여 중년에 비난을 받은 일이 적지 않았지만, 방자하게 술을 광적으로 즐기는 사람이 되어 영원히 버려짐을 자신의 분수로 여겼습니다. 그래서 제 몸은 바깥세상의 물건에 끌려가고 마음은 육체의 종이 되어 정신은 예전보다 절로 줄어들고 도덕은 당초의 마음에서 날로 어긋나게 되었습니다. 뜻하지 않게 점점 부덕한 사람이 되어 집안에서 방자하게 주정을 부리다가 어머님께 크게 수치를 끼쳤습니다. 맹자는 '장기 두고 바둑 두며 술 마시기를 좋아하여 부모 봉양을 돌아보지 않는 것'을 불효라고 여겼거늘 하물며 술주정함에 있어서이겠습니까. 술이 깨고서 스스로 생각건대 그 죄가 삼천 가지 중에서 으뜸에 해당되니, 무슨 마음으로 술잔을 다시 들겠습니까? 이에 천지에 물어보고 여섯 귀신을 참례하고 제 마음에 맹세한 뒤에 어머님께 아

* 범노공(范魯公)은 북송(北宋)의 명재상인 범질(范質)인데, 그의 조카인 범고가 자신을 천거해 주기를 바라자, '너에게 술을 즐기지 말도록 경계하나니, 미치게 하는 약이요, 아름다운 맛이 아니다.'라는 시를 지어 주었다고 함.

되기를 '지금 이후로는 임금과 어버이의 명이 아니면 감히 마시지 않겠습니다.' 라고 하였습니다. 이렇게 한 까닭은 술에 취하는 것을 싫어하기 때문입니다. 그러나 신에게 제사 지내고 고기를 받아 음복을 한다거나 축수를 올리고 술잔을 되돌려 받았을 때에는 달고 맛있는 술이 뱃속을 적셔도 어지럽지 않은 경우는 제가 어찌 사양하겠습니까. 저의 뜻이 대략 이와 같으니, 선생께서 비록 술을 권하는 가르침을 주셨지만 약속한 말을 지키지 않을 수 없음이 이와 같습니다. 저의 말은 어길 수 있다 하더라도 제 마음을 속일 수야 있겠습니까. 제 마음은 속일 수 있다 하더라도 귀신을 기만할 수 있겠습니까. 귀신은 기만할 수 있다 하더라도 천지를 소홀히 대할 수 있겠습니까. 천지를 소홀히 대할 수 있다면 어느 곳에다 이 몸을 두겠습니까. 더구나 어머니께서 아들을 기르며 항상 술을 조심하라고 가르치다가 이 말을 들으시고 기쁜 빛이 얼굴에 감돌았으니, 술을 끊겠다는 맹세를 어찌 바꿀 수 있겠습니까.

오호라! 술이 깬 굴원이나 술에 취한 백륜*은 본래 둘이 아니고, 청백한 백이(伯夷)와 조화로운 유하혜(柳下惠)는 결국 하나의 도입니다. 선생께서는 술을 마시지 못하는 목생(穆生)이라는 사람을 억지로 허물하지 마시고 한 글자로써 가부를 보여 주시기 바랍니다. 아울러 극심한 더위에 삼가 선생의 일상에 만복이 함께하기를 빕니다. 불사약을 제조하는데 사용하는 복령(茯苓) 한 봉지를 올리오니, 신선 세계의 일월을 혼자만 대하지 마시고 베갯속의 도술(道術) 책으로 야윈 이 몸을 구제하여 주소서.

* 굴원(屈原)은 전국시대 초(楚)나라의 충신으로 '모든 사람이 취했으나 나 홀로 깨어있다.'라고 하였으며, 백륜(伯倫)은 진(晉)나라 때 사람인데, 죽림칠현의 한 사람인 유령(劉伶)으로 술을 몹시 좋아했다.

보태는 글

남효온과 김시습은 20여 세의 나이 차이에도 불구하고 아름다운 사귐으로 우정을 맺었다. 두 사람의 불의에 저항하는 선비정신과 추구하는 인생의 목표가 서로 닮았기 때문일 것이다. 남효온은 젊어서부터 술을 좋아했으나 몸이 허약하여 술을 견디기 어려웠던 모양이다. 잦은 실수와 술주정으로 어머니에게 걱정을 끼쳐드린 점을 뉘우치고서 술을 끊었으니 말이다. 남효온(南孝溫 1454~1492)은 김종직의 제자로 김굉필(金宏弼), 정여창(鄭汝昌) 등과 동문수학하였으며, 생육신(生六臣)의 한 사람이다. 그는 단종의 어머니 현덕왕후의 능인 소릉(昭陵)의 복위를 주장하여 그 시대에 받아들여지지 않자 평생 벼슬에 나아가지 않았다. 그리고 단종을 위하여 목숨을 바친 사실을 기록한 『육신전』을 저술하였다. 오늘날 우리가 배우는 사육신은 남효온이 지은 육신전의 기록에 의한 것이다.

이백이 두보에게 보내는 편지를 상상하다

* 기대승이 상상하여 쓴 편지

이백은 삼가 머리를 조아립니다. 두보 족하 보십시오. 우주를 길이 읊고 지나간 일과 아주 먼 옛날을 더듬으면서 칼자루를 어루만지며 비분강개하여 가슴속에 응어리가 생겼다면, 어찌 눈썹을 치켜들고 기를 뽐내며 마음에 품은 생각을 열어 젖혀서 통쾌하게 토론하지 않을 수 있겠습니까. 저는 부질없이 문학과 무예를 배우고 도시에서 노닐다가, 세상을 돌아보고 한번 통곡하고 머리를 들어 청산을 바라보고서 홀로 고금을 섭렵하고 경전(經傳)에 몰두하였습니다. 이제삼왕(二帝三王)의 마음을 깨닫고 십 년 동안 만리 여행길을 떠나서 장차 호수와 산의 맑고 시원함을 풍미하고 성현들의 옛 자취를 돌아보아 시끄럽고 혼란한 세상의 티끌을 씻어버리고 호연지기를 기르고자 합니다. 어찌 산에 올라 우뚝 솟은 산봉우리나 어루만지고 흐르는 물이나 완상할 뿐이겠습니까.

이에 동쪽으로 창해에 다다라 회계산에 올라서 우(禹)임금의 유적을 엿보고 태산의 아래서 두루 돌아다닌 다음에 북쪽으로 유주와 기주를 거쳐 서쪽으로 진나라 촉나라 지방에 다다랐습니다. 남쪽으로 장강과 한수의 사이에 나가 동정호에 발을 씻고, 옷자락을 펼쳐 악양루에 올라가 무지개를 끌어다 낚싯대로 삼고 해와 달을 가져다 낚싯바늘로 삼아서 바다 속에 사는 여섯 마리 큰 자라를 낚아 회도 치고 구이도 만들었습니다. 오호(五湖)의 물을 끌어다 술을 삼아 마시면서 시 한 편 읊고 거문고 한 곡조를 타니, 생각은 구름 가에 넘치고 뜻은 하늘 밖에 뛰어났습니다. 곤드레만드레 취했다가 조용히 깨어나서 천지가 과연 무엇인지, 만물이 과연 무엇인지, 내 몸이 과연 무엇인지 전연 모르게 되었으니, 또 어찌 인간 세상에 공후(公侯)나 영욕(榮辱)이 있음을 알겠습니까. 그리하여 고향에 돌아가 고라니와 사슴들과 노닐며 맑은 시내를 둘러 못을 만들고 아담한 소나무를 어루만져 집으로 삼았습니다.

그윽이 생각건대 신농씨, 순임금, 우임금은 어느덧 이미 죽었고, 옥을 몸에 장식하고 용과 호랑이의 무늬가 있는 옷을 입던 선비들도 말라 죽어 빈산에 묻힌 사람이 그 얼마입니까. 아…… 순박한 풍속은 일체 없어지고 세상에 허위는 불어나기만 하니, 거취의 의리는 또한 어디에 의거하겠습니까. 얼굴을 쳐들고 세상일에 뛰어들어 명예를 꾀하고 이욕에 목숨을 바쳐 영원히 거기에 빠져들어 헤어날 줄 모른다면 끝내 무엇을 하겠습니까. 인간 백 년은 잠깐이요, 끝없는 세월은 아득하기만 한데, 검은 귀밑머리엔 흰서리 빛이 물들고 맑고 곱던 얼굴엔 기미가 생깁니다. 천지 사이에 우뚝 서서 그림자를 돌아보고 배회하노니 봉래산은 종적이 없고 약수는 만 리나 멀어 아득하기만 할 뿐이며*, 다만 맑은 바람과 밝은 달이 있어 그와 더불어 아침저녁으로 친하게 지내고 있을 뿐입니다. 슬프게 노래하며 우노니 눈물이 떨어져 냇물처럼 흐릅니다. 장생불사하는 불사약에 의지하여 내 장차 그와 함께 늙을까 합니다. 사기에 이르기를 '농업이 공업만 못하고 공업이 상업만 못하며, 무늬를 수놓는 수공예에 종사하

* 봉래산(蓬萊山)은 삼신산(三神山)의 하나이고, 약수(弱水)는 서해의 다른 말이다. 봉래산과 약수 사이의 거리가 멀리 떨어져 있다고 한다. 여기서는 지극히 멀다는 의미이다.

는 것이 시장 안에서 장사하는 것만 못하다.'라고 하였습니다. 변화한 세속에 정신을 팔고 가난하여 비쩍 마른 몰골에 만족해하는 이 세상에서 누구와 더불어 복잡한 세상일을 떨쳐 버리고 속세를 떠나 신선들과 같이 놀면서 나의 크나큰 즐거움을 다하겠습니까. 그대는 과연 나를 따라 노닐 수 있겠습니까? 높은 성에 말을 매어 놓고 곤륜산의 신선이 사는 동산에서 노닐며, 옥 같은 지초로 음식을 만들고 맑은 물을 음료수 삼아 마시며, 푸른 구름을 재단하여 옷을 지어 입고 북두칠성을 모자로 쓰고, 하늘에 있는 36궁의 임금의 신하가 된다면 또한 즐겁지 않겠습니까.

나는 본디 거칠고 방자하여 법도를 따르지 않는 사람으로 이 세상에 진정한 벗이라고는 오직 우리 그대뿐이니, 어떻게 하면 손을 잡고 이런 회포를 다 털어놓을 수 있겠습니까. 영욕은 헤아릴 수 없고 만나고 헤어짐은 때가 있는 법인데, 둘이 서로 바라보매 마치 듬성듬성한 샛별처럼 서로 멀리 떨어져 있으니, 바람을 향하여 막힌 숨통을 틔우려고 해도 또한 어찌할 수가 없습니다. 더구나 수명의 길고 짧음은 천지조화에 따라 끝내 한길로 돌아가는 것이요, 신선을 배워 가벼이 하늘로 날아오르는 일은 결단코 할 수 없는 일입니다. 가능하다면 우리 서로 세상근심 잊어버리고 사생결단하여 한번 만나 술이나 마시면서 만사의 형상과 자취를 모두 잊어버리며, 꼭 신선을 사모할 것도 없고 꼭 세속을 싫어할 것도 없이 큰 천지조화 속에 멋대로 몸을 맡겨 진정한 나를 이룩하기 바랄 뿐입니다. 오직 두보 족하께서 재량하십시오.

주선(酒仙) 이백은 머리를 조아려 올립니다.

보태는 글

이백은 시선(詩仙), 두보는 시성(詩聖)으로 쌍벽을 이룬 사람인데, 그들 사이를 영원한 벗으로 상상하여 편지를 썼다는 그 발상이 기상천외라는 말 이외는 더 할 말이 없다. 이백과 두보는 당나라 때 시인으로 나이는 이백이 10여 세 연상이다. 사실 그들은 744년에 낙양에서 만나 허심탄회하게 회포를 푼 적이 있다. 이 자리에서 두보는 이백에 대해서 무한한 존경심을 갖게 되었다. 이백의 시풍은 천지만물을 떡 주무르듯 장강이 도도하게 흐르듯 거침이 없고 호방한 기세로 사람의 마음을 시원하게 해준다. 반면에 두보의 시격은 차분하고 분석적이며 사회문제에 마음을 기울이되 글자 하나하나를 꼼꼼히 써내려가 후대에 귀감이 되었다. 아마도 이 편지를 쓴 기대승도 이백과 두보를 많이 부러워했나보다. 편지글 자체도 꼭 이백이 살아 나와서 쓴 것처럼 생동감이 있어서 마치 그들과 마주앉은 느낌이 든다. 두보가 '음중팔선가(飮中八仙歌)'에서 이백을 다음과 같이 노래했다.

> 李白一斗詩百篇 이백은 한 말 술에 백편의 시를 짓고
> 長安市上酒家眠 장안 시장의 술집에 누워 잠이 들었네.
> 天子呼來不上船 천자가 불러도 배에 오르지 않고
> 自稱臣是酒中仙 술에 취한 신선이라 스스로 말했네.

기대승(奇大升 1527~1572)은 기진(奇進)의 아들로 전남 나주에서 출생하였으며, 조선 중기의 성리학자이다. 1558년(명종 13) 문과에 급제하여 사가독서를 하고 승

정원의 주서가 되었다. 선조가 즉위하자 사헌부 집의가 되고 이듬해 승지를 거쳐 1570년 성균관 대사성으로 있을 때, 영의정 이준경과 불화하여 해직을 당했다. 이어서 대사성에 복직되었으나 사퇴하고, 이듬해 다시 홍문관부제학이 되었으나 또 사퇴하였다. 1572년 사간원의 대사간을 잠시 지내다가 병으로 그만두고 고향으로 돌아가는 길에 고부(古阜)에서 객사하고 말았다. 그는 어려서부터 재주가 특출하여 문학으로 이름을 떨쳤다. 32세에 퇴계 이황의 제자가 되어 김인후(金麟厚)와 이황의 문하에 왕래하면서 선배 학자들이 미처 밝혀내지 못한 새로운 학설을 제시하기도 했다. 그 중에서 이황과 사단칠정을 주제로 논쟁을 벌인 왕복편지는 우리나라 철학사에 길이 남을 만한 일이라 하겠다. 이후로는 이황도 그의 학식을 인정하여 대등한 입장으로 존중하였다.

나를 벗으로 받아주기 바라네

* 이정귀가 유수재(柳秀才)에게 보낸 편지

지난번 내가 병든 몸으로 서울로 가던 도중 밤에 수원의 관아에서 대부존장(大府尊丈)을 뵈었는데, 아주 젊은 사람이 뜰에서 나를 영접하고 대부의 곁에 앉기에 성명을 물어보고 나서야 족하인 줄 알았네. 그 용모를 보니 훤칠하고 준수하였으며, 그 말을 들어 보니 재주와 지혜가 번뜩이고 거침이 없었네. 이에 나는 기뻐서 '명문의 가정에 과연 이렇게 훌륭한 자제를 두었구나.'라고 하면서도 크게 남다르다고 생각하지는 않았었네. 질병으로 정신이 흐려 제대로 대화를 나누어 볼 겨를도 없이 자리를 파하였으나, 이미 족하를 마음속에 간직해 두고 있었네. 그리고 집에 돌아온 지 며칠 뒤에 기경문(奇景聞) 군이 와서 입에 침이 마르도록 족하 이야기를 하고, 이어 허벅지 살을 베어 약으로 쓰고 손가락의 피를 내어서 어버이 병환을 치료한 일 등을 말해 주었다네. 그리고 또 며칠 뒤 대부존장과 기지(起之) 형이 나를 찾아왔기에 위문하는 인사를 나눈 뒤에 먼저 족하에 대해 물어보고 듣지 못했던 이야기를 들을 수 있었네. 아, 이러한 일은 옛날에도 드물었는데 지금에도 홀연히 있으니, 경모하고 흠모한 나머지 나도 모르게 머리를 조아렸네. 이에 족하를 처음 만났던 당시 진심을 터놓고 이야기를 나누지 못하여 거의 훌륭한 사람을 잃을 뻔했던 것이 더욱 한스러웠네.

대저 효도는 자식의 직분이니 누군들 사람의 아들이 아니겠으며, 누군들 효도가 당연히 해야 하는 것인 줄 모르겠는가. 그러나 온 천하의 도도한 시대의 풍조 속에 효도를 능히 실천하는 사람이 드물어 진 것이 오래이며, 세상이 더욱 말세가 되어 삼강오륜이 거의 없어질 상황이라 패설(悖說)과 악행이 판을 치고 있으니, 말을 하면 입이 더러워질 뿐이네. 이에 그대의 행실이 세상에 알려지면 영원히 아주 없어지지 않고 하늘의 이치가 다시 밝아져서 혹은 반성하고 행실을 고치는 사람이 있을 것일세. 그대의 자질이 이미 이와 같고 수립한 바가 또 이와 같으니, 이를 미루어 절개와 의리로 삼고 사업으로 발휘한다면 지금 집안에서 닦은 행실이 훗날 조정에서 행해질 것이며, 지금 어버이에 대한 효성이 훗날 임금에 대한 충성이 될 것일세. 그리고 남은 힘으로 학문을 하면 또한 이치를 공부하고 도리를 밝힐 수 있을 터이니, 나는 장차 그대가 크게 발전하는 모습을 보게 될 걸세. 그리고 문장과 같은 것은 단지 잡기 중에 뛰어난 것일 뿐이요, 마음속에 덕이 있는 사람은 반드시 밖으로 드러나는 법일세. 구구한 나의 바람은 진실로 작지 않으니, 그대는 힘쓰시게. 지금 그대는 위로 아버지가 계시고 아래로는 형제가 있어 효도하고 봉양하며 우애 속에 날로 인간의 떳떳한 도리를 굳게 지키는 천성을 실천에 옮기며 한집안에서 즐거운 세월을 보내고 있으니, 그대는 참으로 즐겁겠네. 그러나 나는 그대를 보고 감회가 생긴다네. 나는 어린 나이에 어머님을 잃어 낳고 길러주신 은혜를 갚지 못하였고, 일찍부터 질병에 걸려 늘 연로하신 아버님께 근심을 끼쳐 드렸다네. 30년 동안 집안이 가난한 탓에 진정을 다해 아버님을 봉양하지 못하였고, 전쟁 속에서 벼슬에 종사하고 서울에서 객지 생활을 하느라 반평생 부모님의 슬하를 떠나 있었으므로 제대로 아버님의 수발을 들사람도 없었네. 아버님 병환 소식을 듣고

서야 달려갔으나 이미 세상을 떠나신 뒤였네. 아버님 생전에는 약으로 모시지도 못하였고 숨을 거두실 때에는 임종도 못하였으니, 천지신명을 저버린 짓을 하여 크나큰 죄를 짓고 말았네. 세월은 흐르는 물처럼 빨라서 슬픔 속에 소상과 대상(3년 상)이 훌쩍 지나 궤연(혼백과 신주를 모셔두는 곳)을 걷어치우자 애통한 마음을 더욱 견디기 어려워, 그저 어서 빨리 죽어서 아버님을 따라 지하로 들어가고 싶을 뿐일세. 이 때문에 혼백이 다 달아나 허전한 마음으로 마치 미친 사람처럼 살고 있노라니 계절에 따라 달라지는 경치를 볼 때마다 슬프고 괴로운 마음이 일고 눈에는 눈물이 마를 날이 없다네. 지금 이후로는 이미 세상에 살고 싶은 마음이 없네. 비천한 거렁뱅이 아이도 어버이를 봉양하는 즐거움이 있고, 저 하찮은 미물인 까마귀도 늙은 어미에게 먹이를 물어다 주거늘, 하늘이여! 하늘이여! 나는 유독 어떠한 사람이란 말인가? 말이 이에 이르니 오장이 칼로 베는 듯 아프다네. 그대의 행실을 들으니 나의 슬픔은 한결 더하네. 그래서 이토록 간곡하게 말하는 것이니, 사귐은 얕은데 말만 깊다고 탓하지는 마시게.

서울의 동쪽, 낙산 아래가 우리 동네인데 우리 집과 그대의 집이 옛날에 그곳에 있었네. 대부 존장은 나의 돌아가신 아버지보다 여섯 살이 어려서 젊은 친구가 되셨고, 나는 또 그대보다 십여 세 많아서 늙은 친구가 되었으니, 이는 참으로 대를 이어 친구가 된다는 것일세. 그리고 기지 형은 나와 벗이자 또 내가 늘 경애하는 분이며, 게다가 나와 같은 날 과거에 급제하여 형제가 되었으니, 내가 그대의 숙질간(叔姪間)과 벗이 되는 것이 또한 당연하지 않은가. 그렇게 보면 사귐이 얕다고 할 수도 없을 것이네. 옛 사람이 경개약구*라고 하였

* 경개약구(傾蓋若舊)는 수레를 멈추고 잠깐 만나도 오랜 벗처럼 친밀한 정을 느낀다는 것이다.

으니, 이 구절을 보고 나를 벗으로 받아 주기 바라네. 늙고 쓸모없는 몸에 온갖 병이 다 모여들기에 궁벽한 시골에 물러나 자취를 감추고 바위와 초목을 벗을 삼아 살리라 생각하여 문밖을 나서지 않은 지가 벌써 5년일세. 그래서 비록 그대를 만나고 싶어도 찾아갈 길이 없지만 그대 생각은 늘 가슴속에 잊고 있지 않았네. 이제 대부 존장께서 관직을 그만두고 고향으로 돌아가신다는 소식을 문득 들었네. 이 어지러운 세상에 이별하면서 다시는 만나기 어려울 터, 그대를 다시 만나려던 숙원을 이루지 못한 채 이처럼 서로 멀어지고 말았기에 돌아가는 인편에 감히 마음속에 품은 생각을 터놓음으로써 훗날의 만남을 기약하네. 바빠서 이만 줄이네.

보태는 글

이 편지를 받은 주인공 유수재라는 인물에 대한 행적은 자세히 알 수 없으나 아마도 이정귀의 집안과는 깊은 친분이 있었던 것으로 보인다. 이정귀는 편지에서 진정한 효도를 실천하는 유수재의 행실에 대하여 극구 칭찬을 하였다. '효'란 자고 이래로 늘 사회문제가 되었음은 우리가 잘 알고 있다. 효의 개념은 시대에 따라 바뀌는 것이 아니다. 시대가 요구하는 효의 수준과 형식이 변화될 뿐이다. 따라서 『효경』에서 정의한 효의 개념을 여기에 소개한다.

身體髮膚受之父母　나의 온 몸은 부모님으로부터 받은 것이니
不敢毁傷孝之始也　감히 상하게 하지 않는 것이 효의 시작이다.

立身行道揚名於後世 자신을 바루고 도를 행하여 명성을 후세에 드날려서
以顯父母孝之終也 부모를 세상에 드러내는 것이 효의 마침이다.

『효경』에서 정의하고 있는 효의 개념은 수천 년이 지난 오늘날에도 변할 수 없는 것이다. 자식의 몸이 상하면 부모의 마음이 얼마나 아플까를 생각해보면 될 것이고, 자신의 명성을 세상에 떨치면 부모님이 얼마나 기뻐할까를 생각해보면, 과연 진정한 효도가 무엇인지 자명해지는 것이다. 그러므로 이러한 효의 개념은 시대를 초월하여 불변의 진리로 성립된다 할 것이다. 이정귀는 또 이 편지에서 '세교'(世交)라는 말을 하고 있다. 세교라는 것은 두 집안이 대대로 사제나 벗으로 두터운 사귐을 이어가는 것을 말한다. 유수재의 아버지는 이정귀의 아버지보다 나이가 어려 젊은 벗이 되었으며, 이정귀는 유수재보다 나이가 많아서 늙은 벗이 되었으니, 이것이 바로 대를 이어서 친분과 우정을 쌓은 세교라 하겠다. 그래서 젊은 유수재에게 나를 벗으로 받아 달라는 편지를 보낸 것이다.

이정귀(李廷龜 1564~1635)는 조선 중기의 문신, 학자로 윤근수(尹根壽)의 문인이다. 1590년(선조 23)에 문과에 급제하여 승문원에 등용되었다. 임진왜란 때 임금의 피난처에 가서 설서(說書)가 되고, 이듬해 명나라의 경략(經略) 송응창(宋應昌)의 요청으로 경서(經書)를 강의하여 학자로서 존경을 받았다. 그 후 여러 관직을 역임하고 병조참지가 되어서는 승문원의 부제조를 겸직하였다. 1598년 명나라 병부주사인 정응태(丁應泰)가 조선정부를 무함하여 외교문제가 발생하자 진주부사(陳奏副使)로 명나라에 가서 정응태의 무고임을 밝혀 그를 파직시키고 귀국하여 대제학에 올랐다. 그는 중국어를 잘하여 여러 번 명나라에 사신으로 갔으며, 명나라에서 오는 사신을 영접하는 일이 많았다. 1608년(광해군 즉위) 병조와 예조의 판서를 지냈으나 1613년 영창대군과 김제남 등을 제거한 계축옥사에 모함을 받고 사직하였다. 1623년 인조반정 후 예조판서 · 병조판서 · 우의정 · 좌의정에 올랐다. 한문학의 대

가로 글씨에도 뛰어났으며, 신흠(申欽), 장유(張維), 이식(李植)과 함께 조선 중기의 4대 문장가로 불렸다. 특히 그는 아들 이명한(李明漢)과 손자 이일상(李一相)이 3대를 이어 대제학을 지냄으로써 이정귀 가문은 조선에서 보기 드물게 3대 대제학을 배출한 명문가로서 영광을 누렸다.

온고지신의 맛을 느끼고 있습니다

* 신흠이 김상헌에게 보낸 답장

산속에 웅크리고 있던 중에 편지를 받아보니 그 위안이 여느 때보다 배가 됩니다. 또 서울 소식까지 말씀해 주시니 더욱더 감사합니다. 옛 사람들이 아무런 이유 없이 닥치는 것을 재앙이라 하고 화(禍)라고는 하지 않았습니다. 우리가 겪은 일은 비록 성현이 당한다 하더라도 어쩔 수 없었을 것이므로, 가령 앞으로 올 법망이 이보다 심하다 할지라도 웃음을 머금고 죽을 것입니다. 다만 반평생 글을 읽었다가 결국 큰 죄에 빠지고 말았으니 이것이야말로 가소롭습니다. 고향 마을로 돌아온 뒤로 눈앞에 보이는 환경들이 모두 환상처럼 느껴져 그전에 하던 일들을 모두 폐지하고 오직 마음을 깨끗이 씻고 조용히 살면서 성스러운 세상에 밭이나 가는 하나의 백성이 되자고 마음먹었습니다. 그런데 엊그제 사람들의 권고를 받고는 서적과 접하게 되었는데, 이미 인사와 얽힌 게 없고 보니 자못 온고지신의 맛을 느끼고 있습니다. 하늘의 도움을 받아 목숨을 조금 연장하게 된다면 첩첩산중이나 외진 사막에서 살더라도 하늘이 부여한 성품을 저버리지 않고 얼마 남지 않은 여생을 보낼 수 있을 것입니다. 이밖에 시끄러운 일들이야 다시금 가슴속에 둘 것이 있겠습니까. 또한 그대도 마음이 괴롭고 생각이 막힌 이즈음에 자신에게 도움이 되는 학문에 힘을 들여 도의 경지에 이르게 하여 높이 사모하는 저의 사사로운 마음에 부응해 주시기 바랍니다. 그대가 늘 두터운 정으로 안부를 물어 주신 데에 감동되어 잊지 못하고 있던 마음을 말씀드려 서로 보답하는 바탕으로 삼아 보았습니다.

나는 날마다 쇠약해지고 있습니다. 그러나 본디 타고난 성품에 힘입어 적막한 생활을 만족하게 여기면서 수고롭게 부딪히는 일을 하지 않고 있습니다. 이 점을 스스로 조금 기쁘게 여기고 있습니다. 여생(驪生 : 이국량)이 우리를 기화(奇貨)로 삼다니 참으로 못난 수재입니다. 다행히 하늘이 이 일을 듣는다면 아래 일을 다스릴 것입니다. 다만 계속해서 고슴도치 털처럼 들고 일어나니 어찌한단 말입니까. 이 몸은 헛된 인연으로 태어났으니 그대로 자연에 맡길 따름이지 또한 어떻게 하겠습니까. 서울에서 온 사람들이 더러 흉흉하게 무슨 말을 하고 있으나, 반드시 사실이 아닐 것입니다. 만약 죄진 저에게 관계된 일이라면 대략 써서 수령의 인편에 보내 주시기 바랍니다. 한밤중이면 모진 바람이 불고 산속의 추위가 뼈를 저미어 움막에 쓰러져 있는 사람이 견디지 못할 정도입니다.

보내주신 편지와 시를 갑자기 받으니 따뜻한 봄기운이 담겨져 있었습니다. 흔쾌하게 한 번 소리 높여 읊어보니 입속에 군침이 도는 것을 느꼈습니다. 우리는 외롭지 않습니다. 비록 호랑이가 밖에서 노리고 있다고 하지만 역산의 남쪽 기슭에서 난 오동나무가 불에 조금 탔다고 하여 제 소리를 잃기라도 하겠습니까?* 이에 다시금 마음이 기뻐집니다. 어느 때나 서로 만나서 이 회포를 털

* 후한서(後漢書) 채옹전(蔡邕傳)에 나오는 말이다. 오(吳)나라 사람이 오동나무를 때서 밥을 짓고 있을 때, 채옹이 불타는 소리를 듣고 좋은 나무인 줄을 알고서는, 그 나무를 달라고 하여 거문고를 만들었는데 과연 아름다운 소리를 냈다. 그 거문고의 끝 부분이 불에 탄 흔적이 있었기 때문에 당시의 사람들이 초미금(焦尾琴)이라고 불렀다. 즉, 여기서는 역산의 오동나무는 거문고를 만들 수 있는 좋은 재목으로서 불에 조금 타더라도 본질을 잃지 않음을 인용하여 지조가 굳건한 사람에 비유한 것이다.

어놓을 수 있을 런지요?

나는 가을에 들어 아이들이 자주 질병을 앓아 번민을 면치 못하고 있습니다. 온갖 생각이 모두 시들어버렸는데, 아직도 사랑하는 마음이 남아 있으니 한스럽기만 합니다. 이 기회에 날로 새롭게 수양하여 훌륭한 덕을 성취했으면 매우 다행이겠습니다. 세상에서 사귄 사람이 적지 않건만 끝에 가서는 모두 본마음을 드러내고 말았습니다. 그래서 그대에게 바라는 마음이 더욱 깊어집니다. 벗들이 연이어 죄의 그물망에 걸려드니 부끄러워 죽을 지경입니다. 죄를 크게 진 이 사람만 임금의 은혜를 두텁게 입어 고향 마을에서 살고 있으니, 아픈 마음이 다른 벗들보다 실로 몇 갑절이나 됩니다. 다만 텅 빈 골짜기 속에서는 이 심정을 전할 사람이 없었는데, 마침 그대가 멀리서 편지를 보내 안부를 물어 주시니 저의 마음이 많이 열리게 되었습니다. 더구나 두 편의 긴 율시(律詩)야말로 본디 갖고 있던 마음의 감동을 일으켜서 시들어 가는 저에게 활기를 북돋아 주었으니 더 말할 것이 있겠습니까. 명(明)나라 사람 이몽양(李夢陽)의 시 중에,

十年放逐同梁苑　십 년 동안 내쫓기어 양원처럼 살았지만
中夜悲歌泣孝宗　깊은 밤중 슬픈 노래 효종을 위해 울었노라.

라는 구절을 읊조리면서 근세에는 이러한 말도 없으며 또한 이러한 사람도 없을 것이라고 여겼는데, 지금 그대에게서 이러한 시구를 얻고 나니 자신도 모르게 눈물이 흘렀습니다.

보태는 글

편지를 주고받은 신흠과 김상헌은 서인 계열의 문신·학자로 광해군 시대에 많은 시련을 겪었다. 두 사람은 영창대군과 인목대비의 친정아버지 김제남(金悌男)이 죽은 계축옥사에 관련이 있다 하여 파직되었다. 신흠의 경우에는 1618년(광해군 10) 인목대비 폐출에 반대한 죄로 춘천으로 유배되었다. 이 편지는 그즈음에 역시 파직을 당한 김상헌으로부터 보내온 편지에 대한 답장으로 보인다. 이 편지에서 가장 돋보이는 대목은 초미금(焦尾琴)에 관한 내용이라 하겠다. 즉, 역산의 오동나무는 거문고를 만들 수 있는 좋은 재목으로서 불에 조금 탔을망정 본질에는 변함이 없다는 말로, 자신들의 굳건한 지조는 변하지 않을 것임을 분명히 밝힌 점이다. 이러한 기개 때문인지는 몰라도 인조반정 후 이들은 중용되어 한 세상을 풍미했으니, 사람의 운명은 역시 새옹지마와 같은 것인지도 모르겠다. 김상헌이 청나라로 끌려갈 때에 지은 시조 한 수를 보자.

> 가노라 삼각산아 다시보자 한강수야
> 고국의 산천을 떠나고자 하랴마는
> 시절이 하 수상하니 올 듯 말듯 하여라.

신흠(申欽 1566~1628)은 조선 중기의 문신·학자로 개성도사를 지낸 신승서(申承緖)의 아들이다. 1586년(선조 19)에 별시문과에 급제하여 감찰·병조좌랑 등을 지냈다. 1592년 임진왜란 때 신립(申砬) 장군을 따라 조령전투에 참전하였으나, 조선군이 패하자 돌아와서 체찰사(體察使) 정철(鄭澈)의 종사관이 되었다. 뒤에 지평 · 사성 · 대사간 · 부제학 · 도승지 · 병조판서를 지내고, 1608년(광해군 즉위)에 세자책봉주청사로 명나라에 다녀왔다. 선조 임금으로부터 영창대군의 보필을 부탁받은 유교칠신(遺敎七臣)의 한 사람이었기 때문에, 1613년 계축옥사로 파직되었다. 인목대비를 폐출하려는 폐모론이 일어나자 이를 반대하여 1618년에 춘천으로 유배되었다. 인조반정 후 풀려나와 이조판서로 대제학을 겸직했으며, 노서파(老西派)의 중진으로 우의정 · 좌의정을 거쳐 영의정에 올랐다. 신흠은 문장을 잘하여 한문학의 태두로 명성이 높았다. 그의 <충절시> 한 수를 감상해보자.

桐千年老恒藏曲　오동나무 천년을 늙어도 늘 곡조를 간직하고
梅一生寒不賣香　매화는 일생을 춥게 살아도 향기를 팔지 않네.
月到千虧餘本質　달은 천 번을 이지러져도 그 본질은 남아있고
柳經百別又新枝　버드나무 백번을 꺾여도 다시 새 가지 돋는다.

임금이 선비들을 고분고분하게 만들면 위험한 일입니다

* 윤휴가 송규정(宋奎禎)에게 보낸 편지

보통 붕우는 인륜의 하나라고 하는데 비록 부자와 같은 천륜 관계나 군신과 같이 큰 의리의 관계는 아닐지라도 부자와 군신의 인륜이 붕우에 힘입어 서는 것이기 때문에 옛사람들이 정이 형제와 같다느니 은혜와 의리가 골육보다 낫다느니 했던 것이라네. 그래서 붕우 사이는 비록 큰 잘못 큰 허물이 있더라도 반드시 서로 되풀이해서 타이르고 깨우치다가 마침내 어쩔 수 없어야 부득이 갈라서는 것 아닌가. 그리하여 비록 이 윤휴 같은 불초한 사람으로서도 평상시 붕우 사이라면 서로 못하는 말이 없었고 상대의 아픔을 자신의 아픔으로 여겼으며, 그야말로 가까이 하고 사랑하고 서로 절차탁마하는 데에 마음을 더 써왔던 것이라네. 그런데 오늘 여러 현인들이 하는 짓을 보면 상대를 너무 각박하게 대하는 것이라든지 서로 다른 의견을 고집하는 것이라든지 서로 등지고 사는 꼴들이 실로 사람으로 하여금 한심스럽고 정신이 번쩍 나게 하고 있는데, 그것이 과연 무슨 도리이며 무슨 형상이란 말인가. 나는 그것을 볼 때 평소 내가 보았던 것을 후회하고 반평생 서로 잘못 알고 지내왔던 것이 두려워 금방이라도 바다로 가거나 산으로 들어가 산짐승이나 물고기와 벗하며 살지언정 여러분과 이 세상에서 함께 살면서 그 의심과 수모를 받고 싶은 생각은 참으로 없다네. 좋을 때는 어깨를 치고 옷소매를 맞잡고 서로 즐기다가 화가 나면 이를 갈고 입술을 깨물면서 서로 물어뜯으려 들다니……. 사성(思誠 : 권시의 자로 보인다)의 말은 물론 잘못이 있고, 취규(就規 : 이류의 자로 보인다) 사건은 때마침 불행을 당한 것인데, 여러분과 주흥(周興), 원회(元會 : 김징의 자로 보인다) 같은 사람들은 눈을 크게 뜨고 성을 내며 그들과 말도 해보지 않고 또 그것이 사실인지 아닌지도 모르고, 마음이 그런지 저런지도 모르는 상태에서 혹은 흉악하고 간사하다고 배척을 하고 혹은 절교를 선언하기도 하여 마치 오랑캐를 만나 창을 들고 대들 듯이 하고 있으니, 듣기만 해도 소름이 끼치고 보기에 너무 슬픈 일이네. 이것이 과연 광명한 세상의 기상이며 선비와 군자들의 심사란 말인가?

윤휴와 그대는 이종형제 사이가 아니던가. 젊은 시절 서로 사랑했고 늘그막에 서로 믿으면서 평소의 취향도 같았고 가부를 논하는데 있어서도 언제나 이 사람과 함께 했었으니, 형제와 붕우의 우의를 그대와 내가 실로 겸하여 가지고 있는 것 아닌가. 그런데 지금에 와서 사성과 취규 등의 사건이 터지자 그대가 사성에게는 뜬구름 보듯이 하고, 취규에 대해서는 그대 어머니의 몸종을 꾸짖듯이 하고 뜰에서는 쥐를 잡을 정도이니 나와 노래할 틈이 언제 있겠는가.* 그 점에 대해 나는 참으로 아우에게 너무나 실망이 컸다네. 그것이 여러 사람의 입질에 평소 소신대로 할 수가 없어서 그런 것인가? 아니면 화복(禍福)에 연

---

* 상대가 엉뚱한 생각을 하고 있어 끼어들 틈이 없다는 뜻. 원뜻은 뜰에 쥐가 나타날 정도로 주위가 고요하면 사람의 마음도 자연히 조용하게 가라앉아 한 곳으로 집중하게 되므로 큰 소리로 노래가 나오지 않는다는 뜻인데, 여기서는 다소 변형하여 쓴 것으로 보인다.

연하여 임시로 재앙이나 면하고 보자는 뜻인가? 이것이든 저것이든 내가 평소에 아우에게 바라던 것은 아니라네. 그러나 아우의 마음이야 내가 다 알지. 아우가 나에게 그리 신신당부한 것도 사실은 내가 걱정돼서 한 일이지만, 옛사람들은 즐거운 일에는 온화하면서도 조리 있게 대처하고 걱정되는 일에는 조용하면서도 조리 있게 대처하였지, 그렇게 수다스럽게 하지는 않았다네. 대체로 세상일이라는 것이 식견도 다르고 또 논의도 같을 수 없는 것이라서 백 사람이 생각하면 다 각자 달리 생각할 수 있는 것이 일반적인 감정이기 때문에 그것을 가지고 현부사정(賢否邪正)을 단정할 수는 없는 것이지. 그렇기 때문에 옛사람들의 주장이 물과 불이 서로 도와 각기 자기 구실을 하는 것처럼 가부(可否)에 있어서도 그리하라고 했던 것이 아닌가. 그리고 안연(공자의 제자)을 거의 성인이라고 하는 이유 중의 하나도 역시, 자기는 잘하고 남은 잘못하며 자기는 넉넉하고 상대는 부족한 것으로 생각하지 않았기 때문이네. 그 말은 내가 늘 아우에게 했던 말이고 사성도 그 점을 잘 알고 있는데 어쩌다가 이번에 실수를 했노라고 말하지 않던가. 그리고 그때 아우 역시, 그것은 나도 사성에게서 들었노라고 하지 않았는가. 그런데 아우의 논의가 하루아침에 크게 달라져서 자기와 의견이 같은 쪽만 좋아하고 다른 쪽은 미워하는 태도가 세상의 보통 사람들과 거의 다를 바 없게 되었으니, 그것이 비록 여러 사람들의 입질 때문이 아니라고 하더라도 나로서는 믿을 수가 없네.

전(傳)에 이르기를 '선과 악을 자기가 좋아하고 미워하는 감정으로 판단하지 않는 것을 신뢰라 한다.'라고 하였는데, 지금은 그렇지 않아서 자기가 좋아하는 쪽이면 폭군과 도적이 요임금과 순임금이 되고, 미워하는 쪽이면 아침에 무릎에 앉혀 두었던 사람도 저녁에 연못 속에다 밀어 넣어 버리는 판이어서 이대로 가다가는 부자와 형제 사이라 하더라도 단 하루도 같은 방에 있을 수 없는 지경인데, 의리로 맺어진 군신과 붕우 사이야 말할 것이 있겠는가. 옛사람이 말한 '나가서는 조정에서 논의하고 물러와서는 집에서 논의하다가 말 한마디 의견이 틀리면 그를 당장 나라를 어지럽히는 붕당이나 대중을 현혹시키는 거짓말쟁이로 지목하고, 이어서 순임금 때의 간신을 처단했던 죄가 내려진다.'라고 했던 말이 거의 오늘에 해당한 말이 되어버린 것이네. 그리고 또 지금 논의되고 있는 시비에 대해 그대는 마음으로 어떻게 생각하고 있는가? 그것이 과연 옳다고 생각이 들면 비록 온 세상이 다 그르다 하더라도 흔들리지 말아야지 꼭 상벌을 주는 데 따라 맞추려고 할 것이 뭐가 있으며, 반대로 그르다고 생각하면 윤휴의 상소가 비록 사리에는 어긋났더라도 그를 감히 죽이기까지 할 수는 없을 것인데, 더구나 몸이 대부의 반열에 있고 나라의 은혜를 두터이 받았으며 사성 같은 사람이 자기 소견이 있어도 말 한마디 않고 일시적 비난을 모면하기 위해 남이 하는 말에 맞장구를 치거나, 아니면 어물어물 넘어갈 수 있단 말인가. 다만 저울질을 제대로 않고 말하는 것이 문제일 뿐이지.

취규로 말하면 그도 자기 나름대로 소견이 있어서 그것을 서로 아는 사이에 말할 수밖에 없었던 것뿐인데, 그게 무슨 큰 허물이요, 몹쓸 마음이라고 아우가 나서서 '저가 무슨 지식이 있겠나. 윤휴가 하고 나머지 말이나 주워섬길 뿐이지.'라고 했다는 말인가? 그리고 또 '군자를 업신여기면 덕을 잃게 되고, 소인을 업신여기면 재앙을 부르는 것이다.'라는 말이 어째서 아우의 입에서 나오게 되었는가? 취규의 문장 실력이나 학문의 역량이 다른 여러 사람들보다 못할 것은 물론 하나도 없거니와 그 마음가짐의 단아하고 진실한 점이라든지 절조 있는 행실이 반듯하고 꾸밈이 없으며 붕우사이에 신의가 있는 점도 여러 사람들보다 못할 것이 하나도 없다고 나는 생각하고 있네. 그런데 어째서 지금의 경우 여러분들과 꼭 같아야지만 현명한 사람이고, 여러분과 틀린 사람은 모두가 불초하다는 것인가? 나는 그 말이 도저히 이해가 안 가는 것이네. 내가 의논을 수합한 문제만 하더라도 내 뜻은 그것이 꼭 옳고 말도 짐작해서 한 것으로, 나는 그렇게 하는 것이 당연한 나의 도리라고 생각하네. 여러분은 거기에서도 꼭 혐의점을 찾아 군신 사이의 의리를 끊으려고 드니, 옛날 사람들이 했던 것과 비교하여 어떻다고 생각하는가? 기왕에 높이 날거나 멀리 도망가 세상과는 인연을 영원히 끊지 못할 바에야 붕우의 정의도 끊지를 못하는 것인데 군신 사이의 의리를 어떻게 끊을 것인가. 다만 비천한 위치에 있는 몸으로 임금의 명령이 두려워서 감히 할 말을 다 못했을 뿐인데, 여러분은 도리어 직분에 벗어난 짓을 했다고 책망하고 있으니, 그것은 또 뭔가? 지금 세상이 위험하므로 말을 함부로 하여 재앙을 불러서는 안 된다고 하면 그 말은 옳은 말이지만 옛날 사람의 말에도 '나라를 경영하는 사람이 선비들을 고분고분하게 만들면 그것은 위태로운 일이다.'라고 하지 않았던가. 지금도 세도를 담당한 사람이 있으니, 여러분은 스스로 세상을 맡고 있는 사람에게 충언을 다할 것을 생각하여 그러한 폐단이 없도록 만들어야 할 것이고, 이 미천한 사람에게 실언을 했다고 전적으로 책임을 지워서도 안 될 일이네. 장황한 아우의 서신과 주흥의 짧은 편지가 한꺼번에 내게로 왔으므로 나의 소견을 피력하지 않을 수 없었는데, 아우는 그 점을 어떻게 생각하고 있는지…….

보태는 글

윤휴와 편지를 주고받은 송규정(宋奎禎)은 윤휴의 이종사촌 동생이자 벗으로 절친하게 지낸 사람이다. 그런데 윤휴가 올린 상소문에 대하여 의론이 갈리자 오랜 벗이며 이종사촌 동생인 송규정이 윤휴를 비판하는 편지를 보냈고 이에 대해 장황한 답장을 보낸 것이다. 당시는 당쟁이 격화된 시기라서 모든 일들이 당론에 따라 결정되던 때이다. 가문도 당론에 따라 갈리고 학설도 당론에 따라 달라지고 벗을 사귐에도 당론에 좌우되는 등의 부작용이 많았다. 이러한 상황에서도 윤휴는 형제와 벗의 도리를 강조하여 송규정을 설득하고 있는 것이다. 윤휴는 정치적으로 남인에 속하여 허목(許穆)과 함께 청남(淸南)계열을 이끌고 있었으며, 학문적으로는 주자를 비판함으로써 송시열과 대립하였다. 당시의 정국이나 학계에서는 소수파였기 때문에 그의 이상을 실현할 수 없었다고 판단된다. 이 편지에서 윤휴는 아주 중요한 말을 하고 있다. 즉, 나라를 경영하는 사람이 선비들을 고분고분하게 만들면 그것은 위태로운 일이라는 것이다. 이것이야말로 선비들의 이상을 고취시켜 나라의 원기(元氣)로 삼을 수 있다고 본 것이다. 이는 중요한 정치적 명제로 왕조시대의 통치자가 본받아야 할 교훈이라 하겠다.

명성이란 본시 허무한 것입니다

* 박지원이 홍대용에게 보낸 편지

이 아우의 평소 교유가 넓지 않은 것도 아니어서, 덕을 헤아리고 지위를 비교하여 모두 벗으로 허여한 터입니다. 그러나 벗으로 허여한 사람들 중에는 명성을 추구하고 권세에 달라붙는 혐의가 없지 않았습니다. 눈에 벗은 보이지 아니하고, 보이는 것은 다만 명성과 이익과 권세였을 따름입니다. 그런데 지금 나는 황해도 금천의 연암협곡으로 도피해 있으니, 머리를 깎지 않은 비구승이요, 아내를 둔 행각승이라 하겠습니다. 산이 높고 물이 깊으니 명성 따위를 어디에 쓰겠는지요. 옛사람의 이른바 '실컷하면 곧 비방을 낳아서만 명성 또한 따라온다.'라고 한 것도 헛된 말에 지나지 않습니다. 겨우 한 치의 명성만 얻어도 벌써 한 자의 비방이 이르곤 합니다. 명성을 좋아하는 사람은 늙어가면서 저절로 이러한 사실을 알게 됩니다. 젊은 시절에는 나도 허황된 명성을 연모하여 문장을 표절하고 화려하게 꾸며서 예찬을 잠시 받곤 했습니다. 그렇게 해서 얻은 명성이란 겨우 송곳 끝만 한데 쌓인 비방은 산더미 같았습니다. 늘 한밤중에 스스로 반성하면 입에서 신물이 날 지경이었습니다. 명성과 실정의 사이에서 스스로 깎아내리기에도 겨를이 없었습니다. 더구나 감히 다시 명성을 가까이 하겠습니까. 그러니 명성을 구하기 위한 벗은 이미 나의 안중에서 떠나버린 지 오래입니다.

이른바 이익과 권세라는 것도 일찍이 이 길에 발을 들여놓아 보았으나, 대개의 사람들이 모두 남의 것을 가져다 제 것으로 만들 생각만 하지 제 것을 덜어내서 남에게 보태주는 일은 본 적이 없었습니다. 명성이란 본시 허무한 것이요, 사람들이 그 값을 지불하는 것도 아니어서, 혹은 쉽게 서로 주어 버리는 수도 있지만, 실질적인 이익과 실질적인 권세에 이르면 어찌 선뜻 자기 것을 양보해서 남에게 주려고 하겠습니까. 그 길로 바삐 달려가는 사람들은 흔히 앞으로 엎어지고 뒤로 자빠지는 꼴을 보기 마련입니다. 한갓 스스로 기름을 가까이 했다가 옷만 더럽힌 셈입니다. 이 역시 이해를 따지는 비열한 논의라 하겠지만, 사실은 분명히 이와 같습니다. 또한 진작 형에게 이런 경계를 받은 일이 있어서 이익과 권세의 이 두 길을 피한 지가 하마 십 년이나 됩니다.

내가 명성·이익·권세에 달라붙는 이 세 가지의 벗을 버리고 나서야 비로소 눈을 밝게 뜨고 이른바 참다운 벗을 찾아보니 대체로 한 사람도 없습니다. 벗을 사귀는 도리를 다하고자 하려면 벗을 사귀기란 확실히 어렵다고 봅니다. 그러나 어찌 정말로 과연 한 사람도 없기야 하겠습니까. 어떤 일을 당했을 때 잘 깨우쳐 준다면 비록 돼지를 기르는 종놈이라도 진실로 나의 어진 벗이요, 의로운 일을 보고 충고해 준다면 비록 나무하는 아이라도 역시 나의 좋은 벗이 되는 것입니다. 이를 들어 생각하면 내가 과연 이 세상에서 벗이 부족한 것은 아닙니다. 그러나 돼지를 기르는 벗은 경서(經書)를 논하는 자리에 함께 참여하기 어렵고, 나무하는 벗은 손님과 주인이 만나서 예를 다하는 대열에 둘 수는 없는 것이니, 고금을 더듬어 볼 때 어찌 마음이 답답하지 않을 수 있겠습니까. 산속으로 들어온 이래 이런 생각마저 끊어 버렸지만, 항상 덕조(德操)가 기장밥을 지으라고 재촉할 때* 아름다운 정취가 유유하였으며, 춘추시대 은자인 장저(長沮)와 걸닉(桀溺)이 짝을 지어 밭을 갈 때에 참다운 즐거움이 애틋했던 것을 생각하면서, 산에 오르고 물에 다다를 때마다 형의 모습을 어렴풋이나마 그리워하지 않은 적이 없었습니다.

생각하건대 형은 벗 사이의 교제에 열렬한 성품을 지니고 있다는 것을 잘 알고 있습니다. 심지어 청나라의 엄성(嚴誠) 등 여러 사람들이 하늘가와 땅 끝처럼 멀리 떨어진 곳에서 여러 사람들의 손을 거쳐 힘들게도 편지를 부쳐오는 것은, 천고의 기이한 일이라 할 수 있을 것입니다. 그러나 살아서 이 세상에서는 다시 만날 수 없으니, 곧 꿈속과 다를 것이 없어 실로 진정한 정취는 드물 것입니다. 혹시 우리나라 안에서 한 번 만나 보아 서로 거리낌 없이 회포를 털어놓을 수 있다면 천리를 멀다 하지 않고 찾아가겠는데, 형도 이런 벗을 아직 만나본 적이 없는지 모르겠습니다. 아니면 영영 이런 생각을 가슴속에서 끊어 버렸는지요? 지난날 끊임없이 이야기를 나눌 때에도 이에 대해서는 언급한 적이 없었으므로, 지금 마침 한 가닥의 울적한 마음이 들어 우선 여쭤봅니다.

* 덕조는 사마휘(司馬徽)의 자이다. 사마휘는 후한(後漢) 말기의 인물로 인재를 잘 알아보았는데, 유비에게 제갈량과 방통을 천거하였다. 사마휘와 제갈량 등은 양양의 현산에 사는 은사 방덕공(龐德公)을 존모하여 섬겼다. 제갈량은 방덕공의 집에 갈 때마다 평상 아래서 절을 하곤 했다. 그러나 사마휘는 방덕공의 집에 갔을 때 방덕공이 출타하고 없자, 그 부인에게 빨리 기장밥을 지으라고 재촉하여 방덕공의 처자들이 분주히 상을 차렸는데, 잠시 뒤 방덕공이 돌아오더니 곧바로 안으로 들어가서 누가 주인인지 손님인지 구분이 안 될 정도로 격의 없는 사이였다고 한다.

보태는 글

연암 박지원과 담헌 홍대용은 조선 후기 북학파의 인물로 두 사람은 조선시대를 통틀어 가장 모범적인 우정을 나눈 사이라 하겠다. 그들은 공통점이 아주 많다. 홍대용은 1765년(영조 41)에 청나라에 사신으로 가는 숙부 홍억(洪檍)의 수행원으로 북경에 다녀와서 『회우록』을 저술하였다. 박지원은 1780년(정조 4)에 역시 청나라에 사신으로 가는 8촌형 박명원(朴明源)의 수행원으로 북경과 열하에 다녀와서 유명한 『열하일기』를 저술하였다. 그리고 당시 청나라의 발전된 문물을 받아들여야 조선도 발전할 수 있다는 같은 주장을 했다. 또한 벼슬을 지낸 경력도 비슷하여 홍대용은 영주군수, 박지원은 면천군수를 마지막으로 더 이상의 벼슬을 하지 않았다. 박지원은 홍대용보다 6세 연하였지만 그들의 사귐은 죽을 때까지 변하지 않았다. 1783년에 홍대용이 먼저 죽자 박지원은 그의 묘지명(墓誌銘)을 지었으며, 홍대용의 저술인 『회우록』의 서문을 지었는데, 그는 서문의 말미에 다음과 같은 내용을 적었다.

통달했구나. 홍군의 벗함이여! 내가 이제야 벗을 사귀는 도리를 알았도다. 그가 누구를 벗하는지 살펴보고, 그가 누구의 벗이 되는지 살펴보며, 그가 누구와 벗하지 않는지를 살펴보는 것이, 바로 내가 벗을 사귀는 방법이다.

박지원은 이 편지에서 벗을 사귀는데 버려야할 세 가지의 명제를 제시하였다. 첫째는 명성이고 둘째는 이익이며 셋째는 권세를 버리고서야 진정한 벗이 될 수 있다고 하였다. 사실 명성이나 이익과 권세는 매우 유동적이라서 영원을 보장할 수 없는 것들이다. 그러므로 이 세 가지는 모두 허무한 것이라고 단정하였다.

하늘이여 나는 도대체 어떤 사람이란 말입니까?

* 김정희가 권돈인에게 보낸 편지

산과 바다와 같은 크나큰 은혜에 대하여 하느님께 축원하고 임금님께 축수를 올립니다. 온 나라가 같은 소리로 아울러 칭송하는 바입니다. 그러니 삼가 생각건대, 합하(정승인 권돈인의 경칭)의 수레와 말이 어찌 못가에 오래 머물 수 있겠습니까. 더구나 북두칠성이 한 바퀴를 돌아서 하늘의 도가 순환하였으니, 저절로 마땅히 유배 생활에서 풀려나 경사와 상서를 받았습니다. 그동안 잠시 교유하다 이내 헤어졌던 이 사람은 스스로 슬프고 즐거움과 헤어지고 만나는 것에 고뇌를 겪으면서, 마치 꿈틀대는 하찮은 벌레가 빛과 그림자를 바라고 달라붙듯 대인(大人)의 경계에 의지하여 영광을 함께하는 행복을 누려왔습니다. 우러러 합하의 권주에 힘입어 또한 유배생활에서 풀려 살아서 돌아왔습니다. 이어 전원으로 돌아와 처박혀 있으면서 어부와 나무꾼과 호형호제하며 다시 인연을 맺은 것처럼 되었습니다. 이것이 누구의 혜택이겠습니까? 동음(峒陰)에 돌아와서야 비로소 두 아우를 만나서 합하의 서신을 받들어 보니, 내가 북쪽에서 길을 떠났던 날이 바로 합하께서 고향으로 돌아가시던 시기였으므로 멀리서 흔연히 축수하였습니다. 그런데 시골집에 당도한 지 이틀 만에 또 삼가 위문해 주심을 받았습니다. 은연중에 생각하고 있던 터라 더욱 천 번, 만 번 찬탄함을 감당하지 못하겠습니다. 간혹 합하를 직접 뵙고 온 사람에게서 합하의 일상적 생활에 관해 들어보면, 소나무와 잣나무처럼 굳고 바르시며 쇠나 돌처럼 끝이 없다고 했었습니다. 지금 합하의 서신을 보니, 과연 참으로 그렇습니다.

또 삼가 살피건대 첫 추위를 만나서 옥체가 천지신명의 도움으로 편안하시며, 잘못된 업보를 일으키는 원인은 이미 사라지고 좋은 인과응보만 날로 원만해짐으로써 저는 합하로 인하여 뜻을 얻게 되고 세속의 잡다한 일들은 곁에서 멀어졌습니다. 닭고기와 기장밥은 생활의 전체이고 물고기와 새들은 훌륭한 친구가 되었습니다. 하늘의 조화에 따른 자연 속에 이리저리 소요하신다니 그곳이 저 번상(산의 이름)의 땅과 서로 백중지세일 듯합니다. 그러나 다만 그곳의 샘물 맛은 어떻습니까? 구구히 우러러 축원을 드립니다. 소인이 새로 입은 은혜는 비록 깊으나 지난날의 원통함은 아직 남아있습니다. 감히 풀려 돌아왔다고 해서 살아있는 사람으로 자처할 수 없습니다. 하늘이여! 나는 대저 어떤 사람이란 말입니까? 이미 살아 돌아와서는 또 삼가 일에 어두움에 대한 은혜로운 임금의 명령을 받들어보니, 나의 사정을 낱낱이 통촉하시었습니다. 그러니 즉시 나아가서 합하를 뵙는 것은 사리로 보나 정의로 보나 조금도 늦출 수 없는 일입니다. 그런데 더구나 절에서 하신 약속에 대한 가르침이 이렇듯 정중하시니, 좋은 방편에 따라서 감히 받들어 주선하지 않겠습니까.

함흥(咸興)을 지나다가 지락정(知樂亭)에 올라서 '산해숭심(山海崇深)'의 네 글자를 보았는데 글씨가 매우 기걸하고 건장하였습니다. 옛날에 연지(蓮池)의 박상(朴相)이 억지로 이 바다 해자를 꼬집어 말했었는데, 이는 예서(隸書)의 법칙을 전혀 몰랐기 때문이라 하겠습니다. 나도 모르게 어안이 벙벙하여 큰 웃음이 터져 나왔습니다. '퇴촌(退村)'이라는 두 글자를 팔을 억지로 놀려 큰 예서체로

써서 바치오니, 이는 글씨를 쓰기 위한 것이 아닙니다. 필획(筆劃)의 사이에 펴고 굽히는 뜻을 붙였으니, 허여해 주시고 능하고 서투름을 따지지 말기를 바랍니다. 비록 일반적인 사소한 문자일지라도 군자가 서로 주고 보답하는 데에나, 친구 사이에 서로 경계를 하는 데에 있어서 모두가 반드시 경계를 붙이는 것이 있었으니, 옛사람들은 원래 맹목적으로 한 것이 없었습니다. 그렇지 않으면 이것이 바로 하나의 노리개를 완상하는 일이며, 하나의 시골구석의 선생과 글자쟁이에 불과한 것입니다. 어찌 억지로 꾸밀 것이 있겠습니까. 비록 거위 백 마리와 바꾼다고* 하더라도 또한 속된 글씨일 뿐인 것입니다. 내 글씨는 매우 졸렬하기만 하더니, 이제야 속된 글씨는 면했음을 알겠습니다.

보태는 글

권돈인은 조선 말기의 문신이자 서화가로 김정희와는 평생 우정을 나눈 사이였다. 김정희의 『완당전집』에 실린 편지를 보면, 김정희가 35통의 편지를 권돈인에게 보냈다. 두 사람 모두 글씨와 그림에 능하였으며, 권돈인이 김정희에게 그려준 「세한도」와 김정희가 권돈인에게 그려준 「모질도」 등은 아주 유명세를 탄 작품이다. 김정희는 권돈인의 세한도에 발문을 쓰면서 '이 세한도는 청건고아(淸健高雅)

* 진(晉)나라 때 명필인 왕희지(王羲之)가 본래 거위를 매우 좋아했는데, 산음 지역의 한 도사의 집에 거위가 있었으므로 왕희지가 가서 거위를 보고는 몹시 좋아하여 도사에게 팔기를 요구하였다. 도사가 『도덕경』을 써주면 거위를 주겠다고 하니, 왕희지는 과연 『도덕경』을 써주고 그 거위를 가져갔다는 고사에서 온 말이다. 여기서는 글씨를 대단히 잘 쓰는 것을 비유해서 한 말이다.

한 문기가 흐르는 작품으로, 그림의 착상이 이와 같아야 형사(形似)에서 벗어날 수 가 있다.'고 칭찬을 아끼지 않았다. 권돈인은 일인지하 만인지상의 영의정까지 지냈으나, 글씨와 그림을 매개로 김정희와 평생을 사귀면서 그를 존중하고 흠모하였다. 선비들이 수양을 통해 이룩한 문인서화(文人書畵)로 맺어진 높은 수준의 우정은 부러움 그 자체라 하겠다.

김정희(金正喜 1786~1856)는 왕실과 인척관계에 있는 경주김씨 가문에서 병조판서를 지낸 김노경(金魯敬)의 아들로 태어났다. 1819년 문과에 급제하여 암행어사와 예조참의 등을 지냈으며, 1836년 성균관대사성과 이조참판 등을 역임하였다. 1840년 윤상도의 옥사에 연루되어 9년간 제주도에 유배되었으며 1851년 친구인 영의정 권돈인의 일에 연루되어 또다시 함경도 북청으로 유배되었다가 2년 후에 풀려나왔다. 만년에는 아버지의 묘소가 있는 경기도 과천에 은거하여 학문과 예술활동에 진념하다가 71세를 일기로 세상을 떠났다. 그는 어려서부터 총명하였으며, 당시 북학의 일인자인 박제가의 제자가 되어 학문의 방향이 고증학(考證學) 분야로 기울었다. 24세 때 청나라에 사신으로 가는 아버지를 따라가 북경에 체류하면서 옹방강(翁方綱), 완원(阮元) 같은 석학을 만났다. 당시 북경의 학계는 고증학이 절정에 이르던 시기였다. 귀국 후에는 고증학의 영향을 받아 금석학(金石學) 연구에 몰두하였다. 청나라의 학자들은 '해동제일통유(海東第一通儒)'로 칭송하였다. 불교에도 심취하여 당대의 고승인 백파(白坡)와 초의선사 등과 친분이 깊었다. 김정희는 특히 문화예술분야의 업적이 두드러져 글씨에서는 졸박청고(拙樸淸高)한 추사체(秋史體)를 창안했으며, 그림에서는 서권기 문자향(書卷氣 文字香)의 문인화풍을 중시하여, 조선 말기에서 지금에 이르도록 문화예술계에 지대한 영향을 끼쳤다.

보내준 차 맛이 편지보다 낫구려!

* 김정희가 초의선사에게 보낸 편지

중이 와서 초의의 서한을 전하고 또 차 봉지도 전해주었네. 이곳의 샘물 맛은 바로 관악산의 한 맥에서 흘러나온 것인데, 그대가 있는 두륜산에 비하면 우열이 어떨는지 모르겠지만, 역시 공덕(功德)의 서넛은 있겠기에 빨리 보내온 차를 시험해 보니 샘물 맛도 좋고 차 맛도 좋아서 바로 한 조각 기쁘고 즐거운 인연이었네. 이는 차가 그렇게 만든 것이요, 편지로 그러한 것은 아니니 그렇다면 차가 편지보다 낫다는 말인가? 더구나 최근에는 일로향실(一爐香室)*에 죽 머물고 있다니 무슨 좋은 인연이 있는 거요? 왜 갈등을 부숴버리고 한 막대를 멀리 날려서 나와 이 차의 인연을 같이 하지 않는 거요? 또한 근자에 자못 참선에 드는 기쁨에 대하여 자경(蔗境)**의 묘가 있는데, 더불어 이 묘한 진리를 함께할 사람이 없으니 몹시도 그대와 한 번 눈썹을 펴고 토론하고 싶은데, 이 소원을 이룰 수 있을지 모르겠소. 약간의 졸렬한 글씨가 있어서 부쳐 보내니 거두어들이기 바라오. 비오기 전의 찻잎은 얼마나 가려 놓았는지……. 어느 때

* 일로향실(一爐香室)은 초의선사가 참선하는 방의 이름인데, 추사가 예서체로 써준 액자가 지금도 보존되어 있다.

** 이야기 또는 사건 따위의 재미있는 곳. 즉, 아름다운 경관이 있는 곳이다.

나 부쳐 보내 이 차의 굶주림을 진정시켜 주려는가. 날로 바라며 줄이네.

향훈에게 가는 한 장의 편지는 행여 전달해 주기 바라네.

보태는 글

초의선사(1786~1866)의 본명은 장의순(張意恂)이고 법명은 초의(草衣)이며, 조선 후기의 대선사로서 우리나라의 다도(茶道)를 정립한 사람이다. 김정희와는 동갑의 나이로 평생지기가 되었다. 김정희는 대유학자에 문화와 예술의 큰 스승이고, 초의선사는 불교인으로 유학에도 조예가 깊었으며, 특히 차 문화를 발전시켜 다성(茶聖)으로 불린다. 이 두 사람의 우정은 남다른 점이 있었으니, 그 우정의 매개가 된 것은 김정희의 그림과 글씨, 그리고 초의선사의 차를 사랑하는 마음이라 하겠다. 초의는 22세 연상인 다산 정약용을 찾아가 스승처럼 섬기면서 유학의 경전을 배웠고, 소치(小癡) 허련(許鍊)과도 깊은 우정을 쌓았다. 초의의 사상은 선(禪)사상과 다선일미(茶禪一味) 사상으로 집약되는데, 즉 차(茶) 속에 부처의 진리와 명상의 기쁨이 다 녹아있다는 것이다. 그리고 승려에게는 차(茶)와 선(禪)이 둘이 아니고, 시(詩)와 그림이 둘이 아니며 시(詩)와 선(禪)이 둘이 아니라 한다. 참으로 승속(僧俗)이 어우러진 멋들어진 말이다. 우리나라의 다경(茶經)이라 불리는 『동다송(東茶頌)』을 지어 우리의 차를 예찬하고 다도의 멋을 전하였다. 범패, 원예, 서예뿐만 아니라, 장 담그는 법과 화초 기르는 법 등에도 능통하였다. 맑은 차 한 잔의 맛과 멋을 초의는 동다송에서 이렇게 노래했다.

一傾玉花風生腋	옥화 한 잔 기울이니 겨드랑이에 바람이 일고
身輕已涉上淸境	몸은 가벼워 하마 벌써 맑은 곳에 올라왔네.
明月爲燭兼爲友	밝은 달은 촛불이 되어 또 나의 벗이 되고
白雲鋪席因作屛	흰 구름은 자리를 펴고 병풍마저 치는구나.

참으로 부끄럽고 두려운 생각이 들었습니다

* 황현이 유인수에게 보낸 답장

매우 격조하던 차에 지난 섣달에 보내준 편지를 잘 받아 보았습니다. 위로가 되고 걱정이 가시는 마음을 어찌 말로 다할 수 있겠습니까. 다만 적절한 인편을 얻기가 어려워 아직까지 답장을 못하고 있었습니다. 그 점이 송구하고 답답할 뿐입니다. 해가 바뀐 지 다소 오래되었는데 아직도 꽃샘추위가 풀리지 않고 있습니다. 큰 복을 받아 가내가 두루 평안하시어 멀리서 그리워하는 제가 헛되이 송축하는 일이 없게 해 주시기를 바라 마지않습니다. 편지에서 형은 성리학을 소홀히 한 결과 말년에 공부가 드러나지 않은 점을 크게 두려워하셨습니다. 이는 겸손하게 하신 말씀일 뿐 형과 같이 깊은 조예를 지닌 분이 어찌 그럴 리가 있겠습니까. 비록 그렇기는 하지만 저로서는 의아한 점이 있습니다. 우리가 긴밀한 교분을 맺은 이래로 저는 형에 대해 고기나 잡고 나무하면서 밭을 갈고 독서하는 사람으로 때에 맞게 은거하면서 일체의 명예나 영달을 추구하지 않고 자신을 드러내기를 좋아하지 않은 채, 여유롭게 소요하다가 세상을 마치겠

* 매천(梅泉) 황현(黃玹)은 조선 말기의 시인이자 우국지사이고, 유인수(柳寅秀)는 전남 곡성 사람으로 매천과는 20년 지기이다. 의병 이석용에게 군자금을 지원하였고, 의병의 거점 조직인 임자동밀맹단의 곡성지역 단원이다.

다는 철학을 자연스럽게 수용한 사람이라고 생각하였습니다. 형의 내면의 본바탕에 도를 추구하여 깨달음을 얻고자 하는 마음이 이렇게도 독실하고 간절한 줄은 정말 몰랐습니다. 제가 세태를 따르면서 그럭저럭 지내다 보니 가까이 어울리면서도 진면목을 놓친 결과라 하겠습니다. 아…… 저는 형에게 이런 점이 있다는 것을 전혀 생각지도 못했습니다. 놀랍고 부럽다는 표현으로는 부족하고 참으로 부끄럽고 두렵다는 생각이 뒤이어 찾아왔습니다.

제 경우에는 본래 근본이 없는데다가 중간에 또 겉보기만 화려하고 실속이 없는 과거시험 공부에 골몰한 나머지 자신의 마음속에 있는 본성의 지향점에 대해서는 스스로 포기한 지 오래되었습니다. 그것에 대해서는 이미 문외한이라고 스스로 한계선을 긋고 있었습니다. 비록 꿈속에서라도 어찌 그 피안(彼岸)에 이르기를 바란 적이 있겠습니까. 그러다가 형의 말씀을 듣고 나니 갑자기 등에 찬물을 뒤집어쓴 것처럼 온몸이 으스스 떨리고 소름이 돋았습니다. 하지만 이제는 잘못이 습성이 되어 비록 길을 되돌아가고 싶어도 이미 어쩔 수 없는 형편이 되고 말았습니다. 그러니 형께서 문외한인 저를 불쌍히 여기고 구원하고자 수시로 인도하고 이끌어 주시기 바랍니다. 마치 바늘구멍이나 문틈으로 조금의 도리나마 엿보게 하여, 어느 날 아침에 문득 도를 깨우치는 유익함이 있게 해주십시오. 이것이 또한 어찌 군자가 사람을 덕으로 사랑하여 깨우쳐 주는 고심(苦心)이라 하지 않을 수 있겠습니까. 현재 저는 얼굴에 노쇠한 기운이 날로 심해져서 옛날의 얼굴 모습이 거의 남아있지 않습니다. 다만 거느리는 식솔들이 모두 그런대로 지내고 있으니 그나마 다행일 뿐입니다. 그러나 문밖을 나가면 바로 전쟁터인데, 날마다 등에 짐을 지고서 어디로 가야 할지 모르겠습니다. 그렇다고 안절부절 불안해한다고 해서 끝내 무슨 이로움이 있겠습니까. 단지 그 짐을 지고 갈 뿐입니다. 나머지는 이만 줄이니 양해해 주시기 바랍니다.

보태는 글

황현(黃玹 1855~1910)은 황시묵(黃時默)의 아들로 전남 광양에서 태어났으며, 조선 말기의 시인이자 우국지사이다. 어려서 시문을 잘 지어 어른들에게 칭찬을 받았다. 1885년(고종 22) 생원시험에 장원을 했으나 시국의 혼란함을 개탄하고, 고향에 은거하여 역사서인 『매천야록』의 집필과 시작(詩作)에 전념하였다. 1910년(융희 4) 8월 29일에 한일합방으로 국권을 상실하자, 국치(國恥)를 통분하며 망국의 한을 품은 채로 절명시(絶命詩) 네 수를 남기고 음독 자결하였다. 그는 국록을 먹은 적도 없었지만 망한 나라의 선비로 살아가느니 차라리 의로운 죽음을 선택하여, 우리에게 참다운 선비의 모습을 보여준 조선의 마지막 선비라 하겠다. 중국 고대에 은(殷)나라가 망하고 주(周)나라가 일어날 때 백이숙제(伯夷叔齊)는 주나라의 곡식을 먹을 수 없다하여 수양산에 들어가 고사리를 캐어 먹다가 굶어 죽었으므로 후세에 백이숙제는 의로운 현인으로 추앙을 받았다. 그러나 내가 생각해보니, 수양산의 고사리도 역시 주나라에서 나는 것이다. 이와 비교해 본다면 황현의 죽음은 백이숙제의 죽음보다 더 의로운 죽음이라 해도 손색이 없을 것이다. 황현이 마지막으로 남긴 절명시를 감상해보기로 하자.

亂離滾到白頭年 난리 속에 어느 덧 백발의 나이 되었구나
幾合捐生却未然 몇 번이나 죽어야 했지만 죽지 못했네.
今日眞成無可奈 오늘 참으로 어찌 할 수 없는 상황인데
輝輝風燭照蒼天 바람 앞의 촛불만 푸른 하늘을 비춘다.

妖氛晻翳帝星移 요사스런 기운 자욱하여 황제의 별 옮겨가니
九闕沈沈晝漏遲 어두운 구중궁궐엔 낮이 더디 흐르네.
詔勅從今無復有 황제의 조칙은 앞으로 더 이상 없으리니
琳琅一紙淚千絲 종이 한 장 채우는데 천 줄기 눈물이어라.

鳥獸哀鳴海嶽嚬 금수도 슬피 울고 산과 바다도 찡그리니
槿花世界已沈淪 무궁화 세상은 이미 망해 버렸다네.
秋燈掩卷懷千古 가을 등불 아래서 책을 덮고 회고해 보니
難作人間識字人 인간 세상에 선비노릇 하기 참으로 어렵네.

曾無支厦半椽功 작은 서까래만큼도 지탱한 공이 없었으니*
只是成仁不是忠 살신성인 그뿐이지 충성은 아니라네.**
止竟僅能追尹穀 결국 겨우 윤곡***이나 따르고 마는 것을
當時愧不蹋陳東 부끄럽네, 왜 그때 진동****처럼 못했던가.

---

* 쓰러져가는 나라를 위해 조그만 힘도 보태지 못한 것을 가리킨다.

** 국난을 당해 자결함으로써 지식인의 도리는 다했지만, 나라에 충성을 한 것은 아니라는 뜻이다.

*** 윤곡(尹穀)은 송(宋)나라 때 사람으로 평소 강직하고 청렴하여 명성이 있었다. 몽고의 군대가 쳐들어와서 성을 포위하였을 때 막료로서 성의 방어에 참여하였는데, 성이 함락될 위기에 처하자 처자에게 뒤따라 죽을 것을 명한 뒤, 집에 불을 지르고 그 속에 단정히 앉아 자결하였다.

**** 진동(陳東)은 송(宋)나라 사람으로 금(金)나라가 쳐들어 왔을 때 끝까지 싸울 것을 주장했던 이강(李綱)이 파직되자, 태학생들을 이끌고 상소를 올려 그의 복직을 청했던 사람이다. 여기서는 황현 자신이 성균관에서 공부할 때에 송나라의 진동처럼 간신배들을 몰아낼 것을 상소하지 못해서 후회한다는 뜻이다.

제 5 부

가족에 대한 사랑

눈병은 요즘에 차도가 있으십니까?

* 정조 임금이 세손시절 외할아버지 홍봉한에게 보낸 편지(3통)

몇 달 동안 뵙지 못하고 봄철이 이미 다하고 보니, 시대의 상황을 생각하면서 서운한 마음을 스스로 금할 수 없습니다. 정성스럽게 가르쳐 주시되 정(靜)을 주로 삼고 동(動)을 절제하는 방법으로 면려해 주시고 진실하게 쌓아서 오래도록 힘쓰는 공부도 깨우쳐 주시니, 여러 번 반복하여 받들어 읽고서 감탄을 금치 못했습니다. 비록 매우 불민하나, 어찌 말씀을 받들어 일이 잘되도록 힘써야 할 도리를 생각하지 않겠습니까. 대체로 타고난 기질이 용렬하여 스스로 힘쓰지 못한 탓으로 평범한 문자에 대해서도 뜻을 붙이기가 어려운데, 더구나 마음의 공부야 말할 나위가 있겠습니까. 비록 그러하나 끝없이 배우면 군자가 될 수 있다고 옛사람이 말했거니와, 정성스럽게 가르쳐 주심으로 인하여 혹 자포자기의 지경을 면하게 되는 것은 또한 내 마음 사이에 달려있는 것이니, 이것으로써 스스로 힘쓰겠습니다. 용산강의 뛰어난 경치에 대해서는 보여 주신 글에 워낙 상세히 나타나 있어서 마치 몸소 친히 가 본 것과 같으니, 여기에서 또한 그 한가로이 자유자재하시는 가운데 성덕을 노래하신 의지와 취향을 우러러 상상할 만합니다. 동일한 경치라 하더라도 사람의 심사에 따라서 걱정이나 기쁨으로 각각 달라지는 것이니, 그 정(情)은 오직 그것을 대처하는데서 내 마음의 화평을 잃지 않는 데에 달려 있을 뿐입니다. 이것으로 축하드립니다.

갖추 말씀드리지 않겠습니다.

비 온 뒤의 일상적 생활이 아주 평안하다 하시니, 삼가 위로가 됩니다. 집안의 식구를 거느리고 강변으로 이주했다고 하시니, 모르겠습니다만 거처가 좁은 걱정은 없습니까? 가물던 끝에 단비가 내려서 소의간식(宵衣旰食)하시는 성상의 걱정을 풀게 되었으니, 대단히 다행스럽습니다. 그리고 강변의 경치도 아마 더 아름다우리라 생각됩니다. 그러나 경치가 마음에 따라서 걱정과 즐거움이 각각 달라지는 것이니, 적적한 회포에 항상 염려를 놓지 못하실 것이 우러러 염려가 됩니다. 눈병에 대해서는 늘 어머니의 하교로 인하여 약간의 차도가 있으심을 알겠으나, 마음은 온 몸의 주인이기에 마음이 편치 않으면 몸 또한 건강하지 못하게 되는 것이니, 요즘의 눈병이 바로 마음을 쓴 소치가 아니겠습니까. 눈은 태양에 속한 것인데, 태양은 폐에 딸린 경락이니, 폐에 열이 나고 답답한 증세가 있게 되면 눈병이 생기는 것입니다. 삼가 바라건대 심기를 화평하게 갖으시어 '군자는 당한 현실에 처하여 당연히 할 일만 하므로 어디를 가나 자득하지 않음이 없다.'라는 말을 자주 되풀이하여 외우도록 하소서.

갖추 말씀드리지 않습니다.

요즘에 기거가 어떠하십니까? 눈병은 요즘에 차도가 있으십니까? 외손은 타고난 운명이 기구하여 만 리나 떨어진 먼 바다 밖으로부터 아우의 부음을 받들어 듣고 나니, 가슴이 찢어질 듯이 애통함을 스스로 억제하기 어렵습니다. 그러나 연파(煙波)가 하도 광활하고 운산(雲山)이 하도 아득히 멀어서, 급히 달려가서 관을 부여잡고 통곡하여 형제의 정을 펼 길이 없으니 어찌하겠습니까. 또 아우를 잃고 나서부터는 형제간이 더욱 드물어졌으므로, 옛날을 회상하여 느끼고 지금의 일을 슬퍼하니 더욱 마음이 아파서 줄줄 흐르는 눈물을 스스로 감당하지 못하겠습니다. 그저께 광은(光恩)이 와서 '제주에 사람을 보내는 것을 어떻게 생각하느냐.'는 밝으신 가르침을 전해 주었는데, 이는 참으로 삼가고 두려워하시는 염려에서 나온 것이기는 하나, 외손의 뜻에는 삼가 그렇지 않게 여기는 바가 있습니다. 아…… 얻기 어려운 것은 형제이고, 폐할 수 없는 것은 윤리입니다. 지금 사람을 보내는 것은 실로 그만둘 수 없는 인정과 도리에서 말미암은 것이니, 성인은 인륜의 마지막 보루인데, 아무리 번거롭게 말씀을 올린다 하더라도 어찌 굽어 살피는 도리가 없겠습니까. 또 죄명은 죄명이고 은애(恩愛)는 은애이므로, 성상께서도 이미 불쌍하게 여기시는 하교가 있었습니다. 그런데 더구나 외손인 제 입장에서야 어찌 형제간의 의친(懿親)*을 폐하겠습니까. 더구나 바다 가운데 섬에서 죽었으므로 정상이 더욱 자별한데, 외손이 만일 돌보아주지 않는다면 이것이 어찌 인정상 차마 할 일이겠습니까. 인정상 차마 하지 못할 일인데도 스스로 천연적인 인애(仁愛)의 마음을 저지한다면, 또 어찌 도리로써 감히 편안할 수 있겠습니까. 외손의 얕은 소견은 이러한데, 어떻게 생각하십니까? 반년 동안이나 소식이 막혀서 매우 염려되었습니다. 철에 알맞은 비가 한 차례 지나가서 강호의 경치는 아마도 사랑스러운 것들이 많을 듯합니다. 그러나 이런 때에 높은데 올라가서 먼 곳을 바라보노라면 혹 마음의 회포를 어찌하기 어려울 듯합니다. 갖추 말씀드리지 못합니다.

* 임금의 유복친(有服親) 이내의 가까운 친척을 말한다.

보태는 글

정조가 세손으로 있던 시절에 외할아버지 홍봉한(洪鳳漢)에게 보낸 3통의 편지이다. 첫 번째 편지에서는 단순한 안부와 아울러 잘 가르쳐주시는데 대한 감사를 표시하였다. 두 번째 편지에서는 눈병에 대처하는 방법을 제시하고 있는데 역시 정조의 박학다식함과 거침없는 행동을 엿볼 수 있다. 40여세나 많은 외조부에게 아무리 세손이라 하더라도 이런 말을 하기란 쉽지 않기 때문이다. 그리고 세 번째 편지에서는 세 살 아래 이복동생인 은신군의 죽음을 당하여 세손으로서 아무것도 할 수 없는 답답함을 호소하면서, 은신군의 장례를 어찌해야 좋을 것인지에 대하여 자신의 견해를 밝히고 외조부의 의견을 구하고 있다. 이때 조정의 세력은 영조의 계비 정순왕후의 오빠인 김귀주(金龜柱)의 남당(南黨)과 사도세자의 장인 홍봉한의 북당(北黨)이 대립하고 있었다. 남당의 김귀주 등은 은신군이 시전의 상인들을 갈취하고 빚을 갚지 않았으며, 고위관리만 탈 수 있는 남여(藍輿)를 타고 다닌다는 상소를 올려 은신군을 탄핵하는 사건이 발생하였다. 이에 영조임금은 은신군을 제주도로 유배를 보내는 조처를 내렸는데, 은신군이 그곳에서 죽었던 것이다. 이러한 정치적 상황에서 세손이 죽은 은신군을 위해서 할 수 있는 일은 지극히 제한적이었을 것이다. 이때 죽은 은신군의 가계 상 손자가 바로 흥선대원군이고 증손자가 고종 임금이 되었다. 아래는 정조가 손수 지은 은신군의 신도비명이다.

아, 은신군이여! / 평소에 행동거지가 훌륭했었지
효도하고 또 우애하고 / 공손하고도 신중했었지

인후하신 왕의 자손으로 / 외로운 섬에 귀양 갔었네.
화와 복이 그리도 무상한 것 / 그 까닭을 누가 알리오.
머나먼 남쪽 땅을 / 가더니 오지를 않고
놀란 파도는 하늘에 닿고 / 비도 울고 바람도 흐느꼈네.
군자는 말하기를 아, 슬프도다. / 모두가 운명인 걸 어찌하랴 한다네.
누구를 원망하고 탓하는 게 아니라 / 내 감회가 매우 많다네.
경기지역으로 안장하여 / 우리 대궐과도 가까이 있고
작록도 회복되고 / 시호도 내려지고 위계도 올랐으니
그대 넋이여, 무슨 유감이 있으리오. / 이 집 속에 고이 잠들게나.
이 비석에다 사연을 새겨 / 슬픈 이내 심정을 엮었다네.

말 위에서도 맹자를 외웠다

* 유성룡이 여러 아들에게 보낸 편지

너희가 십 년 동안이나 제대로 공부를 못하고, 여러 가지 걱정 때문에 이리저리 쫓겨 다니다 보니 한없이 세월만 흘렀구나. 그러나 이것도 하늘이 내린 운명이니 어찌 하겠느냐. 나도 젊었을 때에 전적으로 과거 공부를 하지 않고 너희와 같이 그럭저럭 세월만 보냈다. 경신년(1560, 명종 15) 겨울에 『맹자』 한 질을 가지고 관악산에 들어가서 두어 달 동안 이십 여 차례 읽고 나서야 겨우 첫머리부터 끝까지 외울 수 있었다. 산에서 내려와 서울로 오는 동안에도 말 위에서 다른 생각은 하지 않고 「양혜왕장」에서 「진심장」까지 모두 기억할 수 있었다. 비록 그 정밀한 뜻을 깊이 깨닫지 못했지만 군데군데 마음에 이해가 되는 곳이 있었다. 그 이듬해 하회의 고향집에 와 있으면서 『춘추』를 삼십 번을 읽고서는 이때부터 조금씩 문장의 흐름을 이해하게 되어 다행히 과거에 급제하였다. 지금에 와서는 그때 좀 더 공부를 하여 사서(논어 · 대학 · 맹자 · 중용)를 백여 번 읽었더라면 하고 언제나 한이 된다. 만일 그렇게 했더라면 얻은 것이 기필코 오늘같이 보잘것없지는 않았을 것이다. 그러므로 너희에게 사서를 읽으라고 말하는 것이다.

요즘 서울의 젊은이들은 마치 시장에서 장사하는 사람과 같아서 다만 빨리 성공할 방법만을 연구해서, 성현들의 글은 다락에 묶어 두고 날마다 영리하게 남의 비위에 맞게 하는 작은 문자를 찾아서 그 말을 따서 글을 지어 시험관의 눈에만 들게 하여 성공을 한 사람이 많다. 그러나 이는 바로 교묘한 방법으로 벼슬을 하는 사람들의 한 가지 수단이지, 너희같이 우둔하고 명예를 다투는데 익숙하지 못한 사람이 쉽게 본받을 것이 못 된다. 모모(嫫母 못생긴 여자)가 서시(西施 아름다운 여자)를 본받는 것도 여러 사람의 웃음거리가 되었는데, 더군다나 제가 굳이 서시와 같지 않고 내가 모모도 아니면서 무엇 때문에 욕을 먹으면서 이런 일을 하겠느냐? 대개 학문의 성취 여부는 나에게 달려 있고 얻고 얻지 못함은 하늘에 달려 있으니, 오직 내가 마땅히 해야 할 일에만 힘쓰고 운명은 하늘에 맡길 뿐이다. 『통감』도 역사가들의 지남(指南)이니, 어찌 읽지 않아서야 되겠느냐. 통감을 읽는 것도 잘못은 아니다. 그러나 너희는 나이가 벌써 중년이 되었고 할 일이 많은데, 사서와 시서(詩書)가 모두 너희의 물건이 되지 않았다. 그런데 다시 또 몇 해를 더 보내면 끝내 아무런 실속도 없이 가난한 집에서 슬프게 탄식하는 필부의 꼴을 면할 수 없으니, 어찌 민망하지 않겠느냐. 그리고 경서는 내용과 의미가 깊고 정밀하기 때문에 반드시 노력을 기울인 뒤에야 터득할 수 있지만 역사서는 경서에 비할 것이 못되니, 경서를 읽을 때 돌아가면서 훑어보아도 관통할 수 있다. 이렇게 되면 두 가지는 모두 실속이 있으니 잘 생각해 보거라.

보태는 글

이 편지를 읽으면서 느끼는 것은 부모로서 자식에 대한 교육은 옛날과 지금이 다르지 않다는 것이다. 유성룡은 젊어서 말을 타고 가면서도 『맹자』를 외웠는데, 오백여 년이 지난 요즘 아이들도 차 안에서 수학 공식을 외우고 있으니 말이다. 게다가 그 당시의 젊은이들도 사서오경과 같은 학문의 근원을 탐색하지 않고 과거 시험에 대비하여 교묘한 문장을 짓는 방법을 찾는 풍조가 있었으니, 공부와 시험에 대한 유전인자는 그 역사가 어디서부터 시작되었을까? 참으로 궁금하기도 하다. 유성룡이 자식들에게 말하는 공부의 과정은 학문의 기본이 되는 경전(經傳)을 깊이 연구하고, 그 여가에 역사서를 읽어야 한다는 것이다. 이러한 아버지의 기대에 그 자식들이 얼마나 부응했는지 알 수는 없으나, 아마도 그의 자식들도 지금 아이들과 마찬가지로 꽤나 부담을 느꼈을 것이다.

유성룡(柳成龍 1542~1607)은 강원도관찰사를 지낸 유중영(柳仲郢)의 아들로 퇴계 이황의 문인이다. 1566년(명종 21) 별시문과에 급제하여 승문원의 부정자와 예문관 검열을 지냈다. 1569년(선조 2)에 성절사의 서장관으로 명나라에 다녀오고 사가독서를 했다. 1579년 직제학 · 동부승지 · 부제학을 지내고 1582년 대사간에 어어 도승지가 되고 대사헌을 거쳐 경상도관찰사로 나갔다. 1584년에 예조판서가 되고 이어서 양관대제학이 되었다. 1590년에 우의정에 승진되고 광국공신 3등으로 풍원부원군에 봉해졌다. 이듬해 광해군을 세자로 책봉하려는 '건저문제'가 발생하였다. 이는 당시 영의정 이산해, 좌의정 정철, 우의정 유성룡 등이 광해군을 세자로 책봉할 것을 선조에게 건의하기로 약속을 했으나, 이산해의 계략에 걸려

서인의 정철이 단죄를 받게 되자, 이산해는 강력한 처벌을 주장한 반면 유성룡은 온건한 입장을 보였다. 이로 인하여 이산해를 지지하는 강경그룹은 북인이 되고 유성룡을 지지하는 온건그룹은 남인으로 갈리는 원인이 되었다.

1592년 임진왜란이 일어나자 도체찰사로 권율과 이순신 등을 등용하여 국난을 극복하는데 진력하였다. 1598년 명나라 병부주사 정응태(丁應泰)가 조선이 일본과 연합하여 명나라를 공격하려 한다고 본국에 거짓보고를 하는 사건이 발생하였다. 이에 조선 정부에서는 유성룡을 보내 이 문제를 해결하고자 하였다. 그러나 유성룡은 자신이 사신으로 여의치 않다고 하여 북인들의 탄핵을 받아 관작을 삭탈당하고 고향으로 내려가 다시는 벼슬에 나가지 않고 학문에 전념하였다. 그가 저술한 『징비록』은 임진왜란을 겪는 동안에 경험한 사실을 기록한 책으로 국보 제132호로 지정된 귀중한 문헌이다.

벼슬에 나아가는 일은 다른 사람에게 물어서는 안 되네

* 정경세가 사위 송경보에게 보낸 편지

편지를 보내와서 가족들이 모두 모여 편안하게 지낸다는 것을 알아서 위로되는 마음을 금치 못하겠네. 새해가 되었으니 더욱 많은 복을 받기 바라네. 나는 요행이 쓰러져 넘어지는 것을 면하고서 또 다시 새해를 맞이하게 되었네만, 다만 늙은 말이면서도 어린 망아지와 같이 하고 있으니, 뒷날에는 어떻게 될지 모르겠네. 고요히 앉아 있으면서 책을 보는 것은 십분 좋은 일인데, 더구나 도(道)가 있는 분께 나아가 바로잡음을 받을 경우에는 그 진보됨을 또 어찌 헤아릴 수 있겠는가. 몹시 기쁘고 몹시 기쁘네. 말한 바 『주자서절요』와 『근사록』은 과연 두세 질이 있네. 사람을 보내어 가지고 가서 자세히 읽는다면 비록 책을 묶은 끈이 끊어지더라도 괜찮겠네. 아직까지 연산(충남 논산)에 있으면서 돌아오지 않았는가? 얻은 것이 더욱더 많아졌을 것으로 생각되기에 매우 기쁘네. 예문(禮文)은 참으로 널리 상고하고 자세하게 강구해 보는 것이 마땅하네. 그러나 타고난 마음을 바탕으로 하는 공부는 더욱이 안으로 향해 가는 중요한 일이니, 모름지기 송(宋)나라의 주렴계, 정명도, 정이천 등 현인들의 여러 가지 서책을 충분히 읽어야 하네. 그중에서도 『주자서절요』는 특히 책상 위에 항상 펼쳐

두고 읽지 않으면 안 되네. 나는 쇠약하고 병으로 인해서 겨우 형체만 보존하고 있어 서로 사랑하는 사람을 위하여 말해줄 만한 것이 없으므로 몹시도 부끄러우나 어쩌겠는가.

자네가 서책에 맛을 들여서 본디 몸 밖의 사물로 향하는 생각이 없다는 것은 알고 있은 지 오래되었으나, 지난번에 내린 관직 제수의 명령은 뜻밖에 나온 것으로, 마땅히 관직에 나아가도 될 것 같기에 며칠 동안 오기를 기다리고 있었네. 그러다가 편지를 받고서 말한 뜻을 자세하게 살펴보니, 참으로 이른바 금저울의 눈금에 꼭 맞춘 데에서 나온 것으로, 몹시 기쁘고 몹시 기쁘네. 송나라 때 학자인 호안국(胡安國)이 말하기를 '출처(出處)에 대해서는 다른 사람에게 물어서는 안 된다.'라고 하였으니, 이는 다른 사람을 위해서 충고해 주는 사람은 항상 둘째가는 의리를 말해주기 때문일세. 편지를 보니 혹자의 의논이 있는데, 그것 역시 참으로 이치가 있는 말이기는 하나, 자네가 스스로 헤아려 본 바와 비교해 보면 조금은 낮음을 면치 못하는 것이네. 듣건대 사계 선생(김장생)께서도 가지 않더라도 무방하다고 했다는데, 이것은 참으로 자네를 위해서 진심으로 충고해 준 것일세. 이제부터 문을 닫아걸고 단정한 자세로 앉아서 성현들의 서책에 침잠하여 반복해서 연구한다면, 그 진보됨을 어찌 이루 헤아릴 수 있겠는가. 별지에서 물어온 바를 보니 최근에 터득한 것이 아주 많다는 것을 알겠네. 이 때문에 더욱더 젊은 나이에 세로(世路)에 나아가지 않았으면 하는 것이네.

기약한 날짜가 지나갔는데도 오지 않아서 바야흐로 염려하고 있던 차에 보내온 편지를 보고서 이미 편안하고 건강하다는 것을 알았는데, 몹시 위로가 되네. 이쪽도 그런대로 편안하게 지내고 있다네. 다만 고향 땅에 가뭄이 심하여 씨를 뿌리지 못해 백성들이 장차 다 죽게 되었다고 하니, 이것이 어찌 한 집안

만의 사사로운 걱정이겠는가. 염려스럽고 염려스럽네. 별지에 대해서는 각 항목 아래에 대략 주(註)를 달았는데, 과연 잘못된 곳이나 없는지 모르겠네. 사계선생님이 보낸 편지에 내가 자네에게 벼슬길에 나갈 것을 권했다고 몹시 준엄하게 질책하였는데, 이것은 참으로 좋은 뜻이니, 경탄스럽고 경탄스럽네. 그러나 나의 본뜻에 대해서는 자못 서로 간에 제대로 양찰하지 못하고 있는 것 같았네. 지금 답장을 쓰기는 하였으나, 역시 내 스스로 해명하고 싶지는 않네. 단지 자네가 그것을 알아주기만을 바랄 뿐이네. 더욱더 힘을 써서 그 어른의 뜻에 부응하기를 바라네.

보태는 글

이 편지는 정경세가 사위 송경보에게 보낸 것이다. 이때 송경보는 김장생의 문하에 들어가 학문에 매진하고 있었다. 정경세는 공부하는 사위에게 학문의 목표를 성현의 가르침에 둘 것과 처세하는 방법 등에 대해서 자상하게 일러주고 있다. 정경세(鄭經世 1563~1633)는 좌찬성을 지낸 정여관(鄭汝寬)의 아들로 유성룡의 문인이다. 1586년 알성문과에 급제하여 승문원부정자가 되었다. 1596년 영남어사로 왜군을 방어하고 있는 군부대를 순시하고 돌아와서 홍문관의 교리가 되었다. 1598년 우승지와 좌승지를 거쳐 경상도관찰사로 나갔다. 광해군이 즉위하자 사치풍습을 경계하고, 인물의 전형을 공정하게 할 것과 학문에 힘쓸 것 등을 건의하는 만언소(萬言疏)를 올렸다. 1609년 명나라에 사신으로 다녀와서 성균관대사성이 되고 이어서 전라도관찰사로 나갔으나, 정인홍의 탄핵을 받아 파직되었다. 1623년 인조반정 후 대사헌·도승지·예조판서·이조판서를 지내고 대제학에 올랐다. 학문은 주자학에 본원을 두고 이황의 학통을 계승하였으며, 특히 예학(禮學)에 밝았다.

고향으로 돌아가서 살기는 어려울 것 같습니다

* 조호익이 큰형님에게 올린 편지

요즈음 객지에서 어떻게 보내고 계시는지 모르겠습니다. 우러러 그리는 마음이 몹시도 깊습니다. 이 동생은 천리 먼 곳에서 고향으로 돌아온 뒤 2년 동안이나 이곳저곳을 떠돌아다니느라 조상님들의 묘역을 한 번도 둘러보지 못했습니다. 그리고 또 우리 형님과 하루도 조용히 만나서 회포를 풀지 못했으며, 우리 형님께서 산속에서 굶주린 배를 움켜쥐고 있는 것을 보기만 한 채 하루치의 양식도 도와드리지 못했습니다. 이번에 돌아가는 길이 바로 영원히 헤어지는 것입니다. 그런데도 또 서로 부여잡고 눈물을 흘리면서 헤어지지도 못한 채, 멀리서 서글픈 마음으로 바라보기만 하고 돌아왔습니다. 이내 삶의 한스럽고 탄식하는 것은 천지조차도 알지 못할 것입니다. 처음에는 산음(경남 산청)에 도착하여 지름길을 통해 가서 찾아뵈려고 하였는데, 출발에 앞서 또 조카 이진이 보낸 편지를 보니, 전염병으로 인하여 장차 이사를 간다는 기별이 있었습니다. 이 때문에 찾아뵙지 못하고 곧바로 서울로 향하였으니, 이 한스러운 마음을 어찌 이루 다 말할 수 있겠습니까. 다만 생각건대 이 아우는 서울에 도착한 뒤에 곧바로 관직에서 물러나게 해 주기를 청하여 강동의 서재로 돌아가서 누워 지내려 하고 있습니다. 이는 이미 정해진 계획입니다만, 저의 소청대로 될지의 여부는 모르겠습니다. 그렇지 않고 만약 평안도 지방의 한 고을을 맡게 된다면, 말과 종을 보내어 형님을 모셔와 한곳에 살면서 늙음을 마칠 계획인데, 이 역시 성사될지 안 될지 모르겠습니다. 조카 이항을 데리고 돌아가는 뜻은 한편으로는 이 아우에게 깊은 뜻이 있어서이고, 다른 한편으로는 또한 이런 계획을 하고 있기 때문입니다. 그러니 오직 몸을 잘 보중하시기만을 바랍니다.

창원(昌原)에 이르러서는 그곳이 비록 조상님들의 묘역이 있는 곳이라고는 하지만, 왜적들의 소굴에서 십 년 이내에 벗어날 수 있을지 모르겠습니다. 그리고 비록 왜적들이 도망쳐 달아난다 하더라도, 국내의 변란 역시 어찌 될지 알 수가 없습니다. 그러니 고향 땅으로 돌아가서 사는 것은 아마도 그럴 수 있을 때가 없을 듯합니다. 설령 왜적들이 영원히 물러가고 나라 안이 평안해진다고 하더라도, 몇 년 안으로는 그곳으로 가서 살 만한 형세가 전혀 없을 것 같습니다. 이 아우는 이번에 가고나면 아마도 다시는 돌아올 수 없을 것 같습니다. 더욱더 한스러운 것은 비단 조상님들의 묘역을 둘러보지 못하는 것뿐만이 아닙니다. 신주(神主)에 이르러서는 모두 전쟁 중에 부서져서 제사를 모시지 못한 지가 이미 삼 년이나 되었습니다. 하늘에 계신 영령께서 어느 곳에 돌아가 의지하신단 말입니까. 우리 형님께서는 이미 살 곳을 잃은 채 떠돌아다니시고, 이 아우 역시 머물러 살 곳이 없으니, 아무리 신주를 다시 만들려고 하더라도 장차 어느 곳에 봉안을 하겠습니까? 생각이 여기에 미치니 통곡이나 할 뿐 무슨 말을 하겠습니까.

만약 이 아우가 평안도로 돌아가게 되어서 형님을 모셔와 함께 돌아갈 만한 형편이 된다면, 조상님들의 묘역이 비록 천리토록 멀기는 하지만, 자손이 있는 곳과는 기맥(氣脈) 서로 연결되어 있어서 오시지 못할 까닭이 없을 듯합니다.

이에 이 아우가 사는 곳에 사당을 지어 신주를 봉안하고자 하는 계획을 세웠는데, 그래도 되는 것인지 모르겠습니다. 이는 부득이한 계책에서 나온 것입니다. 그러나 반드시 형님께서 돌아오시기를 기다린 뒤에야 할 수 있는 것이지, 그렇지 않을 경우에는 할 수 없습니다. 오직 몸을 잘 보중하시기만을 간절히 바랍니다. 남은 정이 끝이 없어서 다 쓰지는 못합니다.

보태는 글

조호익(曺好益 1545~1609)은 좌참찬에 증직된 조윤신(曺允愼)의 아들이다. 경남 창원 출신으로 퇴계 이황의 문인이다. 그는 젊은 시절 지방의 관리들과 갈등을 빚어 평안도 강동현으로 유배되었다. 그곳에서 학문에 정진하는 한편 서재를 지어 강동지방의 학풍을 크게 진작시키고 후진 양성에 힘을 쏟았다. 임진왜란이 일어나자 유성룡의 요청으로 풀려나 전쟁에 필요한 인력을 모집하는 소모관(召募官)이 되었다. 평안도의 중화·상원 등지에서 군민을 규합하여 많은 전공을 세웠다. 이어서 안주목사·성천부사·정주목사 등 주로 평안도 지방의 수령을 역임하였으므로, 그의 생애에서 대부분의 시간을 평안도 지역에서 보냈다. 그의 본가가 있는 경상도 창원과는 2천여 리나 떨어져 있었기 때문에 고향에 대한 감회가 많았을 것이다. 그는 형님에게 보낸 이 편지에서 전쟁 중에 이리저리 피난 다니는 가족에 대한 그리움, 조상님들의 사당이 파괴되어 제사도 지내지 못하고 선영에 성묘도 할 수 없는 현실을 안타까워하면서 자신이 평안도에서 자리가 잡히면 형님 가족을 모셔다가 화목하게 살고 싶다는 간절한 소망을 드러내고 있다. 이 편지를 읽어보면 조선시대의 지방수령들이 이리저리 옮겨 다니며 벼슬살이 하는 고충과 전쟁 중에 유랑하는 가족들을 생각하면 과연 그들의 텅 빈 가슴을 뉘라서 채워 줄 수 있었을까.

너의 운명은 평탄하고 험한 길이 서로 반반이다

* 이식이 아들 면하에게 보낸 답장

인편에 두 번째 편지를 받아 보고는 객지 생활이 편치 못하다는 것을 알았다. 한편으로는 위로가 되면서도 한편으로는 걱정이 되는구나. 나의 병세는 네가 갈 때보다 더욱 심해졌다. 하루를 보내는 것이 꼭 큰 병을 치르는 것만 같은데, 저녁에는 조금 나아졌다가 밤이 되면 또 번민에 사로잡히곤 한다. 이런 때에 산골을 나간다면 반드시 배에 오르기도 전에 쓰러지고 말 것이다. 길에서 죽더라도 애석할 것이 뭐가 있겠느냐마는, 아직도 마음속으로 포기하지 못하고 있는 것은 바로 역사를 수정하는 한 가지 일이다. 그래서 만에 하나라도 내가 죽기 전에 마지막 작품으로 마무리할 수 있게 되기를 바라고 있으니, 병세가 조금 뜸해지고 더위가 물러가면 바로 올라가 보려고 한다. 구구하나마 현재 내가 지니고 있는 생각은 이런 것일 뿐이지, 다른 뜻은 전혀 없다. 그런데 네가 자꾸만 걱정하면서 빨리 올라왔으면 좋겠다고 말하는 것을 보고는 참으로 뜻밖이라는 생각이 들었다. 사람들의 말이 어떻게 해서 이 지경에까지 이르렀는지 모르겠다만, 내가 조정에서 비난을 받아 온 것이 벌써 오래전부터이고 이 또한 당연한 일인지도 모른다. 이를 고칠 묘약이 없으니, 그저 내 탓으로나 돌려야지 어떻게 하겠느냐.

이경증(李景曾) 어른으로 말하면, 병 없이 서울에 살고 있으며 또 조정으로부터 모든 지지와 보호를 받고 있는 입장이다. 그러니 즉시 나아가서 은혜에 대한 사례를 하는 것이 타당할 듯도 한데, 말하는 사람들은 오히려 염치없는 짓이라고 비평을 하고 있다. 그런가 하면 나는 또 처벌을 받고 쫓겨난 몸이라서 조정에서 나를 변호해 주는 말이 전혀 나오지 않고 있는 실정이다. 그런데 지금 나를 군사에 관한 직무를 맡기려 한다는 소식이 지금 막 들려 온 때에 저쪽에서 의논하는 소리를 들어보면, 내가 일찌감치 서울에 와서 대기하지 않은 것이 잘못이라고 하면서, 수레에 멍에를 멜 겨를도 없이 뛰어가게 하려는 것처럼 보이기까지 한다. 이것은 지금 시대 상황이 그러하기 때문이 아니라, 단지 사람에 따라서 낯빛을 바꾸기 때문에 그렇다고 하겠다.

조익(趙翼)과 정홍명(鄭弘溟)은 병자호란이 발생하던 초기에 적이 일어난 지역에 거처하고 있었으니, 한번 와서 사은하는 것을 그만두어서는 안 될 듯 한데 처음부터 끝까지 오지 않았다. 그리고 정홍명은 소매 속에다 대제학의 표식인 문병과 금대를 집어넣고서는 사면하지 않다가 일개 노비의 일로 상소를 올려 면직을 청하였으니, 그야말로 형편없기 짝이 없었다고 할 것인데도 사람들의 비난이 있었다는 말을 듣지 못했다. 시대의 의논이 관대하게 봐주고 성은을 후하게 베푸는 것이 어찌 이보다 더할 수가 있겠는가. 그런데 나의 경우에는 유독 끓는 물과 타는 불길이 사방을 에워싸고 있는 것 같으니, 정말 두렵게 느껴지기도 한다. 그러나 일단 이런 지경에 이르렀고 보면 오직 운명을 기다리는 것이 마땅하니, 뛰어다니면서 애걸한다고 해서 면할 수 있는 일은 아니라고 하겠다. 그리고 이렇게 이삼십 일쯤 사은하는 일을 늦추다 보면, 그 뒤에는 예전처럼 관직을 다시 거두어들일 것인데, 그렇게 되면 그들이 또 무슨 틈새를 찾아서 나에게 무턱대고 죄의 그물을 덮어씌울 수가 있겠느냐. 부디 깊이 성찰하여 시끄럽게 떠들어 대는 사람들의 소리에 현혹되지 말도록 해라. 이 몸이 한번 도성의 문을 들어선다면, 다시 무슨 말을 하면서 물러나올 수 있겠느냐.

네가 계책을 세우고 있는 것은 너의 본심이라기보다는 타인의 말일 것이 분명한데, 나를 빨리 올라오게 하려는 이유가 비록 여러 가지라고 하더라도, 요점은 내가 고집을 부리는 것을 염려해서 생각을 바꾸도록 하려는 것에 지나지 않는다고 할 것이다. 그런데 나 자신의 마음속도 어지럽지는 않으니, 이해와 시비에 대해서 어찌 분명히 판단하고 있지 않겠느냐. 그래서 나의 뜻을 위에 글로 올려서 제때에 올라가지 못한 사정을 진달하려고 하는데, 다만 사령장이 오지 않아서 무슨 직무에 부쳐졌는지 모르겠으니, 모쪼록 인편을 찾아서 다시 소식을 전하도록 해라. 지평(砥平)의 현령이 지금 서울에 가 있는데, 가까운 시일 안에 반드시 내려올 것이니, 그 편을 이용하는 것이 좋겠다. 겨울을 보낼 계책을 세우려면 초가을부터 경영해야 할 것이다. 올라간 다음에 한다면 늦어질까 염려되니, 남쪽 담 벽을 어느 겨를에 고쳐서 쌓겠느냐. 이 맑은 샘과 따스한 온돌방을 버려둔 채 다시 흐린 물을 먹고 썰렁한 의자에 앉아 있을 생각을 하니 벌써부터 이가 시려 온다마는, 또 어떻게 하겠느냐.

요즈음 조용히 지내는 가운데 세밀하게 거듭 생각해 보아도 처신하며 이 세상을 살아감에 있어 더 이상의 다른 계책이 떠오르지 않는구나. 천금의 재물도 결국은 자갈과 마찬가지가 되고, 삼공의 높은 지위도 노예와 다름이 없게 되고 말았다. 정상적인 세상을 만났다면 혹시 할 말이 있을지도 모르겠으나, 지금 이 시대는 오직 내 몸 안에 있는 물건만이 나의 소유가 될 수 있을 뿐이요, 몸 밖의 것은 비록 모발이라 하더라도 외부에 붙어있는 혹이나 매한가지라고 해야 할 것이다. 따라서 몸을 보전하는 계책을 생각해 본다면, 오직 병을 치료하고 기운을 기르면서 춥고 더움과 고험(苦險)에 손상 받지 않게 하는 것이 하나의 계책이요, 마음을 안정시키고 사리에 통달하여 영욕과 화복에 동요되지 않게 하는 것이 또 하나의 계책이라고 할 것인데, 이 두 가지는 또한 서로를 길러주는 불가분의 관계에 있다고도 하겠다.

나는 어려서부터 비할 데 없이 허약한 데다 혈기마저 모두 손상되었기 때문에 거의 사람구실을 하지 못하였다. 그래서 두 가지 계책을 모두 잃어버린 채 일찌감치 적용해 보지 못하였다. 그러다가 지금에 와서는 나의 운명이 그래도 다행히 모질지는 않았던 까닭에 수명과 귀한 신분을 아직까지 보전하고 있다마는, 앞으로 생사와 영욕에 대해서는 세월이 또 많이 남아있지 않은 만큼 그저 순응하며 받아들일 생각만을 하고 있다. 그런데 너는 바야흐로 앞길이 창창하기만 한데, 두 가지의 병을 아직도 극복하지 못하고 있다. 하지만 나처럼 심한 지경에까지는 이르지 않았으니, 모쪼록 지금 이런 때에 돈이 들어가는 것을 생각하지 말고 스스로 약물을 많이 복용하여 끊임없이 고쳐 보려고 노력을 해야 할 것이다. 그리고 마음을 안정시키는 방도에 대해서는 상세하게 설명하기 어렵다마는, 오직 어떤 일을 당하든 간에 떳떳한 도리를 추구함으로써 하늘을 우러러 한 점 부끄러움이 없도록 하는 가운데 자신의 덕을 수양하여 하늘의 명령을 기다리는 것을 위주로 해야 할 것이요, 다음으로는 자신의 몸을 단속하고 공순하게 하여 남의 비난을 받지 않도록 힘써야 할 것이다. 이렇게 하고서도 뜻밖에 당하게 되는 환란에 대해서는 일체 운명으로 돌려야 할 것이니, 이것이 바로 대체적인 방법이라 하겠다. 그런데 만약 작은 일을 큰일처럼 여겨 일을 당할 때마다 마음이 동요된 나머지 스스로 풀어버리지 못한 채 근심과 탄식을 면하지 못하게 되면, 이 때문에 혈기 사이에 하나의 병이 생기게 마련인데, 이런 때에는 비록 의리(義理)라고 하는 약이 있더라도, 이와는 별도로 바른 약물을 또 복용하지 않으면 안 될 것이다. 내가 이렇게 답장을 보내는 것은 약물 복용을 조속히 강구하는 동시에 하루라도 빨리 마음을 안정시킴으로써, 밖에서 들어오는 환란을 막게 하려는 의도에서이다.

너의 운명은 평탄하고 험난한 길이 서로 반반이라고 할 것이니, 비록 한때 좋지 않은 일이 있더라도 결국은 반드시 정상으로 되돌아오게 될 것이다. 나 역시 그러한 경계를 실컷 맛보면서도 항상 마음이 동요되는 일을 면치 못하곤 하였다. 그러다가 너무나 많이 그러한 일을 겪다 보니 점차 감각이 무뎌져서 마음이 움직이지 않게끔 되었는데, 이것은 실제로 그러한 경지를 터득해서 그런 것이 아니다. 어떻게 해야 추우면 옷을 입고 목이 마르면 물을 마시고 배가 고프면 밥을 먹는 것처럼 태연히 운명에 순응하는 경지를 터득할 수 있을지 모르겠다. 그 경지야말로 분명히 말할 수 없이 통쾌하고 즐거울 텐데, 그렇게 되기를 우러러 바라면서도 터득하지 못하고 있으니, 탄식만 나올 따름이다.

어떤 일이든지 처음에 이해를 따지지 않고 정도를 따라서 행한다면, 뒤에 비록 실패할지라도 마음속으로는 원망하거나 후회하지 않을 것이다. 이것이 이른바 정명(正命)을 순하게 받아들인다고 하는 것이다. 그러나 가령 이해관계를 빠짐없이 생각하면서 자신의 계교를 묘하게 적중시키려 한다면, 행여 성공하더라도 마음속으로는 부끄러움을 느끼지 않을 수 없을 것이요, 혹시 실패했을 경우에는 후회하는 생각을 금치 못할 것이니, 또 무슨 면목으로 사람들을 향해서 변명할 수가 있겠는가. 이 한 가지 일에 대해서 사람들이 모두 살피지 않고 있기 때문에 저토록 취생몽사(醉生夢死)하며 흐리멍덩하게 살아가는 것이라고 하겠다.

보태는 글

택당 이식의 큰아들은 홍문관수찬을 지낸 이면하(李冕夏)이고 작은아들은 대제학과 좌의정을 지낸 이단하(李端夏)이다. 아마도 큰아들은 몸이 약했던지, 이 편지에서 아버지의 제일 걱정은 아들의 병세이다. 그래서 아버지는 돈이 들어가는 생각은 말고 계속 약을 복용하여 고쳐보도록 노력하라는 당부를 하고 있는 것이다. 그러나 이식이 죽은 다음 해에 이면하도 30세의 젊은 나이로 세상을 떠났다. 젊은 선비 이면하가 남긴 낚시의 즐거움을 노래한 시 한 편을 감상해보자.

蘆灘釣魚　갈대여울에서 낚시하다

遊魚聚灘下　물고기들 여울물에 모여 놀다가
落日仰水食　해질녘 물위로 뛰어 먹이를 찾는다.
野艇受兩人　두 사람을 태운 낚싯배는
撑突唯意適　마음이 가는대로 저어 나간다.
縛石以爲碇　돌을 묶어서 닻줄을 삼아
急流當中閣　여울 한가운데 배를 멈춘다.

手持一竿竹　낚싯대 하나 손에 들고 있으니
嫋嫋風絲弱　실바람에 낚싯줄 간들거린다.
句引卷復舒　물고기 꼬이느라 줄을 감았다 펴는데

潛心萬念息　마음은 가라앉아 온갖 잡념 사라진다.
忽如有所得　홀연히 물리는 게 있는 것 같아서
收來玉纔尺　거둬 올리니 옥빛 자치로구나.

跳波躍不定　물결을 치며 이리저리 펄펄뛰지만
生死判頃刻　너의 생사는 경각에 달렸어라
苟不愼且密　진실로 차분하고 삼가지 않으면
竟日空勞碌　해 지도록 허탕 치기 마련이라
玆事信云美　이 낚시질 참으로 운치가 있어
機關妙無敵　짜릿하고 묘한 즐거움 비할 데 없어라

數數手不倦　자주 손을 놀려 게으르지 않으면
盈貫卽知足　물고기 가득 잡아 만족을 안다
歸來戴明月　밝은 달을 머리에 이고 돌아올 때
互答漁歌曲　서로 어부의 노래로 화답을 한다.
寄語世上人　세상 사람들에게 묻노라
誰識江湖樂　강호의 이 즐거움 뉘라서 아는가.

* 이 시는 블로그 〈화중유시 시중유화〉에서 가져와 정리한 것이다.

죽은 사람 때문에 산 사람이 죽어서는 안 됩니다

* 안정복이 외삼촌께 올린 편지

불초 생질인 정복은 병중에 있는 몸으로 삼가 두 번 절하고 상중에 계신 외삼촌께 글월을 올립니다. 생각해 보면 사람이 사람일 수 있는 것은 인륜이 있기 때문이고, 인륜 중에는 자기를 낳아주신 분보다 더한 인륜이 어디 있었겠습니까. 사람은 부모가 아니면 태어날 수가 없고, 부모도 또 자기 부모가 아니었으면 어떻게 이 세상에 있겠습니까. 예(禮)로는 안팎의 상복제도가 비록 가볍고 무거움의 차이가 있으나 자기를 낳아주신 은혜를 따진다면 털끝만큼도 다를 것이 없습니다. 이 생질이 어린 시절 외가에서 자라면서 외할머니의 과분한 사랑과 외삼촌의 깊은 훈육을 받아오기 지금에 어언 사십 년이 되었습니다. 그런데 불행히도 외할머니께서 세상을 버리셔서 외삼촌이 마음을 상실한 채로 거적자리에 계시는데도 4년을 병마와 싸우면서 죽음을 이웃하고 있느라 아직 달려가서 통곡 한 번 못했으니, 은혜를 저버린 죄 더 말할 나위가 없습니다. 이것이 무슨 사람의 도리이며 무슨 인정과 무슨 예란 말입니까. 오직 스스로 옛날을 회상하며 흐느끼고 있을 뿐입니다. 그런데 이번에 돌아온 하인을 통하여 묘소를 만드는 일도 아직 기일을 정하지 못하고 초상을 치루는 예의범절도 별로 준비가 된 것이 없다는 말을 듣고 보니, 비통함만 더욱 더합니다. 그리고 언문 편지를 보았더니 외삼촌께서 외할머니가 돌아가신 날부터 지금까지 미음만을 드신 나머지 기운이 탈진하여 지팡이를 짚고도 일어나지 못하시고 아침저녁으로 잔을 올리고 절하는 것도 제대로 못하신다고 하니, 이 말을 듣고 너무나도 놀랐습니다. 식견이 명철하신 외삼촌께서 그렇게 지나친 정도까지는 이르지 않으시리라고 생각했었는데, 지금 그 소식을 듣고는 망연자실하여 무슨 말을 어떻게 올려야 할지 모르겠습니다.

어버이 상을 당하면 애통해하는 것이 바로 자식의 정이기 때문에 아주 완고하고 전혀 무식한 사람이 아니고서는 누구나 다 자기의 몸도 마음도 모두 바치고 싶기 마련이나 효도하려는 생각에 지나친 사람들은 생명을 잃는 수도 있기 때문에 옛날의 성인들께서 이를 위해 알맞은 제도를 만들어서, 나이 오륙십이면 야윌 정도로 하지 말고, 칠십이 되었으면 몸에 상복만 입고 있으라 했고, 또 상중에 혹시 죽기라도 하면 불효에 속한다고도 하였으며, 또는 병이 있으면 술을 마시고 고기를 먹어도 된다고 하였습니다. 이러한 성현의 교훈이 셀 수 없이 책 속에 실려 있어 죽은 사람 때문에 산 사람이 죽게 되어서는 안 된다는 것을 지성스럽게 강조하였습니다. 공자의 제자인 증자는 어버이 상중에 질일를 먹지 않았으면서도 일찍이 이르기를, '상중이라도 병이 있으면 술도 마시고 고기도 먹고 푸성귀 자양분도 꼭 섭취해야 한다'고 했고, 송나라의 사마광이 이르기를, 만약 '병이 있으면 잠시 먹고 마시고 했다가 병이 나으면 원상대로 한다'고 했으며, 또 야위고 병이 난 사람은 육즙을 이용하여 입맛을 돋워야 한다고 했습니다. 또한 나이가 오십이 넘으면 혈기가 쇠하기 때문에 반드시 술과 고기로 영양을 섭취해야 한다고 했는데, 그 말을 들은 주자가 모두 『소학』에다 실어 놓았습니다. 큰 현인들이 왜 후인들에게 불효의 단서를 제공하기 위해 그런 말들을 했겠습니까. 예법으로 보아서나 인정으로 보아서나 꼭 그래야만 하기 때문이 아니겠습니까.

어버이가 처음 운명했을 때는 물 한 모금 입에 안 넣어도 되고, 염습을 마치고 미음을 안 마셔도 되고, 장례를 마치고 거친 음식을 안 먹어도 되기야 되지만, 효자가 감히 감정대로 못하고 슬픔을 참고 억제하면서 먹고 마시는 것은 어찌 자기 몸을 아껴서이겠습니까. 시신은 염습을 해야만 되고, 영구는 장례를 모셔야 하며, 상례는 끝까지 마쳐야 하는 소중한 일들이 있기 때문에 그 효도를 다하기 위해 자기 몸을 관리해야 하는 것입니다. 이 몸은 바로 부모에게서 받은 것인데, 만약 야윈 끝에 병이라도 생겨서 끝내 일어나지 못하게 된다면 아무리 돌아가셨다 하더라도 부모의 마음이 어떻겠습니까. 우리나라에서 모재(慕齋) 김안국(金安國) 선생이 오십이 넘어서 상을 당했는데, 겨우 성복을 지내고는 암탉을 삶아 먹은 뒤에 상중의 예절을 시행하다가 일 년이 못가서 병이 났습니다. 유명한 의원이었던 안찬(安瓚)이 진맥을 하고는 손을 쓸 수 없는 병에 걸렸다고 하였는데, 김 선생이 그 전에 암탉을 삶아 먹었던 일을 말하자 안찬이 말하기를 그러면 됐다고 하면서 약을 써서 소생이 되었습니다. 그리고 여헌(旅軒) 장현광(張顯光) 선생이 상중에 병이 생겼는데, 한강(寒岡) 정구(鄭逑) 선생이 서신을 보내 임시방편을 쓰도록 권하여 그대로 따랐었습니다. 이 두 선생이야말로 독실한 군자들이었는데, 그렇게 했던 것을 보면 그들이 어찌 의롭지 못한 행동을 한 것이겠습니까. 외삼촌께서도 슬픔을 절제하시고 변통의 방법을 찾아 스스로 하실 일을 다 할 수 있는 길을 택하시도록 엎드려 비는 바입니다.

사람의 기품이 세상의 풍속에 따라 강약이 달라지는 것인지, 지금 세상의 사람들이 거의가 허약하다는 것은 열병에 열이 높은 고기를 써도 해가 없는 것을 보면 알만 합니다. 지금이라고 왜 모두가 불효자이겠습니까. 다만 삼 년 동안 상중예절을 다 못하는 것은 기품의 강약이 고금에 따라 다르기 때문입니다. 불효막심한 이 생질도 원래 병을 안고 있으면서 지난 갑술년에 변고로 상을 당했을 때 피를 토하고 숨이 끊어질 듯해서 성복할 즈음에 임시방편의 도리를 썼던 일이 있는데, 이 생질이 비록 형편없는 위인이지만 그래도 예법이 무서운 것이야 왜 몰랐겠습니까. 다만 이 몸이 한번 쓰러지는 날이면 앞으로의 큰일을 누가 맡아서 하겠습니까. 이 때문에 지금까지 참고 살아오고 있으나 병도 낫지 않고 있으니, 이 모두가 불효의 소치라고 생각하고 있습니다. 지금도 병이 발작하여 베개 위에 엎드려 죽음을 절규하고 있으면서도 우려를 견디지 못하고 억지로 일어나 남의 손을 빌려 편지를 쓰다 보니 글월이 말이 아닙니다. 그러나 이 모두가 저의 진심에서 우러난 말이오니 외삼촌께서 그 점 이해하시고 효도를 마치는 것이 더 중대하다는 것을 생각해 주시면 천만다행이겠습니다.

보태는 글

조선시대에 예(禮)를 중시했음은 주지하는 바이다. 일반적으로 개인 집안의 예는 네 가지로 구분할 수 있다. 바로 '관혼상제'를 말하는 것인데, 관례(冠禮)는 성년식이고, 혼례(婚禮)는 결혼의식이고, 상례(喪禮)는 장례의식이며, 제례(祭禮)는 오늘날의 제사이다. 그중에서도 가장 어렵고 힘든 것이 바로 상례라 하겠다. 우선 장례기간을 보면, 대부의 반열에 있는 사람은 삼월장이고, 일반 선비들은 유월장(달을 넘겨서 안장)을 제도화하고 있다. 그러고도 2주기가 되어서 대상(大祥)을 지내야 탈상을 하게 된다. 그러므로 상주 노릇을 제대로 하려면 건강을 유지할 수 있어야 하는데, 먹는 음식조차 제한하고 있으니 상주의 고통은 이만저만이 아니다. 이러한 사실을 알고 나서 이 편지를 읽어야 그 내용을 이해할 수 있게 될 것이다. 안정복은 외할머니가 별세하여 상주인 외삼촌이 너무 망극한 나머지 음식을 먹지 않아서 건강을 잃어 상주의 역할을 제대로 하지 못한다는 기별을 받고, 외삼촌에게 충고의 편지를 보내고 있는 것이다. 게다가 중병에 걸려 외할머니 장례에 참석하지 못하고 있는 자신에 대하여 스스로 자책하고 있으니, 참으로 안타까운 광경이다. 아마도 조선시대에는 이러한 사례가 많았을 것이다. 오늘날 우리로서는 생각할 수도 없는 일이거니와 진실로 감내할 수 없는 일이라 하겠다. 그러므로 옛날의 선비는 참으로 고된 삶을 살았던 것이다.

너는 학문을 할 수 있는 시기가 점점 지나가고 있다

* 정약용이 아들 학연에게 보낸 편지

네 아우의 재주는 너보다 약간 뒤지는 감이 있으나, 금년 여름에 고시(古詩)와 산부(散賦)를 짓게 하였더니, 좋은 작품이 많이 나왔다. 가을에는 『주역』을 등서하는 일에 골몰해서 비록 독서하지는 못했지만 그 견해가 조잡하지는 않았다. 최근에는 『좌전』을 읽으면서 선왕들의 전장(典章)의 나머지와 대부들의 사령(辭令)의 법을 상당히 배워서 꽤 볼만하게 되었다. 그런데 더구나 너는 재주가 아우보다 크게 뛰어나고, 초년에 읽어서 익힌 것이 아우보다 대략 잘 갖추어져 있으니, 이제 만약 단단히 뜻을 세우고 분발해서 학문을 한다면, 서른 살 이전에 큰 유학자로서 명성을 얻게 될 것이다. 그러나 출세하게 되면 출세하고 은둔하게 되면 은둔할 수 있으니, 족히 말할 것이 있겠느냐. 자질구레한 시를 짓는 것으로는 아무리 명성을 얻는다 할지라도 쓸모가 없는 일이니, 아무쪼록 금년 겨울부터 내년 봄까지는 『상서』와 『좌전』을 읽도록 하여라. 이 두 글은 비록 어려워서 읽기가 어렵고 난삽해서 의미가 깊기는 하나, 이미 주해가 있으니, 마음을 가라앉히고 연구하면 읽을 수 있을 것이다. 그리고 여가에 『고려사』, 『반계수록』, 『서애집』, 『징비록』, 『성호사설』, 『문헌통고』 등의 서적을 읽으면서 그 요점을 초록하는 일 또한 하지 않아서는 안 될 것이다.

너는 학문을 할 수 있는 시기가 점점 지나가고 있다. 집안의 형편으로 보아서는 마땅히 집을 떠나 유학을 해야 할 것이니, 이곳에 와서 함께 지내는 것이 가장 좋겠으나, 부녀자들은 대의를 알지 못하여 반드시 놓아주기 어려워하는 정리가 있을 것이다. 네 아우의 학문과 식견은 바야흐로 봄기운이 돌아 초목에 싹이 돋는 것과 같은 기세가 있으니, 너를 위하여 네 아우를 보내고 너를 오게 하는 것은 차마 할 수 없구나. 지금 생각으로는 경오년(1810) 봄에나 네 아우를 돌려보내려 하는데, 그전까지 너는 세월을 허송하려 하느냐? 백방으로 생각해서 집에 있으면서도 학습할 가망이 있거든 네 아우가 돌아갈 때까지 기다려서 동생과 교대하여 이곳으로 오도록 할 것이며, 만일 사정상 전혀 가망이 없거든 내년 봄 날씨가 따뜻해진 뒤에 모든 일을 제쳐놓고 이곳으로 내려와서 함께 공부하도록 하여라. 첫째 이유는 날로 마음씨가 나빠지고 행동이 비루해져 가니, 이곳에 와서 교육을 받아야 하겠고, 둘째는 안목이 좁아지고 지기가 상실되어 가니 이곳에 와서 교육을 받아야 하겠고, 셋째는 경학(經學)이 조잡해지고 식견이 텅 비어져 가니 이곳에 와서 교육을 받아야 하겠다. 소소한 사정은 족히 돌아볼 것이 못된다.

요즈음 성수(醒叟)의 시를 읽어 보았다. 그가 너의 시를 논평한 것은 아주 적절하게 병통을 지적하였으니, 너는 마땅히 깊이 새겨두어야 할 것이다. 그러나 그가 지은 시도 아름답기는 하나 내가 좋아하는 것은 아니다. 오늘날에 있어서 시를 짓는 것은 마땅히 두보(杜甫)로써 스승을 삼아야 한다. 두보의 시가 모두의 으뜸이 되는 이유는 『시경』 삼백 편의 남긴 뜻을 얻었기 때문이다. 『시경』 삼백 편은 모두 충신・효자・열부・붕우들의 진실하고 충후한 마음의 표현이다. 임금을 사랑하고 나라를 근심하지 않은 것이라면 시가 아니요, 시대를 슬퍼하고 세속을 개탄하지 않은 것이라면 시가 아니며, 높은 덕을 찬미하고 나쁜 행실을 풍자하여 선을 권하고 악을 징계한 것이 아니라면 시가 아니다. 그러므로 뜻이 서지 않고 학문이 순전하지 못하며 큰 도리를 듣지 못하여, 임금을 요임금과 순임금 같은 성군으로 만들어 백성들에게 혜택을 입히려는 마음을 갖지 못한 사람은 시를 지을 수 없는 것이니, 너는 힘쓰도록 하여라.

두보의 시는 고사를 인용함에 있어 흔적이 없어서 읽어보면 스스로 지은 것 같지만 자세히 살펴보면 모두 출처가 있으니, 이 점이 바로 두보가 시성(詩聖)이 되는 이유이다. 당나라 한유(韓愈)의 시는 문자와 법식은 모두 그 출처가 있으나 어구는 스스로 지은 것이 많으니, 이 점이 시의 현인(賢人)이 되는 이유이다. 송나라 소식(蘇軾)의 시는 구절마다 사실을 인용했는데, 흔적이 남아 있어 얼핏 보면 그 의미를 깨닫지 못하고 반드시 이리저리 고찰하고 검사해서 그 근본을 캔 뒤에야 겨우 그 뜻을 통할 수 있으니, 이 점이 바로 시의 박사가 되는 이유이다. 이러한 소식의 시도 우리 삼부자의 재주로서는 죽을 때까지 전공해야 다소나마 미칠 수 있을 것이다. 그러나 사람이 이 세상에 살면서 해야 할 일이 많은데, 어찌 그 짓을 할 수 있겠느냐. 그러나 시를 지음에 있어서 전연 사실을 인용하지 않고 풍월이나 읊으며 바둑이야기나 술타령만 하면서 겨우 압운(押韻)하는 것은 서너 집이 모여 사는 시골 마을의 촌선생의 시에 불과한 것이다. 앞으로 시를 지을 때에는 모름지기 사실을 인용하는 것을 위주로 해야 할 것이다.

그러나 우리나라 사람들은 걸핏하면 중국의 사실을 인용하는데, 이 또한 비루한 품격이다. 모름지기 『삼국사』, 『고려사』, 『국조보감』, 『여지승람』, 『징비록』, 『연려실기술』과 기타 우리나라의 문헌들을 취하여 그 사실을 채집하고 그 지방을 고찰해서 시에 넣어 사용한 뒤에라야 세상에서 명성을 얻을 수 있고 후세에 남길 만한 작품이 될 것이다. 유득공(柳得恭)의 『십육국회고시(十六國懷古詩)』는 중국 사람이 판각하여 책으로 발행하였으니, 이것을 보면 증험할 수 있다. 『동사즐』은 본래 이를 위하여 만든 것인데, 지금 대연(大淵)이가 너에게 빌려줄 리가 없으니, 반드시 십칠사(十七史)의 동이전(東夷傳) 가운데 그 이름과 자취를 뽑아 모아야 쓸 수가 있을 것이다.

보태는 글

정약용이 아들을 가르치는 것이 역시 대학자다운 면모를 보여주고 있는 편지이다. 아예 공부하는 과목을 적시하여 중국의 경전을 기본으로 하되 우리나라의 역사서도 필수라 하였다. 시에 있어서도 음풍농월(吟風弄月)이 아니라 두보(杜甫)를 모범으로 해서 사실적인 시를 지으라고 권고하고 있다. 그러면서 시의 생명은 나라를 근심하고, 시대를 슬퍼하며, 세속을 비판하고, 높은 덕을 찬미하며, 나쁜 행실을 풍자하여 선을 권면하고 악을 징계하는데 있다고 역설하였다. 그리고 우리나라 사람들은 주로 중국의 사실을 인용하고 있는데, 이것은 비루한 품격이라고 혹평을 하면서 우리나라의 사실을 시작(詩作)에 인용한 뒤에라야 세상에서 명성을 얻을 수 있다고 하였다. 당시에 정약용은 유배지 강진의 다산초당에서 학술활동에 힘을 쏟는 한편 후학의 양성에 골몰하고 있던 때이다. 그래서 집에 있는 큰아들 학연이 학문에 태만하지 않을까 걱정을 하고 있는 것이다. 큰아들 학연은 정조 때 직장(直長) 벼슬을 하였으며, 시를 잘 지었는데 특히 매화(梅花)를 소재로 한 시를 많이 지었다.

정학연의 매화시 한 수를 감상해 보자.

驛店梅 역점의 매화

自從初服返山廬 선비 옷을 입고 산골 오두막에 돌아왔는데
病榻逢春把酒疏 병상에서 봄을 만나니 술잔 드는 일 드물다.
驛使來時花着未 역사여, 그대가 올 때 꽃은 피지 않았나요.
云何不見故人書 어찌하여 친구의 편지가 보이지 않는가?

* 정학연의 연작시 「매화 30수」에 대한 일고(김지영) 중에서

내 며느리가 아들을 낳았다니 집안의 경사로세

* 김정희가 아우 명희에게 보낸 편지

설을 쇤 후에 보낸 세 통의 편지는 차례로 받아보았는가? 갑금이(하인)가 온 지 얼마 안 되어 용손이(하인)가 또 지난달 28일에 왔었다. 그로 인해 서울과 고향에서 열흘 전후로 보내온 편지들을 보니, 이는 모두 한 보름 사이의 안부에 불과하였네. 그런데 지체 없이 이토록 신속하게 왔으니, 이는 자못 여기에 온 이후로 처음 있는 일이었네. 이에 앞서 김 오위장(金五衛將)집 인편으로 막내 아우의 편지는 비록 해를 넘겨서 왔으나, 걱정이 쌓인 나머지 아울러 매우 기뻤었네. 그런데 또 설을 쇤 후의 편지들이 이렇게 계속 전해 오니, 더욱 기쁨이 바라던 것 이상으로 넘치네. 어느덧 이 늦은 봄을 만나 꽃을 피우는 바람이 화창하고 아름다운데, 근래에 온 집안이 하나같이 편안하고 아우도 진취됨이 있으나, 몸이 차고 마비되는 증상을 끝내 시원스럽게 제거하지 못한다니 매우 걱정스럽네. 복용하는 약은 일차로 지난번의 처방을 연이어서 써본 결과 나타나는 증상이 다시 어떠한가? 봄철에는 더욱더 조심해야 하는데, 더 나빠지지 않고 움직임에도 편해졌는가? 먹는 것이나 잠자는 것도 모두 편안한가? 멀리서 매우 걱정하는 마음을 잠시도 놓을 수 없네. 이달에 들어와서부터는 계절에 따라 마음이 산란해지고 허전하여 애통하는 것은 서로 똑같을 터인데, 처음 들어가 사당을 참배하던 날이 어느덧 지나니, 멀리서 슬프고 허전함을 더욱 형용할 수가 없네.

그런데 내 며느리가 아들을 순산했다고 하니 이는 우리 종가에 처음 있는 경사로세. 조상이 돌보시어 집안에 행운이 점차 돌아오려고 훌륭한 아이를 먼저 내려주신 것인가? 그리고 손자를 안아보는 즐거움으로 말하자면 60이 다된 이 나이에 어찌 기쁘지 않겠는가. 그러나 이 아이는 나 혼자만의 아이가 아니네. 들어보니 아이가 섣달 그믐날에 태어났다고 하니, 그날이 바로 가장 좋은 날일세. 돌아가신 아버지의 생신과 태어난 날이 같은 것도 우연한 일이 아닐세. 우리가 날마다 바라던 것은 하늘의 은혜에 있었는데, 아이가 천은일에 태어났으니, 이것이 더욱 기특하고 이상하지 않은가. 아이의 이름은 그대로 천은(天恩) 두 글자로 짓는 것이 좋겠네. 그 자세한 내용을 자식 내외에게 하나하나 알려주게나. 또 들으니 아이의 골상이 범상치 않다고 하니 그 기쁨은 말로 할 수가 없네. 백일이 얼마 남지 않았는데, 아마 날마다 유모를 시켜 젖은 잘 먹이고 있겠지. 제 어미도 달리 아픈 데는 없는가? 매우 염려가 된다네.

서울과 고향의 여러 상황은 모두 한결같으나, 사촌형님의 소상이 지나가 멀리서 몹시 슬프고 허전함을 더욱 억누를 수가 없네. 나는 혀에 난 종기와 코 속에 난 혹이 아직도 이렇게 아파서 대여섯 달을 끌어오고 있네. 이것이 비록 의학으로는 어찌할 수 없는 질병이라 하더라도 이토록 지루하게 고통을 주는 병이 있단 말인가. 음식물은 점점 더 삼키기가 어려워지고, 삼킨 것은 체해서 소화가 잘 안 된다네. 참으로 어찌해야 좋을지 모르겠네. 만일 실낱같은 목숨이 구차하게 연장이 된다면 소식이나 서로 전할 뿐이네. 팔이 아프고 가려운 것도 하나같이 극성을 부리네. 이것이 도대체 무슨 업보이기에 유독 나에게만 고통을 주는가. 무아(김정희의 양자)의 생모가 돌아가셨다니 슬픔과 놀라움을 감당하지 못하겠네. 한 해 동안에 양가의 어머니들이 모두 이렇게 돌아가시니 정리가 참으로 비참할 뿐이네. 다만 대상(大祥)과 담제(禫祭)는 변례(變禮) 중의 변례가 되었는데, 이재(李縡)와 김원행(金元行) 두 선생의 정론은 진실로 바꿀 수 없다네. 무아가 당한 경우는 약간의 차이가 있으니 잘 헤아려서 결정해야 하겠네. 나에게 보여준 말이 예에 적합할지는 모르겠으나, 이미 권상하(權尙夏)의 예설에 따라서 그대로 거행했으니, 면전의 미봉책이 되기에는 해롭지 않겠네. 우리나라에서는 예(禮)의 의심스러운 것에 대해서는 거의 이와 같이 미봉책을 만들어 쓰고 있는데, 그것이 좋은 방도이건 아니건 간에 어찌 우리만 달리할 수 있겠는가. 그 사이에서 또한 따라 거행할 듯한데, 나는 막연히 먼 곳에 있어 자세히 볼 수가 없으므로 몹시 슬프고 답답하네.

철이(하인)는 지난번에 때 아닌 이질 증세로 퍽이나 고생을 하다가 이내 조금 나아지기는 했으나, 남은 병의 기운이 쉽게 회복되지 않아서 기운을 차리지 못하고 있어서 걱정스럽네. 김 오위장 집의 인편과 갑금이 편에 부친 것과 지금 인편에 온 것들을 모두 하나하나 받아본 결과, 모두들 별고 없이 잘 지내고 있으니 다행스럽네. 용손이는 여기에서 열흘이 넘도록 머물러 있다가 이제야 비로소 보냈네. 그것은 배편을 기다리느라고 그렇게 되었다네. 갖추어 말하지 않네.

보태는 글

김명희는 추사 김정희의 바로 아래 동생이다. 김정희가 제주도에서 유배 생활하는 동안에 형을 대신하여 집안의 대소사를 주관했던 것으로 보인다. 김정희는 이 편지에서 가문의 대를 이어갈 손자가 태어난 기쁨과 축복을 우리 가문의 경사라고 하면서 손자의 이름까지 하늘의 은혜라는 의미로 '천은(天恩)'이라고 지어 보냈다. 아울러 산모와 아기의 상태를 묻고 아기에게 젖은 잘 먹이는지 등에 대하여 살가운 관심을 보여주고 있다. 그리고 집안의 상례와 제례 등에 대해서는 예학의 대가인 이재(李縡) 선생과 김원행(金元行) 선생의 예설을 따르도록 동생에게 당부하고, 마지막에 가서는 집안의 하인 '철이'의 병이 쾌차하지 않고 있어 걱정이 된다며 노비의 안부까지 살피는 자상함을 보여주고 있다. 추사의 동생 김명희(金命喜 1788~1857)는 1810년 진사시에 급제하고 후에 홍문관직제학을 지냈다. 1822년 청나라에 사신으로 가는 아버지를 따라 북경에 가서 당시에 유명한 금석학자 유희해(劉喜海) 등 여러 명사들과 교분을 맺었다. 학문이 깊고 시문과 글씨에 능했다고 한다. 그의 글씨는 구양순(歐陽詢)의 필법을 따랐지만, 형의 글씨를 연구하고 배웠다. 그러나 안타깝게도 형의 높은 명성에 가려서 빛을 보지 못하였다.

네가 글을 배워서 먹고 살려는 것이냐?

* 이항로가 시집간 딸에게 보낸 답장

너의 편지를 보고 네가 시부모님을 봉양하고 손윗동서들을 받들며 화기애애하게 지내고 있다는 것을 알았다. 이는 세상을 살아가는 기쁨이다. 딸자식을 낳으면 출가시켜 가정을 꾸리게 해 주려는 것이 세상 부모들의 공통된 마음이다. 그러니 네가 잘살고 있다는 소식을 듣고 내가 어찌 기쁘지 않겠느냐. 네가 잘살고 있어서 기쁘다면, 그렇지 않을 경우에는 내 마음이 기쁠 수가 없을 것이다. 그러므로 가정의 만 가지 일이 모두 효(孝)에서 벗어나지 않는 것이다.

편지에서 네가 길쌈은 제쳐두고 글공부만 한다고 하였는데, 이는 참으로 일의 우선순위를 모르는 행동이다. 네가 시집가기 전에 아비인 내가 농사일과 학문을 병행하느라고 바빠 경황이 없으면서도 두 가지 다 하루도 게을리 한 적이 없었던 것을 보았을 것이다. 그것은 글을 읽지 않으면 식견이 어둡고 의리를 알지 못해 금수와 다름이 없게 되며, 생업에 힘쓰지 않으면 부모와 자식을 굶주리고 궁핍하게 하여 유랑하는 처지를 면치 못하게 되기 때문이었다.

그뿐만이 아니다. 역사 이래 문을 닫아걸고 의리를 지키며 굶어 죽는 상황이 되도록 변심하지 않은 사람이 몇이나 있었더냐. 마침내는 분수와 도리를 범하고 염치를 잊어 못하는 짓이 없는 데까지 이르며, 지혜와 능력이 고갈되고 형세와 힘이 다하여 죽고 말았으니, 참으로 애달픈 일이다. 내가 이렇게 될까 두려워서 집안의 모든 사람들로 하여금 부지런히 각각 자신의 본분을 다하고 잠시도 편안히 쉬지 못하게 해 왔던 것이다. 이는 남녀와 귀천을 막론하고 각각 타고난 본분을 다하지 못하면 죽은 목숨이나 다름없기 때문이다.

네가 길쌈을 제쳐두고 있다 하니, 이는 자신의 본분을 너무도 모르는 행동이다. 네가 앞으로 글을 가지고 먹고 살려는 것이냐? 너는 주(周)나라 문왕의 어머니인 태임(太任)과 무왕의 어머니인 태사(太姒)의 현명함을 알지 않느냐? 또 갈담(葛覃)*에 담긴 삶의 태도는 실제로 주나라 팔백년 역사의 기틀이 되었던 것이다.

보태는 글

조선 후기의 유학자인 화서(華西) 이항로(李恒老)는 19세기 화서학파를 연 큰 선비로, 이 편지는 그가 시집간 딸에게 보낸 것이다. 성리학이 교조화 된 조선 사회에서 선비들의 개인 문집에 여성에게 보낸 편지를 찾아보기는 쉽지 않다. 이항로의 문집에는 딸에게 보낸 네 통의 편지가 남아 있다. 이 편지를 받은 여성은 이항로의 둘째 딸로, 그의 남편 김재룡(金在龍)은 이항로의 제자였으며, 김재룡의 부친은 이항로와 절친한 벗이었다. 이항로의 둘째 딸은 글공부를 하였고, 시집가기 전

* 『시경』의 편명으로, 주나라 후비(后妃)가 몸소 길쌈하고 옷을 빨아 입는 근면하고 검소한 덕을 노래한 것이다.

에 사서(四書) 등 웬만한 유학 경전은 공부를 하였던 모양이며, 시집을 가서도 집안 살림보다 글을 읽는데 더 열중하였나보다. 그러자 이항로는 자신도 평생 공부 때문에 생계를 도외시한 적이 없었다고 강조하면서 딸을 나무랐다. 딸을 잘못 가르친 것 같아서 사위와 사돈에게 면목이 없고, 사돈댁 식구들이 수군거리며 흉볼 것을 생각하며 당황했을 이항로의 심정이 짐작된다. 그러므로 '네가 글을 배워서 먹고 살려는 것이냐?'라고 꾸중하는 이 말은 그 시대의 친정아버지로서는 당연한 것이고, 정확한 지적이기도 했다. 이항로는 먹고 사는 문제가 해결되지 않으면 인간으로서의 자존도 지켜낼 수 없는 법이라며 현실에 순응하며 살아가기를 당부했던 것이다. 그런데 편지를 받은 이항로의 딸은 제 본분을 지키며 살라는 아버지의 나무람에 십분 수긍이 갔을까? 그보다 앞서 그녀는 그 당시 여자로서는 배워봐야 써먹을 데도 없는 공부를 애당초 해서는 안 되었던 것일까? 술을 먹는 것도 도박을 하는 것도 부정한 행동을 하는 것도 아닌데, 먹고 사는데 도움이 되지 않는다는 이유로 쓴소리를 들어야 했던 그녀가 무척이나 애처롭게 느껴진다.

* 이 글은 한국고전번역원의 고전산문에서 가져와 정리한 것이다.

매사에 정밀하고 자세하며 조급함이 없어야 한다

* 이남규가 아들 충구에게 보낸 편지

너의 지난번 편지에 갑손(甲孫)의 감기가 나아서 쾌차(快差)하였다고 썼는데, 쾌(快)자를 잘못 결(決)자로 썼고, 어제의 편지에는 쾌감(快減)의 감(減)자를 잘못 감(感)자로 썼으니, 너무나 조심성이 없구나. 그리고 앞에는 감(減)이라 하고, 뒤에는 차(差)라 한다고 하면 가능하지만, 이미 '차'라 해 놓고 또 어떻게 '감'이라고 하느냐. '덜하다' 하면 이는 아직 낫지 않은 것이 되니, 걱정을 덜어 준다고 하는 것이 도리어 보태주는 것이 될 뿐이다. 네가 늘 말을 가볍고 쉽게 하며 심작하게 천천히 하지 못하기에 내가 주의를 주었는데, 지금 편지를 쓴 것이 또 다시 이와 같으니, 이것은 마음이 들떠서 차분하지 못하기 때문인 것이다. 어찌 크게 경계할 일이 아니겠느냐.

옛날에 할아버지께서는 항상 편지를 쓰실 때에 별로 깊이 생각하시는 일이 없이 한달음에 붓이 술술 내려가서 손끝이 가는대로 쓰시고는 끝난 뒤에도 역시 별로 살펴보지 않으셨지만, 처음부터 끝까지 빠지거나 잘못된 것 없이 글이 자상하고 원만하여 그 하시고자 하는 말씀을 다 하셨다. 네가 비록 그때 아직 철이 없어 모시지를 못했어도 만년의 일은 더러 기억나는 것이 있을 것이다.

윤희배(尹喜培) 어른이 일찍이 할아버지의 편지를 모아서 손수 배접하여 만들고는, 「양월첩」이라 한 뒤에 나에게 보여주면서 말씀하시기를 '선공의 편지는 그 말들이 하나같이 하늘에서 흘러나온 것이며, 글씨 또한 그러해서 털끝만큼도 다듬은 느낌이 없다.'라고 하셨으며, 풍애(豊厓) 홍척숙(洪戚叔)께서도 여러 번 칭찬하면서 만사(輓詞 죽은 사람을 추모하는 글)에까지 언급하셨다.

나는 글이나 글씨가 전혀 가당치가 않지만, 그래도 그 생각을 거치지 않는 것과 자세히 살피지 않는 것을 망령되이 따르고자 하여 또한 어느 정도 가까워졌었는데, 근년에 와서는 항상 빠뜨리고 틀리는 것이 있음을 깨닫게 되고, 때때로 네가 옆에서 깨우쳐 주고 고치고 써넣고 하였으니, 그것이 어찌 단순한 재능만의 문제이겠느냐. 평소에 함양하는 공부가 부족하고 정력이 미치지 못하는 바가 있기 때문에 글자를 빠뜨리고 내용이 통하지 않는 것이 있음에도 깨닫지 못하는 것이다. 할아버지께서 생각을 거치지 않고 자세히 살피지 않으심은 사모할 수는 있지만 본받을 수는 없으니, 어진 아버지를 계승하는 것이 어렵기 때문이요, 나의 생각을 거치지 않고 자세히 살피지 않음은 그저 경계할 뿐 본받을 필요는 없으니, 문둥이가 자기를 닮을까 두려워하는 것과 같은 이유이다. 너는 그 사모할 바와 경계할 바를 알아서, 그 본받을 수 없는 것과 그 본받을 필요가 없는 것을 본받지 말거라.

종숙이신 부정공(副正公)은 집안 편지를 쓸 때에 듣고 보고 기억나는 것을 크고 작은 것 가리는 법 없이 하나하나 미리 써 두었다가 인편을 보아 부쳤는데, 할아버지께서 늘 말씀하시기를 '종형의 편지를 보면 마치 마주 앉아서 이야기를 하는 것 같다.'라고 하셨으니, 이것을 본받아야 할 것이다. 그리고 또 기억하건대, 담인(澹人) 신공(申公)이 일찍이 나와 더불어 과거 공부에 대해 논의하면서 말하기를 '공부를 너무 정밀하게 하려고 하면 생각이 느려져서 급한 상황에 대처할 수가 없다.'라고 하였다. 그러나 이는 그렇지 않다. 공부가 정밀하면 급해도 정밀하지만, 공부가 정밀하지 못하면 급하지 않아도 역시 정밀하지 못하게 된다. 그러므로 이 말은 더 큰 것을 비유할 수 있는 것이다. 그러나 편지가 과거 공부보다도 크기 때문에 너로 하여금 그것을 잘하게 하려고 말을 한 것은 아니다. 매사에 정밀하고 자세하여 조급함이 없는 것이 몸가짐의 요령으로서, 편지도 역시 그런 일 중의 하나인 것이다. 집안의 옛일이나 선배들에게 들은 것들을 말해 주려다 보니 그 말이 잔소리가 많아졌는데, 이 또한 경계해야 할 일이다. 눈이 온 뒤에 추위가 매서우니, 갑손이가 조금 괜찮다고 해서 맨몸에 맨발로 바람을 쏘이게 하는 일이 없도록 하여라.

보태는 글

요즘은 손수 편지를 쓰는 사람도 적거니와 젊은 사람들은 더구나 편지 쓰는 것을 어렵게 생각한다. 옛날 사람들도 편지 쓰는 일이 녹녹하지 않았던 모양이다. 아들의 편지를 받아보고 잘못 쓴 글자 하나하나를 지적하고 의미가 잘 전달되는지 등 조목조목 바로잡아 주는 아버지의 세심한 배려가 아들에게는 꾸중으로 들렸을 것이다. 이 글은 처음부터 끝까지 편지 쓰는 요령에 대하여 가르치고 있는데, 꼭 기억해 둘 말이 있다. 즉 '편지를 읽으면 마치 마주 앉아서 이야기를 하는 것 같다.'고 했으니, 참으로 편지의 정곡을 설파한 것이라 하겠다. 이 편지를 쓴 이남규 선생은 대한제국 말에 일제침략에 저항하다가 이 편지를 받은 아들 충구와 함께 일본군의 총칼에 순국하게 된다.

이남규(李南珪 1855~1907)는 조선 말기의 의로운 선비로 이호직(李浩稙)의 아들로 서울에서 태어나 허전(許傳)의 문하에서 수학하였다. 1882년(고종 19) 문과에 급제하여 승문원부정자로 벼슬에 나갔다. 그 후 사간원정언 · 사헌부지평 · 홍문관교리 · 승정원우승지 · 공조참의 · 형조참의 등을 지냈다. 1894년 동학농민전쟁을 제압한 일본군이 서울에 들어오자, 왜병이 서울에 들어오는 것을 막아야 한다는 상소를 올렸으며, 또 일본과의 관계를 끊어야 한다는 상소를 올리기도 하였다. 1895년 명성황후 시해사건이 일어나자 왕후의 위호(位號)를 복위하고 적을 토벌하여 원수를 갚아야 한다는 상소를 올렸다. 그 후 의병활동을 적극 지원하는 한편 일본의 침략에 대한 부당성을 성토하였다. 1907년 고종황제가 강제로 퇴위하자 이에 강력히 저항하다가 체포되어 아들 충구와 함께 일본군의 총칼에 쓰러지고 말았다. 선생의 상소문(請討賊疏) 중의 일부를 아래에 싣는다.

…불의로 존재하는 것은 의로움에 망하는 것만 같지 못하고, 불의로 사는 것은 의로움에 죽느니만 못한 것입니다. 하물며 의(義)가 틀림없이 망했는데도 죽지 않고, 불의가 틀림없이 존재하는데도 죽지 않겠습니까. 엎드려 바라건대 폐하께서는 매국의 무리들을 죄로 다스리시고 원수의 나라 일본이 맹약을 어긴 죄를 동맹 각국에 포고하고, 군신상하가 일치단결하여 일본과 일대 결전을 벌이게 하여 주십시오.

* 1905년 을사늑약 직후 올린 '청토적소' 중에서 발췌

제6부

국경을 초월한 우정

〈읽기 전에 이해를 위한 도움말〉

국경을 넘나든 아름다운 우정을 이해하려면 먼저 담헌(湛軒) 홍대용(洪大容)을 알아야 한다. 홍대용(1731~1783)은 목사를 지낸 홍역(洪櫟)의 아들로 김원행(金元行)의 문인이다. 1765년(영조 41) 청나라에 사신으로 가는 작은아버지 홍억(洪檍)의 수행원으로 북경에 가서 60여 일을 머무르는 동안 많은 사람들을 만났다. 그 중에서도 유리창(琉璃廠)에서 만난 엄성(嚴誠), 반정균(潘庭筠), 육비(陸飛)는 항주(杭州)에서 온 문사(文士)들로 과거시험을 보러 온 사람이다. 홍대용은 이들과 3일간의 토론과 필담을 마치고 서로 의기투합하여 의형제를 맺기에 이른다. 그 과정은 홍대용이 「건정동필담」에 자세하고도 생동감 있게 기술해 놓았다. 그 후 홍대용이 귀국하고 그들도 고향인 항주로 돌아가서 죽을 때까지 변함없는 우정의 편지를 주고받았다. 여기서 연암 박지원이 쓴 「회우록서문」과 「홍대용묘지명」의 일부를 읽어보자.

① 「회우록서문」

홍대용이 어느 날 갑자기 한 필의 말을 타고 사신을 따라 중국에 가서 북경

시내를 이리저리 돌아다니고 너절한 골목을 기웃거리다가 마침내 항주에서 온 선비 세 사람을 만나게 되었다. 그래서 틈을 엿보아 그들이 묵고 있는 여관에 찾아가서 마치 옛 친구나 만난 것처럼 즐겁게 이야기를 나누었다. 천인(天人)과 성명(性命)의 근원이며, 주자학과 육상산·왕양명 학문의 차이며, 진퇴(進退)와 소장(消長)의 시기며, 출처(出處)와 영욕(榮辱)의 분별 등에 대하여 한껏 토론하였다. 서로 고증하고 증명함에 있어 의견이 일치하지 않음이 없었다. 서로 충고하고 이끌어 주는 말들이 모두 지극한 정성과 염려하고 걱정하는 마음에서 우러나왔다. 그래서 처음에는 서로 친구로 사귀기로 하였다가 마침내 형제가 되기로 결의하였다. 서로 그리워하고 좋아하기를 여색을 탐하듯이 하고, 서로 저버리지 말자고 하기를 마치 동맹을 맺는 것처럼 서약하듯 하니, 그 의기(義氣)가 사람을 눈물겹게 하기에 충분하였다.

② 「홍대용묘지명」

일찍이 그의 작은아버지가 청나라에 사신으로 가는데 따라가서 육비, 엄성, 반정균을 유리창에서 우연히 만났다. 이 세 사람은 다 같이 항주에 사는 사람들로, 모두 문장과 예술의 선비여서 그들이 교유하는 사람들도 중국내에서 유명한 인사들이었다. 그런데도 모두 홍대용을 추앙하여 큰 선비로 여겼다. 이들과 더불어 필담(筆談)을 나눈 것이 아주 많아서, 유교 경전의 뜻과 천인성명(天人性命)과 고금의 출처대의(出處大義)를 분석하였는데, 굉장히 뛰어나서 즐거움을 이루 다 말할 수 없었다. 급기야 작별하는 마당에 다다르자 서로 바라보며 눈물을 흘리면서 '이 한 번의 이별로 그만이구려! 저승에서 서로 만나도 부끄러움이 없게 살기를 맹세합시다.'라고 하였다. 엄성과는 더욱 서로 마음이 맞아서, 군자가 세상에 나서거나 숨는 것은 시대에 따라야 하는 것임을 조금 깨우쳐주었더니, 엄성은 크게 깨달아 항주로 돌아갈 것을 결심하였다. 그 후 2년 만에 엄성이 복건성(福建省)에서 객사하자 반정균이 편지를 써서 홍대용에게 부고를 전하였다. 홍대용은 엄성에 대한 제문을 짓고 예물로 향(香)을 갖추어 항주로 보냈는데, 전달된 날이 바로 엄성의 2주기 제삿날이었다. 제사에 모인 이들은 항주의 서호(西湖) 주위 여러 고을의 사람들이었는데, 모두 경탄하면서 이는 지극한 정성으로 혼령을 감동시킨 결과라고 하였다. 엄성의 형이 홍대용이 예물로 보낸 향을 사르고 그가 지어 보낸 제문을 읽은 뒤에 초헌을 하였다. 엄성의 아들은 편지를 보내 홍대용을 백부(伯父)라 칭하면서 그의 아버지가 남긴 유집(遺集)을 보냈는데 돌고 돌아서 9년 만에 비로소 받아보게 되었다. 그 유집 속에는 엄성이 손수 그린 홍대용의 작은 초상화가 있었다. 엄성이 복건성에 있을 때 병이 위독하자 홍대용이 보낸 조선의 먹(墨)을 꺼내 향내를 맡고 가슴에 얹은 채로 죽었다. 그리하여 마침내 그 먹을 관에 함께 넣었다. 그때 항주 사람들은 이 사실을 널리 알리면서 특이한 일로 여겨서 다투어 시와 산문을 지었는데, 주문조(朱文藻)라는 사람이 편지를 보내와 그 상황을 이야기했다.

저로 하여금 소인을 면하게 해주십시오

* 홍대용이 청나라의 육비(陸飛)에게 보낸 편지

대용은 머리 숙여 경의를 표하면서 올립니다. 지난 4월에 사신이 돌아오는 편에 지난해 1월 7일의 손수 쓴 편지를 받아 귀향하신 뒤 만사가 길함을 알게 되니, 위로되는 마음 말할 수 없습니다. 이곳에서도 해마다 문안 편지를 부쳤는데, 그 뒤의 두 차례 편지는 반정균(潘庭均)이 이미 전달하여 보셨으리라 생각합니다. 편지를 보내신 뒤에도 몸 더욱 건승하시며 가족들도 모두 고루 편안하신지요? 엄성(嚴誠)의 불행은 어찌 차마 말로 하겠습니까. 양친이 집안에 계시고 뜻한 사업을 마치지 못하였으니, 생각건대 그가 지하에서도 눈을 감지 못할 것입니다. 아…… 기이하게 준수하고 민활하게 슬기로운 자질과 맑게 통명하고 영특하게 빼어난 기품을 어디에서 얻어 볼 것입니까. 작별한 뒤에 두 번의 편지를 받았는데, 마음을 겸허하게 가져 남의 도움을 구하는 뜻과 자신에 절실하게 도(道)를 배워 가려는 성심으로 전진하기만 하고 멈추는 것을 볼 수 없었으니, 그의 재질로 하늘이 더 살게 해 주었다면 어찌 먼 곳인들 도달하지 못하겠습니까. 우리 도의 곤궁함을 슬퍼하지 않을 수 없습니다. 북경에서 헤어진 것이 끝내 영원한 이별이 되고 말았으니, 비록 칠팔십의 장수를 누린다 해도 만나볼 날이 없을 것인데 하늘도 무심하게 목숨을 남기지 않고 이렇게 어진 벗을 빼앗아 갔구려! 흉보를 받고 가슴이 막혀 어찌할 바를 몰랐습니다. 지난번 편지 중에,

몇 해 이래로 병이 많아지고 일찍 쇠약해져 자신을 성찰하는 공부가 한 치 나아가면 한 자나 퇴보되니, 참으로 친구의 부축해 주는 힘이 있어야만 지기가 무너져 넘어짐을 면할 수 있겠습니다. 옛사람이 이르기를 '일단 문인이 되어버리면 나머지 것은 셀 것도 없다.'라고 하더니, 제가 바로 이러한 병들에 걸려 스스로 벗어나지 못합니다. 곧 시·문·서·화 같은 것을 짓는 것이 유익됨이 없고 해만 있는 줄을 분명히 알고 있습니다.

라고 하여, 저를 보고 통절하게 경계하여 달라고 하였습니다. 혹 이런 것이 병의 뿌리가 되었다가 점차로 나빠져 이렇게 된 것이 아닌지요? 애석하고도 서럽습니다. 오직 제가 망령되고 경솔하여 요량 없이 외람되게도 자기를 위하는 도를 구하는 뜻이 있으나, 해외의 고루한 몸이라 진전시키고 개척해갈 방법이 없으니 이끌어 주고 진작시켜 주는 힘을 대가의 고명한 학식에 바라지 않을 수 없습니다. 다시 원컨대, 형께서 수시로 편달해 주고 독려해 주되 번거로움이 없게 하여 저로 하여금 소인을 면하게 하여 주시고, 또한 노형도 더욱 스스로 요량하여, 시와 술의 청한한 놀이에 빠져서 세상에 기이하게 타고난 뛰어난 기질을 헛되이 보내지 마시기 바랍니다. 형은 어찌 생각하십니까. 지난번의 두 차례 편지와 두 벗들에게 준 편지에 다 같이 보아 달라고 부탁한 바 있는데, 만일 다 보았거든 아울러 회답을 주십시오. 글과 글씨를 청한 것은 한 번 손수 쓰시는 노고를 아끼지 않으시는 것이 좋겠고, 또한 써 주실 수 있겠는지 명시해 주시면 먼 곳에 있는 사람으로서 답답함을 풀겠습니다.

엄성이 남민(南閩 : 중국의 복건성)에서 부친 글은 죽기 전 불과 몇 달 전의 것으로, 질병으로 신음하는 중에도 오히려 편지 한 장에 천여 자의 글을 빈틈없이 상세하게 썼으니, 마음과 기력이 남보다 뛰어나고 일처리가 진실한 것을 볼 수 있어, 더욱 사람으로 하여금 통탄스러워 마음이 꺾이게 하였습니다. 지난번 반정균에게 준 글에 여러 형들의 초상화를 갖고 싶다고 했는데, 반정균 마저도 아무런 회답이 없으니 서글픕니다. 생각하건대 노형께서 그림도 잘하시거니와 엄성의 참 얼굴을 환하게 마음과 눈 속에 그리고 있을 것이므로, 이때에 바로 상상하여 그린다면 거의 모습의 전체를 잃지 않을 것이니 빨리 그려 주시면 좋겠고, 초상화가 완성된 다음에는 표구하여 액자를 만들어야 할 것인데, 여기서는 기술이 너무도 부족하여 실로 참모습을 망가뜨릴 염려가 있으니, 부디 완전하게 장정하여 인편에 부쳐주시되, 그 윗면에 찬(贊)까지 써 주시면 더욱 좋겠습니다. 이렇게 하여 주시기를 천만번 지극하게 간절히 소망하는 바이오니, 틀림이 없게 하여 주십시오.

다시 또 청할 것은 저의 돌아가신 아버지께서 다소 덕망을 가지고 계셨으나 불행히도 과거보는 글에 시달려 학문 연구를 충분히 하시 못하셨고, 중년 이후에는 관직에 얽매였으며, 또한 문장을 배워 세상에 명성을 날리는 것을 좋게 여기지 않으셨으므로 재질을 발휘하지 못하셨고, 수명 또한 길지 못하셨습니다. 자식을 두셨지만 불초하여 또한 그 그윽한 것과 은밀한 것을 드러내어 아버지의 덕을 빛나게 하지 못하여 죄가 하늘에 닿았는데, 오히려 이렇게 목숨을 보전하고 있으니 죽은 것만 같지 못한 지가 이미 오래입니다. 대략 행적을 기록하여 별지와 같이 만들어 보내어 청하오니, 시(詩)나 문(文)이나 할 것 없이 소중한 말씀을 해 주시기 바랍니다. 김양허(金養虛)의 불우함은 여전합니다. 엄성의 부음을 듣고 산에 올라가서 대성통곡을 하였고, 뒤이어 글을 보내 위문하였는데 온장에 비통과 한탄이 가득 차 있어 사람들로 하여금 감탄하게 하였습니다.

백사(白沙) 이항복(李恒福)은 우리나라 선조(宣祖) 때의 유명한 정승입니다. 크고 넓은 역량이 있어 임진년 왜란 때부터 군사와 정치에 관한 일에 마음을 다하여 충성과 공로가 크게 알려졌고, 정승 노릇하는 수십 년 동안 우뚝하여 나라의 원로였습니다. 광해군이 영창대군을 죽일 때에 여러 신하들이 간언하다가 죄를 당한 사람들이 많았지만 백사 정승만이 홀로 한 마디의 말도 없으므로 동료들 중에 의심하는 사람이 많았었는데, 백사 정승이 말하기를 '나라에 장차 큰 일이 있을 것이니 그때가 내가 죽는 날일세, 만약 영창대군을 위해서 죽는다면 그것은 군자의 참된 용기를 손상하는 것이네.'라고 하였습니다. 그런데 뒤에 과연 국모를 폐위하자는 논의가 일어나자, 백사 정승이 비로소 글을 올려 강력한 간언을 하였습니다. 그때 광해군이 크게 노하여 아주 먼 변두리 땅으로 귀양을 보내었습니다. 백사 정승이 귀양을 떠날 즈음에 조정의 선비들과 친구들이 동문 밖 북쪽 담장 밑에서 전송을 했었습니다. 이때 김류(金瑬)가 말단 관원으로 참여했었는데, 백사 정승이 김류를 보고 말하기를 '그대를 보건대 귀한 사람이 될 기상이 많으니, 국가가 비록 위태롭기는 하지만 멸망에 이르지는 않겠지?'라고 하면서 바로 한 폭의 준마를 그린 그림을 주면서 말하기를,

'나중에 반드시 이 그림의 주인을 찾아 돌려주라.'라고 하니

김류가 '그 주인이 누굽니까?'하고 묻자

백사가 말하기를,

'장차 찾아줄 것이지, 지금 꼭 물을 필요는 없다.'라고 하므로,

김류가 어려워서 감히 재차 묻지는 못했습니다. 그 후 수년이 지나 백사 정승은 마침내 귀양지에서 죽었고, 당시의 나랏일은 날로 급박해지기만 하였습니

다. 김류가 본래 침착하고 굳세며 식견과 생각이 깊은 사람인지라, 백사 정승이 시킨 일은 반드시 깊은 뜻이 있을 것이라고 생각하여 바로 서울 번화한 거리에 있는 집을 사들여 그 그림을 벽 위에 걸어놓고 매일 그 밑에 살면서 여러 달이 지나갔습니다. 김류가 어느 날 혼자 앉아있는데 갑자기 사나운 비바람이 몰아치자 어떤 사람이 비를 피하여 처마 밑에서 쉬고 있었습니다. 김류가 그 사람을 보니, 생김새가 대단히 훌륭하므로 마루 위로 맞아들여 말을 주고받는 사이에 그 사람이 벽에 걸린 말 그림을 보고서 갑자기 눈물을 흘리므로 김류가 그 까닭을 묻자 그 사람이 말하기를,

'이것은 내가 어릴 때에 그린 것입니다. 어느 해 대궐에 들어가 선왕을 모셨을 때에 명령을 받고 이 그림을 그렸고 이내 궁중에 남아있던 것인데, 지금 항간에 뒹구는 것을 보면서 눈물을 흘리게 된 것입니다.'라고 하였습니다.

김류가 깜짝 놀라며 누구시냐고 물어 보았더니, 바로 능양군(綾陽君 : 훗날의 인조)이라 하였습니다. 김류가 거짓으로 꾸며대기를,

'일전에 어떤 사람이 이 그림을 팔려고 하기에 내가 이 그림이 좋아서 사 놓은 것인데, 지금 바로 족하의 그림이라고 하시니 돌려 드리겠습니다.' 하니,

능양군이 고맙다고 사례하고 받았던 것입니다.

김류가 바로 아내를 불러서 술과 안주를 대접하게 하라고 시키자, 김류의 집이 본래 가난하였는데, 갑자기 성찬을 차려 내왔습니다. 김류가 마음에 이상하게 여겼으나 이미 술상이 나왔으므로 그대로 권하여 마시며 먹었습니다. 잠시 후 비가 그쳤으므로 능양군을 전송하여 보내고 들어와 그의 아내에 물어보았더니 아내가 말하기를,

'간밤 꿈에 황룡이 우리 집에 들어와 대청에 서리고 앉더니 조금 있다가 천둥소리가 나며 비가 내리니 지붕이 모두 부서져 하늘로 날아 올라가고 그 양반

께서도 또한 그 꼬리에 매달려 어느새 사라졌습니다. 꿈을 깨고 나서 생각 하기를, 오늘은 반드시 귀인이 오시겠구나. 하고서 힘을 다해 성찬을 마련해 놓고 기다렸는데, 아까 손님이 오셨다는 말을 듣고 이 분이 귀인일 것이라고 생각하여 그것으로 대접하게 된 것입니다.'라고 하였습니다.

김류가 비로소 깜짝 놀라며 알아차리기를,

'백사 정승이 그 그림을 가지게 된 것은 반드시 선왕의 부탁을 받은 것이요, 그 그림의 주인을 찾아 주라는 것은, 장차 나로 하여금 훌륭한 사람을 찾아서 사직(社稷)을 편안히 하게 한 것이라.' 하고는, 곧바로 이귀(李貴) 등과 비밀히 모의하여 반정의 대의를 거사한 것이니, 아마도 하늘이 명한 왕위 계승이 돌아갈 데가 있는 것을 알아차려서 의심하지 않고 실행한 것이 아닌가 합니다.

대개 선조 임금 말년에 광해군의 과실이 현저하므로 그 왕위를 보존하지 못할 것을 알고 있었으나, 특히 세자로 책봉해 놓은 지 이미 오래되었으므로 차마 느닷없이 폐하지를 못했던 것입니다. 능양군은 출생하자 특이한 기질이 있으므로 그가 나라의 주인이 될 것임을 알고서 이항복에게 부탁하되 한 폭의 그림을 주어 후일의 국사를 부탁한 고명(顧命)의 증거로 삼았고, 이항복은 또한 자기가 살아서 돌아오지 못할 것과 김류가 큰일을 감당해낼 수 있다는 것을 알고서 김류에게 이 그림을 주었으며, 또한 그 주인을 밝히지 않고 일부러 알 수 없게 한 것인데, 그것을 부탁할 만한 사람을 얻었었고 신중히 하여 비밀리에 할 방법이 있게 하였으니 그 당시의 임금이나 정승이 나라의 일을 도모하는 것이 신통하고 특이하였다 하겠으며, 일의 기미가 돌아 맞기도 또한 이와 같이 기이하였으니, 이 어찌 사람의 힘으로 될 수 있는 일이겠습니까. 지난번에 이런 논의가 있었으므로 편지하는 편에 따로 말씀드리는 것입니다.

율곡 이이 선생은 동방의 큰 선비입니다

* 홍대용이 청나라의 엄성에게 보낸 편지

대용은 아룁니다. 지난 1월 2일 역관이 돌아오는 편에 8월 1일에 주신 편지를 받았습니다. 절강(중국의 절강성)의 고향으로 돌아가 부모를 모시고 식솔을 거느림이 다 평안하시다 하니, 위로되고 반갑기에 붓으로 다하기 어렵습니다. 또한 글은 옥과 같은 소리가 나고 글자는 진주알을 꿰인 듯하여, 옛 친구의 손때를 두 손에 듬뿍 움켜쥔 듯합니다. 한 번 읽고 세 번 감탄하면서 그저 신기하게 여길 뿐입니다. 봄여름 이래로 모시고 살피는 모든 일이 더욱 많은 복을 받으시겠지요. 작년 10월에 조공 사신이 가는 편에 서신을 북경으로 부쳤는데 혹 이미 받아 보셨습니까?

과거시험에 실패한 것은 모두가 운수에 매인 것이므로, 비록 어버이를 영화롭게 하는 지방 관원으로 임명되는 계획에는 혹시 한 때의 실망을 면하지 못할지라도 현명한 아우님의 아량과 달관(達觀)으로 마음속에 근심될 것은 없을 줄로 압니다. 또한 친구인 제가 기대하여 바라는 뜻은 과거와 벼슬 밖에 있었으니, 위로의 말보다는 오히려 축하를 드려야 하겠습니다. 호수와 산간의 즐거움은 고관대작의 영화로움을 잊을 수 있는 것이며, 덕의(德義)의 배부름은 고량진

미의 맛을 당해낼 수 있는 것이며, 아름다운 소문과 넓은 명예로 부모를 천고에 빛나게 합니다. 기름진 고기로 공손하게 대접하는 것과 한 고을을 맡아 어버이를 봉양하는 것이 무슨 필요가 있겠습니까. 보내주신 편지에 주자(周子)와 정자(程子)의 글을 깊이 생각해 본다고 하였는데, 이것이 바로 그 덕의의 근본이 되고 아름다운 명예의 기초가 되는 것입니다. 과거 시험에 불리했던 것은 바로 하늘이 곤란과 고통을 더 겪게 하여 장차 귀하에게 큰 책임을 내리려는 것입니다. 이것이 바로 제가 축하를 보내는 뜻입니다. 알 수 없습니다마는 형은 어떻게 생각하십니까?

저는 봄에 둘째 딸을 출가시키는 일과 병든 아이의 치료를 위하여 수촌(壽村)으로부터 온 가족이 서울로 이사를 하였습니다. 그 뒤로 부모님을 모시는 것이 편안하고 요행이 다른 괴로움도 없으니 다행입니다. 몇 년 이래로 쓸데없는 일에 시달려 조용하게 앉아서 글을 읽을 수 없었으므로 일상의 공부가 퇴보하기만 하고 진전을 보지 못하고 있습니다. 오직 명예를 구하고 관록을 구하던 생각은 점차 세상인심이 날로 야박해짐을 깨닫게 되면서 자신을 반성하여 허물이나 적게 하고 싶은데, 이 모두가 노파심인가 합니다. 지극히 한스러운 것은 역암과 더불어 아침저녁으로 강습 토론하면서 게으르고 산만한 버릇을 고쳐 소인됨을 면할 기회를 갖지 못하는 것입니다. 나머지는 별지에 있으므로 이만 줄이니, 모든 것은 말없이 양찰해 주시기 바랍니다. 이 밖에 『성학집요』 한 질 네 책을 증정합니다. 이 책을 저술한 율곡 선생 이이는 동방의 큰 선비입니다. 학문을 논하고 진리를 논한 것이 모두 볼 만한 데가 많습니다. 문집 스물세 책이 있는데, 권수가 많아서 멀리 부쳐드리지 못하고 그중에서 『성학집요』 한 질은 편집이 간명하고 엄격한데다가 붙인 설명이 또 절실하고 간절해서, 비단 임금의 귀감이 될 뿐만 아니라 선비의 학문도 또한 이에서 벗어나지 않습니다.

이에 우리 집에 소장하고 있던 구본을 인편에 전해 드립니다. 바라건대, 역암은 평온한 마음으로 익숙히 보아 깊이 체득하고 힘써 실행해보십시오. 또한 이 책을 인쇄하여 천하에 널리 유포시킨다면 어찌 동방의 영광이며 다행이 아니겠습니까.

최근에 읽는 책은 무엇입니까? 그 읽는 방법과 과정은 어떠한지 한번 듣기를 원합니다. 우리의 공부가 원래 문자에만 매달려서는 안 되고 바야흐로 단정하게 앉아서 책을 펼 때에 바로잡지 않아도 옷매무새가 절로 정연해지고 보기를 단속하지 않아도 절로 의젓해지며, 정신과 기운을 각성시키지 않아도 절로 청명해지며, 자양이직(子諒易直)*한 뜻과 떨쳐 일으키고 황송하여 몸이 떨리는 기상이 구름처럼 일고 얼음 녹듯이 풀려, 어디로부터 생겨나는지도 모르게 된다면 이것이 바로 독서의 공효인 것입니다. 비단 치지(致知)의 방법이 될 뿐만 아니라 바로 존양(存養)의 큰 단서로써 실로 사람 마음을 제재하고 부릴 수 있게 되는 것입니다. 유학이 반드시 독서를 앞세우는 것이 어찌 이것 때문이 아니겠습니까. 먼저 안 다음에 실행하는 것은 고금의 공통된 의리입니다. 비록 그렇다 해도 절반을 알았으며 반드시 계속하여 절반을 신행해야 할 것이니, 절반을 실행한 뒤에야 바야흐로 지식의 전체를 말할 수 있으며, 실행 또한 전체가 될 수 있는 것입니다. 후세의 학자들이 한 평생 경전을 연구하여 입만 열면 참으로 다 안다고 하지만 그 윤리나 강상의 실제와 몸과 마음의 근본에 있어서는 한쪽에 밀어둠을 면치 못합니다. 아…… 절반의 실행을 먼저 하지 않고 전체의 참 지식을 구하려고 하는 사람은 끝내 그 망상으로 억측하게 되어 구하면 구할

* 『악기』에 나오는 말로, 음악을 일으켜 마음을 다스리면 이직자량(易直子諒)한 마음이 유연히 생긴다고 하였다. 즉, 子는 자애, 諒은 성신, 易는 화평, 直은 정직으로 풀이를 한다. 좋은 음악으로 정감을 도야하여 마음을 바로 닦으면 이 네 가지 마음의 쓰임이 저도 모르게 왕성하게 솟아난다는 것이다.

수록 멀어질 것으로 알고 있습니다. 원컨대 역암은 경계하소서.

저는 나이가 거의 40세입니다. 비록 좁은 땅에서 궁벽하게 살고 있어도 대체로 유람이나 관광, 음주가무의 잘못과 세도나 명예와 이익의 화려한 것을 따르는 습성 등 인정이 즐기고 좋아하여 추구하는 것을 대략 이미 몸소 겪었고 눈으로 보아 왔습니다. 대개 방탕과 음란에 빠져 어리석은 것 같고 미친 것 같아도 마음 한구석에 미안하여 두려워하는 마음과 부끄러워 얼굴을 붉히는 기색이 마음대로 욕심을 부리는 속에도 섞여 나오지 않을 수 없다가, 일단 일이 지나가고 권세가 가버린 뒤에는 또한 처량하고 쓸쓸하며 막연하여, 몸을 안정시키고 이름을 내세울 데가 없는 것입니다. 그러므로 분수 밖의 생각이나 몸 밖의 물건은 화와 복이 이어지게 되고 영화와 치욕이 함께 생기게 되는 것을 알 수 있어서 지혜 있는 사람은 방법을 선택하여 참으로 이런 것은 할 짓이 못된다고 여기는 것입니다. 오직 그 처지대로 시대에 알맞게 하고 분수에 따라 사리를 다해야 하는 것이니, 주공(周公)의 부유함이 이익을 탐한 것이 아니고 공자의 제자인 원헌(原憲)의 빈곤이 자기 좋을 대로 한 것이 아니라, 크고 넓은 도량과 너그럽고 관대한 마음씨로 상실될 것도 없고 소득이 되는 것도 없는 것이니, 이것이 옛 사람의 이른바 '선을 하는 것이 가장 즐겁고 스스로 복을 구하게 된다.'라고 하는 것입니다. 몇 년 이래로 이렇게 긴요하고 중요한 지경에 있어 자못 한계가 있게 되어, 전일과 같이 빈말과 망상으로 오만스럽게 자족하고 말지 않으니, 이대로 노력해 가면 진보할 여지가 있을 것 같습니다. 삼가 족하를 위하여 한번 말씀드리는 바입니다.

육비가 즉시 남쪽의 고향으로 돌아가지 않는 것은 무슨 까닭인가요? 친지를 방문하는 것입니까? 명승지를 구경하는 것입니까? 이 두 가지를 위한 것이라면, 여름을 지내고 가을을 보내는 동안 객지 생활이 참으로 괴로웠을 것이요,

다음 과거시험까지 기다렸다가 반드시 합격해야겠다고 계획하는 것이라면 고향의 풍경도 본래 즐길 만하고 나이가 이미 50이면서 아직도 그만둘 줄을 모르는 것이니, 천명을 안다고 할 수 있겠습니까. 만약 노자(여비)가 부족해서라면 두 친구의 힘은 여유가 있을 터인데, 어찌하여 여비를 융통해 주어서 주림과 배부름을 함께하며 손잡고 같이 돌아가지 않고 그를 정처 없이 유랑하며 자잘한 일에 빠져 고생을 하게 하는 것입니까?

우리 동방의 부인들의 가체 머리와 의복제도는 아직도 오랑캐의 풍속을 따르고 있으니 지극히 괴이한 일입니다. 예법을 좋아하는 가문에서 더러 모방하여 실행하기도 하지만, 단지 문자에 의거하다보면 알 수 없는 말이 많고 사신이나 통역하는 사람의 말을 참작하다 보면 전하는 말이 일정하지 않아서, 종종 중화의 풍속도 아니오, 오랑캐의 풍속도 아니게 되어 한갓 해괴한 풍속이라는 비방만 있게 되니, 이는 실로 동방의 큰 결함이라 하겠습니다. 혹 여러분이 그 미개한 것을 불쌍하게 여기고 스스로 새로워지려는 뜻을 아름답게 여겨서 중화의 옛 제도와 최근의 연혁까지 아울러 상세히 적어서 보내주신다면 마땅히 길이길이 그 혜택을 받게 될 것입니다. 조공 사신들이 오며가며 보았다는 것은 모두 민간 부녀자들의 사례이니, 우선 남녀의 분별에 관계되는 것만 하더라도 보통 하는 총각(總角)과 비녀를 꽂는 방법마저도 또한 그 상세한 것을 알 길이 없습니다. 하물며 예문가의 의관복식제도를 어찌 알겠습니까. 고금의 변천과 한족과 만족의 구별, 길흉의 분간, 노소의 차등과 평상시와 제사를 지낼 때의 차이, 보통 사람과 귀족층의 차이, 속인과 예문가의 차이, 그리고 미혼자·기혼자·과부·계집종·사역자 등의 옷에 이르기까지 반드시 각각 그 제도가 있을 것이니, 위로는 머리를 묶고 상투를 트는 것으로부터 아래로 신발과 버선에 이르기까지 될 수 있는 대로 상세하게 설명해 주시되, 문자로 할 수 없는 것은 그림으로 밝히고 그림으로 밝힐 수 없는 것은 한 치 지름의 얇은 종이로 조그맣게 그 모형을 만들어 접어서 그 아래에다 붙여 주면 더욱 좋겠습니다.

중화인들이 밥을 젓가락으로 먹고 숟가락으로 먹지 않는 것은 어느 때부터 시작된 것입니까? '기장밥을 먹을 때 젓가락으로 먹지 말라.'고 한 것이 『예경』에 실려 있고 '밥 가운데 숟가락을 꽂는다.'라고 한 것이 『주자가례』에 보이니, 그렇다면 동방에서 숟가락을 사용하는 것이 그 유래가 있는 것이 아니겠습니까? 예에 이르기를 '문밖에 신발이 두 켤레가 있거든…….'이라고 하였으니, 방 밖에 문이 있고 방에 들어가려면 신발을 벗는 것이니, 이것은 옛 제도입니다. 지금 방에 문이 없고 신을 벗지 않는 것은 어느 시대부터 시작된 것입니까? 의자에 앉는 것은 송나라 때부터 이미 그러했습니다. 비록 그러나 이로 인해서 꿇고 앉는 예를 아주 폐해버리니, 이것이 어찌 옛 제도이겠습니까? 어른을 모실 때에는 앉을 때도 있는데 걸터앉으면 공손하지 못하게 되고 땅바닥에 앉으면 너무 검박하게 됩니다. 중국에서는 부형이나 어른들 앞에서는 어떻게 합니까?

삼 년 동안 소식이 없으면 모두 잊어버려도 좋을 것입니다

* 홍대용이 청나라의 반정균에게 보낸 편지

대용은 머리 숙여 경의를 표하면서 말씀드립니다. 가을철이 깊어지니 그리운 정이 더욱 간절합니다. 그동안 존체 평안하십니까? 지난번 역관 편에 부쳐 보낸 편지는 이미 받아 보셨습니까? 성남(城南)에서 한 번 작별한 뒤로 끝내 소식이 막혔습니다. 잠깐 놀다가 바로 작별하였으니, 어찌 마음이 상하지 않겠습니까. 저는 부모님을 모시고 봉양하는데 별탈은 없으니 쓸데없는 일에 몸이 얽매여 편한 시간을 얻지 못해 고통입니다. 게다가 자식의 병까지 겹쳐 여러 달 동안 중태에 빠져있으므로 병구원에 분주히 돌아다니느라고 책도 제대로 보지 못하고 그대로 처박아 두고 있습니다. 학업이 황폐되어 친구에게 일러드릴 만한 것이 없으니 어찌해야 합니까. 역관의 돌아올 시기가 연말이 되겠기에 바야흐로 손을 꼽아 일정을 계산하며 주옥같은 글을 기다리고 있습니다. 모르긴 해도 친구의 마음도 또한 그러하여 나로 하여금 쓸쓸하지 않게 해 주시겠지요.

낭정(朗亭) 형을 비록 만나 본 일은 없으나 그 높은 기풍과 두터운 정의가 사람을 감탄하게 하였습니다. 이에 망령되고 경솔함도 개의치 않고 감히 서신으로 안부를 묻고 겸하여 정의를 표시했는데, 혹시 괴이하게 생각하지 않을지 모르겠습니다. 앞서 알려드린 『회우록』 중에는 형의 기탄없이 토로한 웃기는 말을 모두 삭제할 수는 없었습니다. 기록이 이루어진 뒤에 동방의 사우(士友)중 몇 사람이 보고, 모두 형을 위하여 사랑하기도 하고 또한 애석하게 여기지 않는 사람이 없었는데, 사랑한 사람은 그 재기가 지극히 영달함을 사랑한 것이요, 애석하게 여긴 사람들은 그 너그럽고 어진 도량이 너무 드러난 듯 한 것을 아까워한 것이었습니다. 대개 이 드러난 듯 하다는 두 글자는 제가 처음 만나 뵙고 주고받을 때에 이미 먼저 느꼈었던 까닭에 작별할 때에 드린 말에도 간절하게 말씀을 드렸던 것입니다. 이제 다른 사람들이 본 것도 또한 이와 같으니, 구구한 충고의 뜻을 감히 진달(陳達)하여 수양공부에 조금이라도 도움이 되게 하고자 합니다.

또한 자기 집안에 있으면서 한 말이 천리 밖에서 반응이 이와 같으니, 옛 성인의 말씀을 닦고 말을 삼가라는 교훈을 또한 이로 인하여 더욱 힘써야 하겠습니다. 어떻게 생각하십니까? 대개 서로 선으로 보여주고 위의(威儀)를 잡아 주는 것이 붕우의 도리오니, 이렇지 않은 것은 방탕한 벗이며 좋게만 하는 벗입니다. 권세나 이해만 추구하고 은혜나 애정으로 얽힌다면 다 같이 손실만 있고 유익함은 없는 것이니, 장차 어디에다 쓸 것입니까. 지금 우리의 마음은 같지만 떨어져 살고 있는 멀고 먼 이국땅이라 영원히 다시 만날 기약이 없으니, 선을 보여 주고 위의를 바로잡아 주기에는 이미 그른 일이라 바랄 수도 없고, 충성과 사랑, 그리고 서로 도움을 주는 것은 오직 편지에 의지할 수밖에 없는데, 그것도 또 만리 길이나 전달해야 하므로 지극히 소원하니, 만약 쓸쓸하게 두어 글자로 안부나 전한다거나, 또한 그 말한 것이 아녀자의 무리가 서로 생각하는 따위에 불과하고 만다면 방탕한 벗이나 좋게만 하는 벗이 하는 짓에 돌아가지 않는 일이 거의 없을 것이니, 형과 함께 힘써 가기를 바랍니다.

『동시초』를 보내달라는 부탁은 감히 잊지 않고 있습니다. 다만 귀국한 이후로 병고에 얽매여 이 일을 착수할 겨를이 없었고, 또한 갑자기 만들 수도 없으므로 장차 차근차근 책으로 만들어서 다음 편에 부칠까 하오니 의아스럽게 생각하지 마십시오. 낭정이 북경을 떠난 것은 어느 해의 일인지, 만약 생각지도 않던 벼슬에 임명되게 되어 형들이 사천 리 밖에 있으면서 서로 알 수 없는 형편이 되고 보면 통신할 길이 영원히 끊어질 것이니, 어찌 원망스럽고 한탄스러운 일이 아니겠습니까. 이것은 오직 형들께서 깊이 생각하여 충분하게 주선해야 할 것입니다. 대저 우리나라 사신은 매년 정기적으로 들어가기 때문에 만일 영리하고 믿을 만한 사람이 있으면 기회를 보아 조선 사신들의 관사에 찾아가면, 비록 수년간 단절되었던 뒤에라도 또한 다시 이어질 희망이 있을 것이니, 그렇게 하시면 어떻겠습니까? 여기서 편지를 부치는 것은 일 년에 한 번씩은 틀림이 없겠지만, 그러나 사변이 많아지면 또한 예측하기 어려우니, 한두 해 정도 어그러질 수도 있을 것입니다. 오직 삼 년 동안 소식이 없으면 그제야 피차간에 모두 잊어버려도 좋을 것입니다. 나머지는 다 사뢰지 못합니다.

제 7 부

또 다른 편지 『간찰』

퇴계 이황이 성재 금난수에게

남명(南冥)과 일재(一齋)는 그 사람됨을 한마디로 단정하기는 어렵습니다. 예로부터 처사(處士)가 세상에 나가면 으레 말들이 많은 것이니, 지금 분분하게 떠드는 것이야 어찌 괴이하게 여길 것이 있겠습니까. 그러나 또한 각자 스스로가 그러한 말을 듣게 한 것이니, 참으로 경계하고 조심할 일입니다.

율곡 이이가 우계 성혼에게

추위가 심한데 도황(道況)이 어떠합니까. 전에 뵌 뒤에 차마 잊기 어려워 한스럽습니다. 지금 형은 어떻게 계획하고 있습니까. 제가 생각건대 형은 지금 다시 군신의 의리를 도피할 길이 없으니, 바로 앞으로 향해 가서 나랏일을 위해 몸을 바쳐 죽는 것으로써 목표를 삼아야 할 뿐입니다. 어떻게 생각하십니까. 저도 근일에 홀로 벼슬하여 거의 감당할 수 없으니, 탄식할 일입니다. 김우옹(金宇顒)에게 편지를 보냈습니까? 이 사람이 잘못을 뉘우쳐 깨닫는다면 어찌 다행한 일이 아니겠습니까.

갈암 이현일이 존재 선생께

일전에 바쁜 와중에 서둘러 편지를 써서 보냈는데 이미 받아보셨으리라 생각됩니다. 오늘 인편으로 보내주신 편지를 받고 상중(喪中)에 슬퍼하시는 중에도 기력이 괜찮으심을 알았습니다. 게다가 학문에 힘쓰라는 뜻으로 가르침을 주셨으니, 너무도 기쁘고 위안이 됩니다. 종전에 절실히 공부하지 못했다는 후회는 해가 갈수록 더욱 깊어지지만 기질이 강하지 못해 각고면려하여 기질을 변화시키지 못하고 있습니다. 바야흐로 이러한 점을 병통으로 여겨 단단히 명심하고 있으니, 장래 일 분(分)의 인욕(人慾)을 소멸시켜 일 분의 천리(天理)를 부지할 수 있을는지 모르겠습니다.

한강 정구가 동계 정온에게

나는 쌓인 병으로 빈사상태에 놓여 인사를 전폐하고 있네. 그대가 바다 저쪽 섬으로 들어간 뒤로 편지를 보내 한 번도 안부를 물어보지는 못했으나, 자나깨나 그대를 그리는 마음이야 어찌 잠시라도 잊은 적이 있었겠는가. 지금 평사(評事) 이탁(李濯)을 통해 그곳으로 돌아가는 인편이 있다는 소식을 듣고 비로소 대강 그대의 안부를 물어보는 것이라네. 이 추운 겨울에 울적한 심정을 사리에 따라 잘 다스리고 건강을 잘 돌보며 덕과 학문 모두에 힘쓰고 있는가. 나는 몸 반쪽이 완전히 말라버린 채 항상 침상을 떠나지 못하는 상태로 한 가닥 숨길만 겨우 붙어 있을 뿐이라네. 천 리 너머에 있는 그대를 생각하니 그리운 정이 사무치네. 끝으로 한층 더 건강에 유념하고 원대한 진취를 게을리하지 말기를 간절히 비네. 이만 줄이네.

청음 김상헌이 손자 김수증에게

황주(黃州)에 도착하여 너희가 4일에 보낸 편지를 받아보고서 서둘러 답장을 보냈는데, 제대로 잘 전해졌느냐? 나는 평산(平山)을 지나온 이후로 광포한 오랑캐들이 잇달아 아홉 놈을 보내어 재촉하는 탓에 밤낮없이 서둘러 오늘 저녁에 비로소 의주(義州)에 도착하였다. 아직은 오랑캐들과 상면하지 않았지만 바야흐로 짐을 꾸리고 이십 일에는 청나라 수도인 심양으로 들어갈 것이라고 한다. 그러니 나 역시 강을 건너감을 면치 못할 것이다. 이로부터는 문득 이역 땅의 사람이 될 것이니, 어느 날에나 너희와 더불어 서로 만나보게 될지 모르겠다. 한 생각 한 생각마다 너희의 모습을 잊을 수가 없다. 오직 너희는 선을 행하기를 게을리 하지 말고 일마다 모두 공경스럽고 신중하게 하기 바란다. 말하고 싶은 것을 어찌 다 말할 수 있겠는가. 너희는 입을 굳게 다물고 있어야 한다. 등불 아래에서 피곤하여 대충 쓴다.

동춘당 송준길이 평사 민태중에게

병든 이 사람의 마음은 항상 그대에게 가 있었는데, 정다운 편지가 갑자기 당도하여 새해 아침에 어른을 모시고 학문하는 몸이 더욱 좋음을 살피고 나니, 기쁘고 위로되는 마음 말할 수 없네. 나는 아직까지 이렇게 지체하고 있다 보니, 병만 날로 더욱 심해질 뿐이네. 어제 익아(翼兒)의 관례(冠禮)를 행하였으므로 장차 초례(醮禮)를 치르려 하네만, 그대가 먼 곳에 있어 모든 일을 상의할 수 없으니 그리울 뿐이네. 이만 줄이네.

미수 허목이 백호 윤휴에게

더위와 빗속에 배를 타고 왕래했는데, 거상(居喪) 중의 기거(起居)가 어떠하신가. 입추 후에 장맛비가 한 달이나 계속되고 있는데, 낮고 습한 여막(廬幕)에서 극도로 쇠약해진 몸으로 어떻게 지내는지 걱정스럽고 그리운 마음 그지없네. 묏자리는 좋은 땅을 얻었는가. 내 생각으로는 이 일이 유속(流俗)의 폐단에 너무 깊이 빠진 것이라 여겨지니, 이는 실로 식자들이 깊이 탄식하는 바이네. 내가 말하지 않더라도 이미 가부를 잘 판단했을 것이라 믿네. 방술(方術)이란 것이 광범위해서 길흉이나 꺼리는 것을 다 믿기 어렵네. 또 그 말이 길흉화복을 선악에 귀결시키지도 못하니, 매우 두려워할만하네. 병석에 누워서 겨우 쓰느라 손이 떨리는 데다가 눈은 더욱 어두워져 예를 갖추지 못하니, 매우 부끄럽고 두렵네.

다산 정약용이 번암 채제공 정승께

문하(門下)에서 떠나온 지 어언 백삼십삼 일이 되었습니다. 덕스러운 모습을 사모하는 정이 마음에 차분히 쌓여 잊을 수가 없습니다. 게다가 세월만 흐르고 눈 덮인 산이 험하고 높으니 그리워 사모하는 마음이 어찌 그치겠습니까. 요즘은 백성들의 송사(訟事)도 아주 드물어 약간은 한가하게 여길 때가 있으니, 저의 처지로는 아주 다행입니다. 가을 이후에도 집안에서 조섭하고 계십니까? 그러시다면 묘갈문(墓碣文)을 청할까 합니다. 필묵(筆墨)의 수고를 내리시어 쓸쓸한 무덤에 광채가 나게 해주신다면 죽은 이와 산 사람에게 맺어진 감격이 어떠하겠습니까. 만약 이곳에 오래있게 되면 아마도 먹고 입는 것을 절약하여 봉급의 여분으로 비석에 새기는 비용을 충당할 수 있을 것이니 굽어 살펴주시기를 바라옵니다.

추사 김정희가 흥선대원군에게

설을 쇤 뒤의 한 통의 서신에 대해서는 마치 해가 새로워짐을 본 것 같기도 하고 꽃이 핀 때를 만난 것 같기도 하였으니, 그 기쁨을 알 만합니다. 그러나 다만 방만하고 초췌한 이 사람은 족히 높으신 돌보아주심을 감당할 수 없을 뿐입니다. 산속에 있는 절에 가자고 한 약속 또한 덧없는 세상의 맑은 인연인데, 어떻게 이루기가 쉽겠습니까. 그러니 우선 좋은 방편을 기다릴 것이요, 굳이 스스로 고심하고 수고롭게 할 것이 없습니다.

난 그림 한 권에 대해서는 망령되게 제기(題記)한 것이 있어서 이에 보내드리오니 거두어 주시겠습니까? 대체로 이 일은 바로 하나의 하찮은 기술과 솜씨이지만, 그 마음을 다하여 공부하는 것은 성문(聖門)의 격물치지의 학문과 다를 것이 없습니다. 이 때문에 군자는 일거수일투족이 어느 것도 도가 아닌 것이 없습니다. 만일 이렇게만 한다면 또 완물상지(玩物喪志)에 대한 경계를 어찌 논할 것이 있겠습니까. 그러나 이렇게 하지 못하면 시골구석 선생의 악마의 세계에 불과한 것입니다. 그리고 심지어 가슴속에 오천 권의 서책을 담는 일이나 팔목 아래 금강저를 휘두르는 일도 모두 여기로 말미암아 들어가는 것입니다. 아울러 큰 복이 있기를 바라면서 갖추지 않습니다.

교산 허균이 기생 계랑에게 (2통)

아가씨는 보름날 저녁에 비파를 타며 산자고(꿩과에 속한 산새)를 읊었다는데, 왜 한가하고 은밀한 장소에서 하지 않고, 바로 윤비(尹碑) 앞에서 하여 남의 허물을 잡는 사람에게 들키고, 거사비(去思碑)를 시로써 더럽히게 하였는가. 그것은 아가씨의 잘못인데 비방이 내게로 돌아오니 억울하오. 요즈음 참선(參禪)은 하는가? 그리운 정이 간절하구려.(1609년 1월)

봉래산(금강산)의 가을이 한창 무르익었으리니, 돌아가려는 흥취가 도도하오. 아가씨는 반드시 내가 시골로 돌아오겠다는 약속을 어겼다고 웃을 걸세. 그 시절에 만약 한 생각이 잘못됐더라면 나와 아가씨의 사귐이 어떻게 십 년 동안이나 그토록 다정할 수가 있었겠는가. 이제 와서야 풍류객인 송(宋)나라의 진관(秦觀)은 진정한 사내가 아니고 망상을 끊는 것이 몸과 마음에 유익한 줄을 알았을 것이오. 어느 때나 만나서 하고 싶은 말을 다할는지, 종이를 대하니 마음이 서글프오.(1609년 9월)

보태는 글

선비들이 남긴 문집(文集)에서 남녀 간에 사랑을 속삭이는 연애편지를 찾아볼 수 없다. 대신 사랑하는 여인에게 주는 '한시(漢詩)'는 이따금 보인다. 여기서 계랑(桂娘)이라 한 여인은 전라북도 부안의 기생으로 시와 음률을 잘해서 많은 남성들이 좋아했던 이매창(李梅窓)을 가리킨다. 그와 교류를 가졌던 선비들 중에 유희경, 허균, 이귀, 권필 등이 유명하였다. 특히 천민 출신의 문인 유희경과는 28세의 나이 차이에도 불구하고 진한 사랑에 빠졌으며, 허균은 그의 시와 음률에 뛰어난 재주를 사랑하여 오랫동안 교류를 가졌다. 허균이 계랑을 처음 만나던 날의 일기를 보면,

1601년 7월 23일, 부안에 도착하니 비가 많이 내려 머물기로 하였다. 고홍달(高弘達)이 인사를 왔다. 창기(娼妓) 계생(桂生)은 이귀(李貴)가 사랑한 여인이다. 거문고를 뜯으며 시를 읊는데 생김새는 시원치 않으나, 재주와 정감이 있어 함께 이야기할 만하였다. 종일토록 술잔을 놓고 시를 읊으며 서로 주고받았다. 밤에는 계생의 조카를 침소에 들였으니, 이는 혐의를 피하기 위해서이다.

허균의 일기의 내용으로 보아 매창은 미인은 아니었으나, 시와 거문고를 잘하고 정감이 있는 여인임을 알 수가 있다. 아무튼 매창은 황진이, 허난설헌과 함께 조선의 3대 여류시인으로 꼽는데 주저하지 않는다. 그러면 여기서 매창의 시와 시조 한 수를 감상해보자.

한시 : 自恨(자한)

東風一夜雨 봄바람 불어와 하룻밤 비에
柳與梅爭春 버들과 매화는 봄을 다투네.
對此最難堪 봄날에 참으로 견디기 힘든 것은
樽前惜別人 술잔 앞에서 이별하는 슬픔이라오.

시조 : 이화우 흩날릴 제

이화우(梨花雨) 흩날릴 제 울며 잡고 이별한 님
추풍낙엽(秋風落葉)에 저도 날 생각는가
천리(千里)에 외로운 꿈만 오락가락 하노메라.

* 현역 시조작가 93인을 대상으로 고시조에 대한 선호도 조사결과 매창의 이 시조는 제4위에 올랐다.

1위 : 동짓달 기나긴 밤(황진이)
2위 : 묏버들 가려 꺾어(홍　랑)
3위 : 이화에 월백하고 (이조년)
4위 : 이화우 흩날릴 제(이매창)
5위 : 이몸이 죽고 죽어(정몽주)

참고문헌

三國史記(삼국사기) / 김부식

東文選(동문선) / 서거정 등

肅宗實錄(숙종실록)

葛菴集(갈암집) / 이현일

高峰集(고봉집) / 기대승

農巖集(농암집) / 김창협

茶山詩文集(다산시문집) / 정약용

湛軒書(담헌서) / 홍대용

唐詩全書(당시전서) / 김달진

東國李相國集(동국이상국집) / 이규보

東茶頌(동다송) / 초의선사

同春堂集(동춘당집) / 송준길

梅月堂集(매월당집) / 김시습

梅窓集(매창집) / 이매창

梅泉集(매천집) / 황 현

勉庵集(면암집) / 최익현

明齋遺稿(명재유고) / 윤 증

眉叟記言(미수기언) / 허 목

白湖全書(백호전서) / 윤 휴

保閑齋集(보한재집) / 신숙주

沙溪全書(사계전서) / 김장생
三峰集(삼봉집) / 정도전
象村集(상촌집) / 신 흠
西厓集(서애집) / 유성룡
惺所覆瓿稿(성소부부고) / 허 균
宋子大全(송자대전) / 송시열
修堂集(수당집) / 이남규
順菴集(순암집) / 안정복
燕巖集(연암집) / 박지원
阮堂全集(완당전집) / 김정희
牛溪集(우계집) / 성 혼
愚伏集(우복집) / 정경세
月沙集(월사집) / 이정귀
栗谷全書(율곡전서) / 이 이
佔畢齋集(점필재집) / 김종직
芝山集(지산집) / 조호익
淸陰集(청음집) / 김상헌
秋江集(추강집) / 남효온
秋史金正喜(추사김정희) / 임창순
澤堂集(택당집) / 이 식
退溪集(퇴계집) / 이 황
寒岡集(한강집) / 정 구
弘齋全書(홍재전서) / 정조대왕
華西集(화서집) / 이항로
韓民族文化大百科(한민족문화대백과) / 한국학중앙연구원
韓國人名大事典(한국인명대사전) / 신구문화사
國朝人物考(국조인물고) / 서울대학교출판부